苏电文丛 第一辑

苏电文丛

古代铜镜漫谈

王新平 著

天津出版传媒集团

百花文艺出版社

图书在版编目（ＣＩＰ）数据

古代铜镜漫谈 / 王新平著 . —— 天津：百花文艺出版社，2024.1
（苏电文丛）
ISBN 978-7-5306-8688-1

Ⅰ.①古… Ⅱ.①王… Ⅲ.①随笔—作品集—中国—当代 Ⅳ.① I267.1

中国国家版本馆 CIP 数据核字 (2023) 第 228642 号

古代铜镜漫谈
GUDAI TONGJING MANTAN
王新平　著

出 版 人：薛印胜
责任编辑：赵世鑫
装帧设计：鸿儒文轩·书心瞬意
出版发行：百花文艺出版社
地址：天津市和平区西康路 35 号　　邮编：300051
电话传真：+86-22-23332651（发行部）
　　　　　+86-22-23332656（总编室）
　　　　　+86-22-23332478（邮购部）
网址：http://www.baihuawenyi.com
印刷：三河市华东印刷有限公司
开本：880 毫米×1230 毫米　1/32
字数：290 千字
印张：13.5
版次：2024 年 1 月第 1 版
印次：2024 年 1 月第 1 次印刷
定价：78.00 元

如有印装质量问题，请与三河市华东印刷有限公司联系调换
地址：三河市燕郊冶金路口南马起乏村西
电话：19931677990　邮编：065201

"刻画之精巧，

文字之瑰奇，

辞旨之温雅，

一器而三善备焉者莫镜若也。"

——罗振玉

开拓文学之境，勇攀创作高峰

　　江苏省电力作家协会一次推出十位电力作家的十部文学作品，以文学丛书的宏大气势集中发力，进入社会和读者视野，可喜可贺！

　　这是江苏省电力系统学习贯彻习近平总书记关于文艺工作重要论述和党的二十大报告对文化建设新部署新要求所取得的成果。我们的作家深刻把握新时代文艺工作的定位和使命，增强文化自觉，坚定文化自信，站在为国家立心、为民族立魂、为时代立传的高度，以强烈的历史担当和瑰丽的文学画卷，充分展现新时代的精神图景。从这十位作家的十部不同题材、体裁的作品来看，他们都善于从平凡中发现伟大、从质朴中寻觅崇高、从自己融入人民群众的实践中发现真善美，用情用力地注重作品质量，形象生动地表现时代之美、劳动之美、自然之美、生活之美、心灵之美。品读他们的作品，能够触及作者的心声，感悟作者的心动，体悟作者为职工抒写、为人民抒怀、为事业抒情的生动笔触中的文字之美、语言之美、文学之美。在敬佩之余也深受激励。

这是实施"中国新时代电力文学攀登计划"、奋力推进新时代电力文学高质量发展在江苏电力落地的可喜成果。"中国新时代电力文学攀登计划"旨在不断推出优秀作家的优秀作品。江苏省电力作家协会集中推出十位作家的十部作品，体现了电力团体组织的工作成效，彰显了电力团体作家队伍中个体创作的丰硕成果，彰显了电力团体攀登进取精神。丛书题材、体裁多样，呈现出文学文本的丰富多彩性。小说故事情节跌宕起伏、引人入胜，人物栩栩如生；散文情感细腻、文笔清新，形散而神不散；诗作文采飞扬，飘逸灵动。十部佳作感情真挚，表达精练，文以载道，文以言情，文以言志。就像将各种水果收入果篮那样，一并奉献给读者，使人悦目娱心，精神振奋。值得称道的是，国网江苏省电力公司为江苏省电力作家协会营造了一种积极向上、团结和睦、共同进取的氛围，这种氛围，促进了电力文学的繁荣发展，促进了作家们相互学习、相互交流、相互激励、相互提高。

这套文学丛书的"闪亮登场"，给中国电力作家协会团体会员单位提供了可以效仿的榜样。阅览这十部出自江苏省电力作家之手的作品，不禁被江苏省电力作家协会的"倾情"、十位电力作家的"倾心"所感动：江苏省电力作家协会集中发力，倾情投入，邀请文学界知名作家、评论家、编辑家集中审读研讨、修改打磨书稿，最终推出一套优秀的文学作品，难能可贵。身在江苏省的电力作家肩负重任，一肩挑"本职工作"，一肩担"文学创作"之任务，深扎电力沃土，工作之余伏案笔耕，把自己生活中的积淀、对生活的热爱、生活中的感悟，化为文字，实属不易。组织的关怀、作家的付出都是值得的。

这套丛书为我们电力团体组织带来很大的启示：我们的文学创作者要准确把握时代命题与电力文学的关系，深入电力一线，把自己的思想、情感，同生活、同人民融为一体，做到"身入""心入""情入"，以独特的眼光洞察世事人生，以真挚情感投入作品创作，记录时代巨变、讴歌电力系统取得的成就和职工精神风貌，不断推出反映时代精神的电力题材精品力作，开拓电力文学新境界，攀登电力文学新高峰。这也是新时代对广大电力文学创作者的要求！

一次集中向社会、读者推出十位作家的十部作品，是中国电力作家队伍发展壮大的体现、取得的优秀成果的展示。这也是对中国电力文学、对中国文学的崇高致敬！

潘　飞

中国电力作家协会驻会副主席，《脊梁》执行主编

2023 年 8 月 31 日

代 序

镜照书生两鬓丝

有人说，乱世黄金，盛世收藏。此话流传甚广，自然有一定道理。但，也不尽然。乱世藏金，黄金也好，金银也罢，硬通货，便于携带，漂泊流离，可以易物交换，变换他物，遮蔽风雨，聊补无米之炊。且慢，黄金在身，腰缠金银，紧急至要之处，毕竟代替不了吃喝，抵挡不住风寒，也难解燃眉之急。因此，也还有乱世藏粮之说，手中有粮，心里不慌，粮食可要比黄金珍贵多了，也实用得紧。列宁说黄金造厕所，则是极而言之。

盛世收藏，简明扼要，易于理解，通行天下。仓廪实，户户足，天下太平，四海安然，雅好收藏，水到渠成，人性使然，彼此影响，自然成为风尚。收藏什么？五花八门，争奇斗艳，八仙过海，各显神通。有人收藏古书，书架飘香，香气盈室，风雅附庸，趋之若鹜；有人收藏古玉，玉洁冰清，凝脂滑腻，翠黄莹莹，夺人耳目；有人收藏古瓷，瓷片青莹，宛然可人，把玩品赏，物我两忘；也有人收藏紫砂巧壶，明清以降，天工纷夺，登峰造极；还有人收藏古币、邮票，林林总总，满目琳琅，不知凡几。当然，也有人收藏古铜镜，如《古代铜镜漫谈》的作者王新平，他的抱朴斋，收藏的是自汉代以来的古镜，有序井然，赫赫在目，令人艳羡。

　　说到镜子，曾经的稀罕物，如今早已经是人类生活中的家常物件。如今，小小寰球成为村落，网络、数字时代，自拍寻常，视频流行，各种美颜技术，日新月异，小小手机已经成为人们的外置器官，须臾难离。当年，嫁女娶妻陪送镜子脸盆，早已成为明日黄花，遥远童话。但，曾几何时，镜子却的的确确是家居常有的宝贝，是正衣冠、美丰姿的必备。而自西洋传来的玻璃镜片更是引人好奇趋之若鹜，原本只是帝王贵族人家专享，进入寻常百姓家的时月也并不悠久。有清一代，难挡西方文化如潮水般涌来，康熙、雍正、乾隆这祖孙三人都杀伐决断非比寻常，对待诸如玻璃镜一样的所谓西方的奇技淫巧，也不排斥。这一时期横空出世的《红楼梦》中也曾浓墨重彩地写过镜子，里面的镜子，大抵已经不是古代铜镜，而是"西洋镜"。此一奇书也曾被称作《风月宝鉴》，脂批有云："雪芹旧有《风月宝鉴》一书，其弟棠村作序。"曹雪芹先生还借道士之口说得明白："这物出自太虚幻境空灵殿上，警幻仙子所制，专治邪思妄动之症，有济世保生之功。所以带他到世上，单与那些聪明杰俊、风雅王孙等看照。千万不可照正面，只照他的背面。要紧，要紧！"

　　人常说，历史是一面镜子。至于说到古代镜子，最为著名也比较深刻的语录非一代英主唐太宗李世民莫属。李世民虽然发动玄武门之变逼迫父亲让位，但他即位之后颇有作为，开启大唐盛世，成就贞观之治，在中国几百位皇帝之中属于出类拔萃者，一直享有口碑，被一再颂扬。至于他的儿媳妇武则天，也并非如有些人说得那样不堪，她还是很有作为的一代女杰。且看李世民赞赏谏议大夫魏征时所说的镜子："夫以铜为镜，可以正衣冠；以古为镜，可以知兴替；以人为镜，可以明得失。"李世民毕竟不像刘邦那样出身草莽、混迹底层，也非朱元璋当年流离江淮托身庙宇，更非嬴政在陇西崛起后横扫六合，他受过一定的教育，也有一定的底线，更有包举宇内雄视四海的豁达大度。你看他把"铜""古""人"都视作一面"镜子"，层次分明，升华借喻，用来比较、照映、甄别现实中的人；到此还不够，他还有历史思维，反省总结一代帝业的兴亡绝续，这就有了一定的高度了，达到相当的站位了。历史并非虚无，它是由具体实在、血肉丰满的人所组成、所书写，李世民当然会想到夏桀殷纣幽历二王，也会想到秦始皇的焚书坑儒二世而亡，更会想到王莽董卓曹操等人的狼子野心篡逆恶行，而最为他所熟知的则是隋炀帝杨广，他曾反复问自己身边的大臣，杨广所说的话都很漂亮正确啊，看他办的事情也并非全都一无是处啊，他为何会失败得这样快速、下场如此之惨？魏征等人说，不仅要看杨广怎么说的，更要看他怎么做的。行胜于言。这样的君臣对话，大概说透了古代镜子的微言大义。

研究名物，解读古物，从中既有发现的乐趣，不足为外人道的乐趣，更有借助古物，厘清历史变迁，探究文明嬗变的意义所在。陈梦家本是诗人，出生于南京，但后来沉浸古物，乐此不疲，成就斐然。沈从文进入新的历史时期之后，改换频道，另择他途，深入古代，远离喧嚣，不经意间成为一代文物大家。他有《花花朵朵坛坛罐罐》，也有《铜镜史话》《唐宋铜镜》，义人笔法，独具慧眼，堪称一代经典。美国的艾布拉姆斯著有《镜与灯》，虽非论说镜子，是批评理论专著，纵横捭阖作者、文本、读者之间的关系，醍醐灌顶，给人启迪。《古代铜镜漫谈》作者虽然谦虚地说是"漫谈"，实际上这是一部条理清晰、架构俨然的古代铜镜史，作者从古代铜镜的起源开始说起，而后是夏商周、战国时期、秦汉，又自隋唐到宋元明清。有意思的是，作者还把与赵宋同期的辽金单列一章，进行叙述。这样横越数千年历史，并非无话可说为赋新词强说愁，而是每一朝代、时期，都有细目详说这一历史单元的古镜类别、花饰、造型，等等，条分缕析，让人眼界大开，很受裨益。看得出来，没有多年的研究把玩，没有焚膏继晷的深入其中，没有对古镜的认真甄别，没有对众多文献资料的搜求研读，要想"漫谈"出这样一部专业性极强的书来，绝非可能。尤为值得一提的是，作者还把自己所珍藏的古代铜镜若干，择取精要，一一赏析解读，分享大家，也让读者明白，细说有清以前的古代铜镜，绝非是纸上谈兵、坐而论道，而是有着自己珍藏实物的，有此为证立以存照。

无情却是青铜镜，刚照书生两鬓丝。我与作者王新平并不熟悉，是小说家王啸峰找到我，让我就此书写几句话。说来惭愧，我对收藏一知半解，毫无经验。书房里闲书乱叠，堆积如山，也有一些不知真假的文玩清赏，难登大雅之堂，只是敝帚自珍而已。

啸峰雅意，无从推托。《古代铜镜漫谈》即将付之梨枣于津门百花文艺出版社，啰啰唆唆，隔靴搔痒，说些言不及义的话，贻笑大方之家，权且为序。

王振羽

著名作家、出版人、凤凰出版传媒集团副总编辑

2023 年 8 月 31 日夜于南京俞家巷后

目录

第一章　中国古代铜镜起源及时代划分

第一节　由现实生活演变而来　　　　　　　　　/ 001

第二节　由礼器、神器演变而来　　　　　　　　/ 005

第三节　中国古代铜镜的时代划分　　　　　　　/ 010

第二章　夏商周时期的铜镜

第一节　夏商周时期铜镜的基本特征　　　　　　/ 013

第二节　夏商周时期的几种典型铜镜　　　　　　/ 013

一、齐家文化时期的铜镜　　　　　　　　　　　/ 013

二、商代铜镜　　　　　　　　　　　　　　　　/ 016

三、西周时期的铜镜　　　　　　　　　　　　　/ 021

四、春秋时期的铜镜　　　　　　　　　　　　　/ 025

第三章 战国时期的铜镜

第一节 战国时期铜镜的基本特征 / 029

第二节 战国时期铜镜的种类 / 030

　　一、山字纹镜 / 031

　　二、蟠螭纹镜 / 040

　　三、凤纹镜 / 043

　　四、兽纹镜 / 045

　　五、花叶纹镜 / 049

　　六、羽翅纹镜 / 051

　　七、连弧纹镜 / 053

　　八、素镜 / 054

　　九、特殊工艺镜 / 055

第四章 汉代铜镜

第一节 汉代铜镜的基本特征 / 063

　　一、西汉早期铜镜 / 063

　　二、西汉中、晚期铜镜 / 064

　　三、新莽时期铜镜 / 067

　　四、关于博局纹（规矩纹） / 069

　　五、东汉至六朝时期铜镜 / 078

第二节 汉代铜镜的种类 / 080

　　一、蟠螭纹镜 / 082

　　二、草叶纹镜 / 087

三、星云纹镜 / 089

四、连弧纹镜 / 091

五、铭文镜 / 093

六、四乳四虺纹镜 / 111

七、四乳禽兽纹镜 / 115

八、多乳禽兽纹镜 / 117

九、博局纹镜 / 120

十、变形四叶纹镜 / 125

十一、神兽镜 / 127

十二、画像镜 / 136

十三、龙虎纹镜 / 147

十四、夔凤纹镜 / 153

第五章 隋唐铜镜

第一节 隋唐铜镜的基本特征 / 156

一、隋代铜镜的基本特征 / 156

二、唐代铜镜的基本特征 / 157

第二节 隋唐铜镜的种类 / 159

一、四神纹镜 / 161

二、瑞兽纹镜 / 163

三、十二生肖纹镜 / 167

四、团花纹镜 / 168

五、花鸟纹镜 / 172

六、海兽葡萄纹镜 / 188

七、龙纹镜 / 191

八、凤纹镜 / 196

九、人物故事镜 / 199

十、神仙神话题材镜 / 210

十一、特殊工艺镜 / 234

第六章 宋代铜镜

第一节 宋代铜镜的基本特征 / 252

第二节 宋代铜镜的种类 / 253

一、花卉纹镜 / 253

二、龙纹镜 / 255

三、禽鸟纹镜 / 258

四、神仙人物故事镜 / 261

五、八卦纹镜 / 269

六、商标铭文镜 / 272

七、吉语铭文镜 / 276

第七章 辽金时期铜镜

第一节 辽金铜镜的基本特征 / 280

第二节 辽金铜镜的种类 / 281

一、花卉纹镜 / 282

二、花鸟纹镜 / 286

三、双鱼纹镜 / 287

四、龙凤纹镜 / 291

五、人物故事纹镜 / 293

六、宗教题材镜 / 299

七、契丹文镜 / 302

第八章 元代铜镜

第一节 元代铜镜的基本特征 / 305

第二节 元代铜镜的种类 / 305

一、花鸟纹镜 / 305

二、神仙人物故事镜 / 307

三、龙纹镜 / 313

四、铭文镜 / 317

第九章 明代铜镜

第一节 明代铜镜的基本特征 / 321

第二节 明代铜镜的种类 / 322

一、花鸟纹镜 / 323

二、龙凤纹镜 / 326

三、神仙人物故事纹镜 / 329

四、吉祥多宝纹镜 / 331

五、五岳真形纹镜 / 334

六、吉语铭文镜 / 336

七、花式异形镜 / 340

八、素面镜 / 344

第十章 清代铜镜

第一节 清代铜镜的基本特征 / 347
第二节 清代铜镜的种类 / 348
　一、花鸟纹镜 / 348
　二、神仙人物故事纹镜 / 352
　三、龙凤纹镜 / 355
　四、五岳真形图镜 / 357
　五、八卦纹镜 / 358
　六、蝙蝠纹镜 / 360
　七、狮子纹镜 / 361
　八、铭文镜 / 362

附　录　抱朴斋藏汉代铜镜精品赏析

01　星云纹镜（西汉） / 368
02　昭明连弧纹镜（西汉） / 369
03　"内而清"昭明连弧纹镜（西汉） / 370
04　"涷冶铜华"铭连弧纹镜（西汉） / 371
05　草叶纹镜（西汉） / 372
06　四乳四虺纹镜（西汉） / 373
07　四乳龙虎首虺纹镜（西汉） / 374
08　"汉有善铜"铭四乳四神纹镜（西汉） / 375

09　四乳八神镜（西汉）　　　　　　　　　　　　　　　　/ 376

10　朱雀纹镜（西汉）　　　　　　　　　　　　　　　　　/ 377

11　四乳四兽五铢钱纹镜（西汉）　　　　　　　　　　　　/ 378

12　八乳四神博局镜（新莽）　　　　　　　　　　　　　　/ 379

13　几何纹博局镜（西汉）　　　　　　　　　　　　　　　/ 380

14　四乳神兽博局镜（西汉）　　　　　　　　　　　　　　/ 381

15　"黍言之纪"铭四乳四神镜（西汉）　　　　　　　　　/ 382

16　四乳四神博局镜（西汉）　　　　　　　　　　　　　　/ 383

17　"上大山，见神人"铭六乳神兽镜（新莽）　　　　　　/ 385

18　"尚方作镜"铭八乳禽兽博局镜（新莽）　　　　　　　/ 387

19　单龙纹镜（东汉）　　　　　　　　　　　　　　　　　/ 388

20　"上大山，见神人"铭神兽博局镜（新莽）　　　　　　/ 389

21　"尚方佳镜"铭八乳禽兽博局镜（新莽）　　　　　　　/ 390

22　"王氏作镜"铭龙虎镜（东汉）　　　　　　　　　　　/ 392

23　"长宜子孙"铭云雷连弧纹镜（东汉）　　　　　　　　/ 393

24　"吾作明镜"铭四花簇半圆方枚

　　　神兽镜（东汉晚期至六朝）　　　　　　　　　　　/ 394

25　"长宜子孙"铭变形四叶龙凤纹镜（东汉）　　　　　　/ 396

26　"西王母"铭伯牙子期人物画像镜（东汉）　　　　　　/ 397

27　东王公、西王母神人神兽画像镜（东汉）　　　　　　/ 398

28　神人神兽车马画像镜（东汉）　　　　　　　　　　　　/ 399

后　记　　　　　　　　　　　　　　　　　　　　　　　　/ 403

第一章　中国古代铜镜起源及时代划分

第一节　由现实生活演变而来

用镜子来映照容颜，是现代人一件再普通不过的事情。然而，对于远古的先民们来说，他们是如何做到的呢？

战国时期哲学家庄子在《庄子·内篇·德充符》中说："仲尼曰：'人莫鉴于流水而鉴于止水。'"西汉司马迁《史记·殷本纪》引《汤征》语："汤曰：'予有言：人视水见形，视民知治不。'"远古先民在日常生活中发现，静止的水面可以映照人和周围的树木，进而把水盛在器皿中用于日常照容。

在古文字学中，"鉴"通"监"（"鑒"通"監"）。甲骨文"监"字和金文"鉴"字的写法如下所示：

（甲骨文"监"）　　　　　　　　（金文"鉴"）

由图可见，两个字的字形均由两部分组成：一跪姿或站姿之人，正俯视一器皿。① 其时之器皿，应为陶器（后发展为铜器），所盛之物应为水，用以映照容颜。此即"鉴于止水"之实证。早在两千多年前的《尚书》《诗经》《左传》《庄子》等古籍中均有关于"监"和"鉴"的记述。《尚书·酒诰》："古人有言曰：人无于水监，当于民监。今惟殷坠厥命，我其可不大监抚于时。"《诗经·大雅·荡》："殷鉴不远，在夏后之世。"《左传·襄公二十八年》："献车于季武子，美泽可以鉴。"《庄子·德充符》："鉴明则尘垢不止，止则不明也。"其意义都是借"监"（"鉴"）的映照作用喻事喻理，后引申出"借鉴"一词，说明"监"（"鉴"）作为映照工具在远古时期已经相当普遍。

由监（鉴）演化为铜镜，反映了中国古代社会经济、文化和科学技术的发展。民国时期著名学者、铜镜收藏大家梁上椿认为铜镜源于铜鉴，并在他所著的《古镜研究总论》中，将古代铜镜的产生过程归纳为："止水—鉴盆中静水—无水光鉴—光面铜片—铜片背面加钮—素面镜—素地加彩绘—改彩绘加铸图文—加铸铭文。"② 此说影响甚广，学术界人士大多认可，成为古代铜镜演变的主流观点。

---

① 《甲骨文编》，（孙海波原著《甲骨文编》修订本），中国社会科学院考古研究所，中华书局，1965 年 9 月。

② 《古镜研究总论》，梁上椿，《大陆杂志》第五卷第五期，1952 年。梁上椿，又称岩窟梁氏，民国时期铜镜研究和收藏大家，另著有《岩窟吉注图录》和《岩窟藏镜》。《岩窟藏镜》共收录先秦至清历代铜镜共计 624 面，每面镜子都标注出土地点、尺寸、重量，对铜镜纹饰类型的年代学分类与铭文释读，做了系统和准确的论述，对后世产生了重要影响。

郭沫若先生在其《三门峡出土铜器二三事》中做过这样的论断："古人以水为鉴，即以盆盛水而照容，此种水盆即为监，以铜为之则作鉴，鉴字即像一人立于水盆旁俯视之形……普通人用陶器盛水，贵族用铜器盛水，铜器如打磨得很洁净，既无水也可以照容。故进一步，即由铜水盆扁平化而成镜。铜镜背面有花纹，背心有钮乳，即是盛水铜器扁平化的遗迹。盛水铜器的花纹是在表面的，扁平化后则变成背面了。钮乳是器物的根蒂。"[①]

图 1　春秋时期吴王夫差青铜鉴（上海博物馆藏）

图 1 所示为春秋时期吴王夫差鉴。

此青铜鉴高 44.9 厘米，口径 75 厘米，底径 39 厘米，重 54千克。大口束颈，有肩，腹部略为鼓出且向下收敛，底平。双耳有环，耳上饰兽面纹，兽的额顶又有一高出器口的小兽。前后各

① 《三门峡出土铜器二三事》，郭沫若，《文物》，1959 年第 1 期。

置一卷尾双角龙作伸头探水状，两条龙攀附于器壁，咬住鉴口，非常形象生动。颈部、腹部均饰交龙纹。这种躯体交缠、盘旋的龙纹，盛行于春秋战国之际。

此鉴的内壁有铭文两行共 14 个字，第一行 7 个字——"攻吴王夫差选择"，第二行 7 个字——"厥吉金，自作御鉴"。铭文内容记叙了吴王夫差选用最好的吉金（青铜）铸造了这件宫廷御用器物——青铜鉴。

图 2　春秋时期楚国百乳青铜鉴（湖南省博物馆藏）

图 2 所示为春秋时期楚国百乳青铜鉴。

此青铜鉴 1965 年于湖南湘乡牛形山 27 号墓出土。高 14 厘米，腹径 31.5 厘米，口径 32.9 厘米，底径 21.7 厘米。圆盆形，卷唇，平底下置三矮足，两耳作兽鼻衔环。器身花纹分四层，一、三层饰云雷纹，二、四层铸有突起的管状乳纹，器内近口处饰云纹。

此鉴铸造精细，构思巧妙，保存完好，是研究湖南地区当时的青铜冶炼技术难得的实物资料，具有重要的科学、历史研究价值。

第二节　由礼器、神器演变而来

前面提到的几位专家的观点均是把铜镜作为照容的日常生活用器而得出的推论。但也有学者研究认为，不能把铜镜的源流问题与早期先民映照方式混为一谈，铜镜并不是因照容的需要而发明的，其最初应是中国西北部原始氏族的宗教仪式用具和饰品，后来才用作映照用具。①

众所周知，商周时期青铜器的铸造工艺已经达到了登峰造极的水平。照理来说，相对于复杂的青铜礼器，青铜镜的制作应该并不困难。如果青铜镜作为贵族阶层的日常生活器具，伴随着商周墓葬的考古发掘以及大量青铜礼器的出土，应当有青铜镜出现。然而事实却是，以安阳殷墟、郑州商城等为代表的商代墓葬和以西安丰镐遗址、宝鸡扶风岐山周原遗址，以及宝鸡茹家庄西周墓为代表的西周墓葬中，几乎都没有青铜镜出土。仅在 1976 年 6 月河南安阳小屯妇好墓出土有殷商晚期青铜镜四面，其中两面为叶脉纹镜、两面为多周凸弦纹镜②（分别见图 9、图 10 和图 11、图

---

① 《练形神冶莹质良工》第 27 页，上海博物馆编，上海书画出版社，2005 年 4 月第一版。

② 《殷墟妇好墓》，中国社会科学院考古研究所，文物出版社，1980 年 12 月第一版。

12）。另外，早在 1934 年 12 月，由国民政府中央研究院历史语言研究所著名考古学家梁思永主持发掘的河南安阳侯家庄北岗编号为 HPKM1005 号的殷墟墓葬中，出土过一面殷商晚期平行线纹青铜镜 ①（见图 8），但是由于其在当时仅属孤例，因而这件器物是否为青铜镜一直未能形成定论。直至 1976 年 6 月在河南安阳小屯妇好墓出土了殷商晚期四面青铜镜，方才对其形成了旁证。

正如我国著名历史学家、铜镜研究专家孔祥星、刘一曼在《中国古代铜镜》一书中所说："在数千座殷墓中，只在两个墓中发现五面。也就是说，出铜镜的墓还不到已发掘的墓葬总数的千分之一。"② 铜镜出土数量如此之少令人费解，只能说明那时的铜镜还不是日常生活用具，由此引出早期的铜镜是礼器或是神器之说。

图 3 和图 4 所示分别为新石器齐家文化时期重轮星芒纹铜镜和殷商晚期妇好墓出土的同心多周凸弦纹铜镜。

分析下页两个铜镜的形制和纹饰，可以看出，这类铜镜的纹饰，与一起出土的青铜器上的饕餮纹、云雷纹等纹饰完全不同，而呈现出以镜钮为中心，用长直线或短直线，刻画出繁缛细密的放射状细线纹，向镜缘辐射。这便是最直观、最典型的"太阳芒纹"。

---

① 《殷代的一面铜镜及其相关的问题》，高去寻，历史语言研究所集刊第二十九本下册，1958 年。
② 《中国古代铜镜》第 15 页，孔祥星、刘一曼著，文物出版社，1984 年 12 月第一版。

图3　新石器齐家文化时期重轮星芒纹铜镜
（中国国家博物馆藏）

图4　妇好墓出土商代同心多周凸弦纹铜镜
（中国国家博物馆藏）

能够普照世界、泽被万物的太阳无疑是古代先民最为崇拜的对象，而铜镜能够反射太阳的光芒，在先民的意识里，它就是太阳的化身。

因而，有学者研究认为，早期铜镜是远古先民太阳神崇拜的神器法物，其主要功能是在祭祀天地等宗教活动中，沟通天、地、神、人，是降魔驱瘟的神器。能执掌青铜镜的人，不是氏族部落长老，就是可以和神灵沟通的巫觋。① 这也就是为什么到了商代，青铜器的铸造工艺已经十分完善，大量精美的青铜器在殷商墓葬考古发掘中出土，而铜镜却只有寥寥数面，并且出自于类似妇好墓这样高等级的墓葬之中，其他同时代的墓葬中鲜有发现的原因。可见当时青铜镜的使用与执掌者的地位密切相关。②

原国家文物局副局长、国际博物馆协会亚太理事会主席、中国博物馆协会理事长、历史学家、考古学家宋新潮在其《中国早期铜镜及其相关问题》一文中指出，古代早期铜镜"是巫师作法最重要的法器，被视为'神镜'。"③

1977 年 4 月，青海省文物考古队与北京大学历史系考古专业联合对位于青海省海南藏族自治州贵南县的齐家文化时期的尕马台遗址进行考古发掘，于 M25 号墓中出土了一面被称为我国古代最早的铜镜之一的七星纹铜镜（参见第二章图 6）。当时，中国科

---

① 《中国早期青铜镜纹饰之谜》，王趁意，《收藏家》，2004 年第 10 期。
② 《中国古代铜镜的社会地位与艺术之美》，刘东，《古镜今照》，浙江省博物馆编，文物出版社，2012 年 3 月。
③ 《中国早期铜镜及其相关问题》，宋新潮，《考古学报》，1997 年第 2 期。

学院李虎侯研究员对这面七星纹铜镜的成分进行了非破坏性鉴定。通过鉴定，发现这面七星纹铜镜的铜锡比为 1 比 0.096（含锡约8.8%），与后期成熟的青铜镜合金相比，含铜量较高，而含锡量较低，这种合金配比制作出的镜子，镜面并不白亮。据此，有专家认为，此面铜镜的作用不一定是用来照容，可能是巫师等神职人员用来沟通天地的媒介。①

过去，在民间，堂屋正门上方常常镶嵌一面圆镜用以辟邪驱瘟。如今，在一些偏远的乡村，仍然保留着这种风俗，此便是实证之一。随着社会发展进步，铜镜作为照容的工具逐渐进入人们的日常生活之中。但是由于金属铜的稀有性以及铜镜制作成本的高昂，铜镜在其后很长一段时间里甚至于到了战汉时期，仍是上层贵族才能享用的奢侈品。历经汉唐时期的辉煌，到了宋元明时期，铜镜才开始进入民间百姓之家，成为人们日常生活的实用器物。随之而来的是，除了宫廷监造的铜镜之外，民间铜镜的制作水平和艺术价值也开始逐渐衰落。

鲁迅先生对中国古代艺术的研究有着极高的造诣，早期也曾十分喜爱收藏和研究古代铜镜。对于宋代以后铜镜艺术的衰落，鲁迅曾在 1925 年 3 月 2 日发表在《语丝》周刊第十六期上的《看镜有感》一文中感叹道："宋镜我没见过好的，什九并无藻饰，只有店号或'正其衣冠'等类的迂铭词，真是'世风日下'。"②

---

① 《青海出土中国最早青铜镜》，郭晓芸，《西海都市报》，2014 年 3 月 17 日。
② 《鲁迅全集》第一卷第 210 页，人民文学出版社，2005 年 11 月北京第一版。

第三节　中国古代铜镜的时代划分

迄今，我国考古发现年代最早的铜镜，是 1975 年甘肃省文物工作队在对甘肃省临夏回族自治州广河县齐家坪墓葬群进行考古发掘时，从 M41 号墓发掘出土的一面素面铜镜，此镜属齐家文化时期，距今 4200 多年，是我国迄今为止考古发现最早的古代铜镜，被称为"中华第一镜"，[①] 如图 5 所示。

图 5　甘肃临夏广河齐家坪墓葬 M41 号墓出土的
素面铜镜（甘肃省考古研究所藏）

---

① 《齐家文化与华夏文明》，主编：马志勇、唐士乾，甘肃民族出版社，2015 年
　7 月第一版。另见：2014 年 11 月 25 日《甘肃日报》《齐家文化：被历史湮没
　的高原明珠》，文：马志勇、马宝明，摄影：赵广田。

此面素面铜镜，圆形，直径 12 厘米，镜背中央有桥形钮，钮高 0.5 厘米，厚度约 0.3 厘米，镜面有光泽，背面光素无饰。从铜镜本身来看，属一次范模浇铸成型，钮部有锻饰痕迹，边缘规整光滑，通体锈蚀斑驳。

自此开始，我国古代青铜镜按照年代先后顺序及其形制特点，可以分为五个阶段、九个时期。

五个阶段，即夏商周时期的初始形态、战国时期的成熟、汉唐时期的辉煌、宋元时期的继承和发展以及明清时期的衰落五个阶段。

九个时期，即夏商周时期的铜镜、战国时期的铜镜、汉代铜镜（含六朝时期）、隋唐铜镜、宋代铜镜、辽金铜镜、元代铜镜、明代铜镜和清代铜镜。

在下面各章节中，笔者将分别从概述、基本特征、种类等几个方面对各个时期的铜镜进行详细论述，对同一个时期的相同镜种，尽可能多地选取具有代表性的博物馆馆藏铜镜加以解析，以求全面展现古代铜镜发展的整体格局。

第二章 夏商周时期的铜镜

夏商周时期为我国古代铜镜形成的初始时期，呈现出铜镜的初始形态。

这一时期的时间跨度较大，从公元前 2000 多年与夏时代同期的齐家文化晚期到公元前 400 多年的春秋晚期，时间跨度约 1600 多年。通过查阅考古资料可以发现，这一时期出土和发现的铜镜数量比较稀少，截至目前，中原地区仅出土了 27 面铜镜。其中齐家文化时期 3 面，商代铜镜 5 面（均为安阳殷墟商晚期墓葬出土），陕西、河南等地出土的西周时期铜镜 19 面。中原以外地区，北方长城沿线地区发现 18 面，辽东地区和吉林发现 8 面，甘肃、青海发现 40 余面，[①] 新疆发现 27 面。[②]

---

① 《上海博物馆藏铜镜综论》，马今洪，《练形神冶 莹质良工》第 26、27 页，上海博物馆编，上海书画出版社，2005 年 4 月第一版。

② 《中国早期铜镜起源研究》表 1-5，刘学堂，《新疆文物》，1998 年第 3 期。

第一节　夏商周时期铜镜的基本特征

夏商周时期铜镜的基本特征是，工艺较为粗糙，造型简单朴拙，镜面直径较小，大多在 10 厘米左右，镜体较薄，一般在 0.4 厘米左右，镜背有弓形环钮，纹饰较简单，多为素面或简单的几何纹饰，如七角星纹、平行线纹、叶脉纹等。其中几何纹饰均以镜钮为中心或围绕镜钮旋转呈放射状纹（如图 3、图 4 所示），从中已经可以看出后代铜镜的形制、纹饰风格和基本特征。

由于夏商周时期出土的铜镜较少，加之纹饰简单，还没有形成相对固定的形制和种类，金属成分配比也未达到相对固定的程度，呈现的多是铜镜的初始形态。

第二节　夏商周时期的几种典型铜镜

根据考古资料，这一时期的铜镜可以分为齐家文化时期的铜镜、商代铜镜、西周铜镜和春秋铜镜四大类。

一、齐家文化时期的铜镜

齐家文化是新石器晚期黄河上游的地方文化，其名称源于 1924 年由瑞典地质学家、考古学家安特生发现的甘肃省广河县齐家坪遗址，主要分布在甘肃、青海一带，地跨甘肃、青海、宁夏、内蒙古四省区，距今约 4200 多年。迄今为止，由考古发掘出土的齐家文化时期铜镜仅有三面：一面是素镜，1975 年于甘肃广

图 6　青海省贵南县尕马台遗址 M25 号墓出土的七星纹铜镜（青海省博物馆藏）

河齐家坪墓葬 M41 号墓出土（如图 5 所示）；另一面是七星纹镜，1977 年于青海省贵南县尕马台遗址 M25 号墓出土（如图 6 所示）；第三面是重轮星芒纹镜，出土于甘肃临夏（如图 7 所示）。这三面铜镜被学术界公认为我国古代最早的铜镜。

图 6 所示为 1977 年出土于青海省海南藏族自治州贵南县尕马台遗址 M25 号墓的背面铸有七星纹的铜镜。

此镜直径 8.9 厘米，厚 0.3 厘米，重 109 克，镜背中间有半圆形钮，已残。镜缘上部有两个穿孔，应为代替镜钮系绳悬挂之用。铜镜用单范铸造，正面磨光，镜背饰凸起的两周弦纹，在两周弦纹之间饰羽状七角星几何图案，角与角之间饰斜线纹。

尕马台遗址属于齐家文化时期，位于青海省海南藏族自治州贵南县拉乙亥乡昂索村西，为龙羊峡水库淹没区。1977 年 4 月，

图 7　新石器齐家文化时期重轮星芒纹铜镜
（中国国家博物馆藏）

　　为配合龙羊峡水库建设，青海省文物考古队与北京大学历史系考古专业联合对遗址进行考古发掘，在 M25 号墓中出土了这面铜镜。

　　当年，我国著名实验室考古学专家李虎侯运用快中子活化分析法，通过不取样非破坏性鉴定得出结论，此面七星纹青铜镜的年代约为公元前 2000 至前 1600 年，距今已有四千多年（齐家文化时期），属于新石器时代晚期，被称为我国目前考古发现最早的铜镜之一。①

　　图 7 所示为新石器齐家文化时期重轮星芒纹铜镜。

---

① 《齐家文化铜镜的非破坏鉴定——快中子放射化分析法》，李虎侯，《考古》1980 年第 4 期。

此镜直径 14.6 厘米，边厚 0.15 厘米，钮高 0.5 厘米，圆形，桥形钮，镜面中央微凸，镜背纹饰为以镜钮为中心的三周凸弦纹和内外两周三角锯齿纹带。其中，内圈三角锯齿纹带饰 13 个带短斜线的三角形和 13 个空白三角形；外圈三角锯齿纹带饰 16 个带短斜线的三角形和 16 个空白三角形，这也是三角形锯齿纹最早出现在铜镜上，其应象征太阳的光芒。

此镜出土于甘肃临夏，属新石器齐家文化时期，为我国发现最早的铜镜之一。此镜的重要价值在于，其形制和纹饰对后代铜镜产生了深远影响，奠定了我国古代铜镜的基本形制。

二、商代铜镜

商代铜镜十分罕见，有考古记录的商代铜镜，目前共发现 5 面，均出自殷墟墓葬。

其中一面是 1934 年 12 月 23 日，从当时国民政府中央研究院历史语言研究所著名考古学家梁思永主持发掘的河南安阳侯家庄 1005 号殷墓中出土的平行线纹镜（参见图 8）。这面铜镜是我国第一次由政府学术机构组织科学考古发掘出土的，断代明确，因此具有划时代的意义。

另外四面是 1976 年 6 月于河南安阳小屯殷墟妇好墓考古发掘中出土的，其中两面是叶脉纹镜（参见图 9、图 10），两面是同心多周凸弦纹镜（参见图 11、图 12）。

图 8 所示为 1934 年 12 月 23 日于河南安阳侯家庄 1005 号殷商时期墓葬出土的商代平行线纹镜。

此镜直径 6.4 厘米，圆形，环形钮，无钮座，镜背主纹饰按

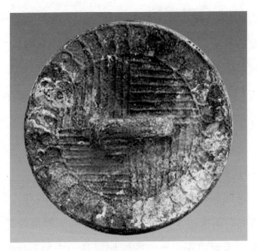

图8 河南安阳侯家庄1005号出土的商代平行
线纹镜

四等份分为四区，对称饰平行线纹，两两相对，经纬交错。近缘
处一周圈带，圈带内饰一周同向双弧纹。

此镜堪称我国古代早期铜镜之一，它的出土在我国考古史
上具有划时代意义。1928年10月，在时任国民政府中央研究院
历史语言研究所（以下简称史语所）所长傅斯年的筹划下，先
后组成了以董作宾、李济为总负责人的殷墟发掘团，赴河南安
阳小屯首次开展了有组织的科学田野考古发掘。[1]至1934年春，
发掘团先后九次对殷墟进行了连续性的考古发掘（其中李济主
持了第二次至第六次殷墟考古发掘[2]），同时在侯家庄发现了震

---

[1] 《安阳》，李济，河北教育出版社，2000年12月第一版。

[2] 《李济考古学论文选集·编者后记》，张光直、李光谟编，文物出版社，1990
年6月第一版。

惊考古界的商代王陵墓区。1934 年秋至 1935 年秋，史语所安排梁思永作为总负责人主持第十至第十二次殷墟发掘，并将重点由小屯转移到侯家庄。1934 年 12 月 23 日在对安阳侯家庄 1005 号殷墓进行发掘过程中，出土了这面商代晚期平行线纹铜镜。其重大意义在于以下两个方面。

首先，这是第一次由政府学术机构组织科学考古发掘出土的铜镜，并且时间断代非常明确。

其次，这面铜镜的出土，意味着民国时期的考古发现就已经将中国铸镜史向前推进了几个世纪，追溯到了殷商晚期。

图 9 所示为河南安阳小屯殷墟妇好墓出土的商代叶脉纹镜。

此面铜镜直径 12.5 厘米，厚 0.4 厘米，钮高 1 厘米，圆形，弓形环钮，镜背饰凸弦纹三周，内圈一周素面，内圈与外圈二

图 9　妇好墓出土的商代叶脉纹镜（中国社会科学院考古研究所藏）

周凸弦纹之间为主纹饰区，纵横两条双平行线以钮为中心将主纹饰区分为四个区，每个区有两片树叶纹，相对的两个区纹饰相同，第二、三周凸弦纹之间是镜的边缘，整齐排列乳钉纹一周。

此镜于 1976 年 6 月于河南安阳小屯殷墟妇好墓出土，是我国中原地区最早的铜镜之一，属商代晚期。

图 10 所示为河南安阳小屯殷墟妇好墓出土的另一面商代叶脉纹镜。

此镜为圆形，直径 11.7 厘米，厚 0.2 厘米，钮高 0.7 厘米，与图 9 所示的商代叶脉纹镜同时出土于河南安阳小屯殷墟妇好墓，除了直径略小于图 9 那面商代叶脉纹镜之外，形制和纹饰基本相同。

图 10 妇好墓出土的商代叶脉纹镜（中国社会科学院考古研究所藏）

图 11　妇好墓出土的商代同心多周凸弦纹镜
（中国国家博物馆藏）

图 12　商代同心多周凸弦纹镜（中国社会科学
院考古研究所藏）

图 11 所示为河南安阳小屯殷墟妇好墓出土的商代同心多周凸弦纹镜。

此镜直径 11.8 厘米，边厚 0.2 厘米，钮高 0.8 厘米，重 200 克。其形制为圆形，桥形钮，以镜钮为圆心，饰同心凸弦纹六周，弦纹之间饰以细密的竖直短线，恰似光芒自镜钮圆心向外放射。

此镜较薄，正面微凸，纹饰简练，形制、纹饰风格与齐家文化青铜镜存在一定的传承关系，1976 年 6 月于河南安阳小屯殷墟妇好墓出土，属商代晚期，是目前出土的较早时期的铜镜之一。

图 12 所示为同时出土于河南安阳小屯殷墟妇好墓的商代同心多周凸弦纹镜。

此镜为圆形，直径 7.1 厘米，厚 0.2 厘米，钮高 0.4 厘米，与图 11 所示商代同心多周凸弦纹镜同时出土于河南安阳小屯殷墟妇好墓，除了直径略小之外，形制和纹饰完全相同。

三、西周时期的铜镜

西周时期虽然有着辉煌的青铜器铸造史，然而现今出土的青铜镜也仅有十几面，且集中在中原和北方地区。如果按照常理解释，只能说明在西周时期，铜镜仍未形成体系，使用范围仅限于王室、贵族，抑或是作为礼器或神器，因而十分珍稀。

目前，已发现的十几面西周铜镜，分别出土于河南省浚县辛村、三门峡上村岭，陕西凤翔、宝鸡、淳化，北京昌平，以及辽宁宁城等地的西周墓葬中。

这十几面西周铜镜的基本情况是：

1957 年，在河南省三门峡市上村岭虢国墓地出土了三面西周晚期铜镜，其中两面为圆形、素面镜，一面为鸟兽纹镜，镜背有两个平行的弓形钮，这是现今发掘出土的最早的古代动物纹饰铜镜。

1958 年在陕西省宝鸡市市郊出土的一面圆形、桥形钮、素面镜。

1972 年在陕西扶风刘家村西周窖穴中出土的一面西周中晚期圆形、弓形钮、重环纹镜。

1975 年在陕西凤翔出土的一面西周早期圆形、长方钮、素面镜。

1975 年在北京昌平出土的一面西周早期圆形、半环钮、素面镜。

1979 年在陕西凤翔出土的三面西周早期铜镜，其中一面为圆形、无钮素面镜，另两面为圆形、枣核形钮、素面镜。

西周铜镜的形制均为圆形，直径多在十厘米左右，镜体较薄，镜面平或微凸，镜钮的钮形呈现多样化，已见弓形、半环形、长方形和枣核形等镜钮。镜背少有纹饰，大多为素镜，十几面西周铜镜中只有两面带有纹饰，其中一面是上述 1957 年 6 月出土于河南省三门峡市上村岭虢国墓地 1612 号墓的鸟兽纹镜，另一面是上述 1972 年 12 月出土于陕西扶风刘家村西周窖穴的重环纹镜。

图 13 所示为 1972 年 12 月出土于陕西扶风刘家村西周窖穴的西周重环纹镜拓片。

此面西周重环纹镜直径 8 厘米，圆形，镜面中间微凹，弓形钮，圆钮座，钮座外饰一周六组重环纹。此铜镜年代为西周中晚期，为我国早期较为罕见的西周铜镜。

图 14 所示为西周早期素镜。

图 13　西周重环纹镜拓片（陕西扶风刘家村西周窖穴出土）

图 14　西周早期素镜（陕西省宝鸡市博物馆藏）

此镜 1958 年于陕西省宝鸡市郊出土，直径 6.5 厘米，圆形，桥形钮，无钮座，通体光素无纹，是西周时期罕见的铜镜之一，对古代早期铜镜的演变具有重要的研究价值。

图 15 所示为 1957 年 6 月出土于河南省三门峡市上村岭虢国墓地 1612 号墓的西周晚期鸟兽纹镜。

此镜直径 6.7 厘米、边厚 0.35 厘米，镜背中央有两个平行的弓形钮，无钮座，以线雕的手法饰四个动物纹饰，钮的右侧为一只梅花鹿，钮的左侧为一只展翅的大雁，钮的上下各饰一只虎纹，虎身饰有卷曲的花纹，呈张嘴吞噬状，虎牙、利爪、虎斑纹清晰。纹饰简陋古朴。

此镜年代为西周晚期，是考古发掘的西周铜镜中仅有的两面带有纹饰的铜镜之一，极具历史研究价值。

图 15　西周晚期鸟兽纹镜（中国国家博物馆藏）

四、春秋时期的铜镜

进入春秋中叶，铜镜迎来了第一次较大发展，为其后战国时期铜镜的辉煌奠定了基础。

春秋时期的铜镜总体上继承了商代和西周时期铜镜的特点，以素镜、凸弦纹镜和几何纹镜为主，多为圆形，镜钮有弓形或半环形，钮座和镜缘开始出现，镜体较为轻薄。

由于春秋时期（公元前 770 年—公元前 476 年）属东周前期，战国时期（公元前 475 年—公元前 221 年）属东周后期，因而，严格意义上，就时间断代而言，春秋时期的铜镜与战国早期的铜镜很难划分，加之考古发掘资料较少，馆藏经过考证，具有明确断代的春秋时期的铜镜也比较少。事实上，这一时期的铜镜仍未形成系统的体系，仍应归属于早期铜镜一类。

图 16 所示为春秋时期斜线三角纹镜。

此镜直径 10.6 厘米，圆形，二平行半环钮，钮置于近顶端三分之一处，无钮座。二钮间和左右两边各有一条贯穿上下的素宽带，素宽带间、素宽带与镜缘间饰满三角纹，三角形内填满平行短线，三角形复杂而有规律。镜缘窄、微卷。

这面铜镜古拙质朴，形制规整，纹饰刻画清晰，出土于辽宁当地，是少数具有明确断代考证结论的春秋时期铜镜，反映了春秋时期辽宁地区较为发达的经济和文化，具有重要的历史研究价值。

图 17 所示为春秋时期三钮勾连雷纹镜。

此镜直径 22.8 厘米，厚 0.8 厘米，重 2350 克，圆形，镜背上部近缘处有三个呈川字形平行排列的桥形钮，钮长 3.3 厘米、宽

图 16　春秋时期斜线三角纹镜（辽宁省博物馆藏）

图 17　春秋时期三钮勾连雷纹镜（辽宁省博物
馆藏）

1.3 厘米、高 0.5 厘米，钮间距 2.7 厘米，钮上铸复线曲折纹。主体纹饰为以宽条带构成的"三角"形纹饰，条带内空白，以 45°和 90°角曲折勾连。条带外依据宽条带的走向填以平行短竖线或者横线。镜背窄平缘，缘上铸一周由三角形、曲尺形、直线、斜线相间组成的几何花纹带。

此镜 1958 年 4 月出土于辽宁省朝阳县十二台营子三号春秋大墓，镜背纹饰无明显主纹与地纹之分，镜背勾连雷纹与青铜器上的勾连雷纹有较大差别，加之镜体厚重，有别于同时期铜镜薄而轻巧的整体风格。

第三章　战国时期的铜镜

　　战国时期（公元前 475 年至公元前 221 年）是我国古代铜镜艺术发展史上的第一座高峰。从齐家文化时期铜镜的初始形态，历经殷商、西周到春秋战国，将近 2000 年的进化，铜镜无论在形制、纹饰、合金比例还是铸造工艺方面都发生了巨大变化。战国不仅承袭了商周时期青铜器的铸造技术和工艺，而且将其发扬光大，产生了极为精美的铜镜，形成了我国古代铜镜艺术发展史上的第一座高峰。

　　这一时期，铜镜作为高贵的日常照容用具，流行于各国贵族之间。在战国墓葬的考古发掘中，数量众多的铜镜呈现在世人面前，其精美的纹饰、精良的铸造工艺、神秘的文化内涵，令今人十分震撼和赞叹。

第一节 战国时期铜镜的基本特征

在不断发展的过程中，战国时期的铜镜在形制和纹饰等方面自成一体，形成了相对成熟、固定而独特的风格。战国时期铜镜的形制大多为圆形，也有少数为方形，镜体一般比较轻薄。镜钮主要有弦纹钮、镂空钮、桥形钮（弓形钮）、兽钮和半环钮。其中，弦纹钮是战国时期铜镜的重要特征之一，其形式为桥形钮背上均有一至三道凸起的弦纹，钮座一般为圆形和方形。这种铜镜的镜缘主要有两种形式，一种是平缘，另一种是素卷缘。素卷缘又可分为低卷缘和高卷缘。其镜背纹饰主要采用主纹和地纹相结合的方式，主纹地纹层次分明，相互重叠衬托。其中，主纹饰突破了商周铜镜以几何纹饰为主的格局，出现了动物纹、植物纹等新的纹饰形式，主要有山字纹、菱形纹、花叶纹、禽兽纹、蟠螭纹以及连弧纹等，其外形和内涵都更加丰富。镜背饰地纹是战国时期铜镜的又一典型特征，它们分布细密，常见的有羽翅纹、蟠螭纹、云雷纹等，也有纯地纹镜。在铸造工艺方面，除了传统的工艺外，战国还出现了彩绘、错金银、镶嵌绿松石、镂空等特种工艺镜。这一时期，铜镜不仅是人们日常照容的用具，更重要的是人们还通过不同的镜背纹饰，将自己的信仰、崇拜、祈愿以及生活追求等丰富的内涵寄托在其中。加之高超精湛的铸造工艺，这些共同造就了战国时期灿烂辉煌的铜镜文化。

第二节　战国时期铜镜的种类

中国古代铜镜的分类方法主要有两种。

一种是根据镜背主纹饰的不同分类，另一种是按照铜镜的形制分类。通常采用第一种分类方法，也即根据主纹饰的不同进行分类。如果形制不是圆形，而是其他特殊形制，则采用"主纹饰＋形制"的命名方式，如错金银狩猎纹铜镜、四神十二生肖方镜等等。

本文在论述铜镜种类时均采用这种分类方法。

根据主纹饰的不同，战国时期的铜镜可以分为五大类，即纯地文镜类、几何纹镜类、植物纹镜类、动物纹镜类以及特殊工艺镜类。

纯地纹镜，是指镜背只有一层细密且铺满镜背的纹饰，无突出的主纹饰。

几何纹镜，是指以线条、点、圈、弧线组合而成的纹饰，主要有山字纹镜、菱形纹镜和连弧纹镜等。

植物纹镜，是指将不同数量的植物叶片、花瓣等图案作为主纹饰，构成花叶纹镜。

动物纹镜，是指以写实或抽象的禽、兽的形象为主纹饰，主要有蟠螭纹镜（龙纹镜）、凤鸟纹镜、禽兽纹镜、羽翅纹镜等。

特殊工艺镜，是指运用特殊工艺加工而成的铜镜，主要有彩绘镜、镶嵌镂空镜、透雕镜、错金银镜等。

归纳起来，根据五大类主纹饰的不同，战国时期铜镜可以分为这九种：山字纹镜、蟠螭纹镜、凤纹镜、兽纹镜、花叶纹镜、羽翅纹镜、连弧纹镜、素镜、特殊工艺镜。

一、山字纹镜

山字纹是战国时期铜镜的特色纹饰，以山字纹作为主纹饰的铜镜是战国铜镜中最具代表性的一种，也是战国时期最常见的镜种，其出土量占战国铜镜总数的 70% 左右，是战国铜镜中最大的种类。

山字纹镜的称谓，最早见于清代学者梁廷楠所著的《藤花亭镜谱》。所谓"山字纹"，是指镜背的主题纹饰形状呈山字形，我国学者和收藏界一般称之为山字纹镜，国外学者则称之为丁字镜、T 字镜。

山字纹镜均为圆形，镜钮为弦纹钮，钮座为圆形或方形，钮座外饰羽状地纹，地纹上有规律地排列着三至六个类似"山"字的主题纹饰。山字纹饰有左旋和右旋两种，根据山字纹饰的数目可分为三山纹镜、四山纹镜、五山纹镜、六山纹镜四种，其中尤以三山纹镜、六山纹镜极为少见，而五山纹镜较多，数量最多的是四山纹镜。[1]

据资料统计，目前，国内外有据可考的三山纹镜仅有四面，六山纹镜不足十面。

上述四面战国三山纹镜中，一面收藏于甘肃酒泉博物馆，一面被法国巴黎一藏家收藏，另两面收藏于中国台湾著名收藏家、

---

[1] 《上海博物馆藏铜镜综论》，马今洪，《练形神冶 莹质良工》第 11 页，上海博物馆编，上海书画出版社，2005 年 4 月第一版。

息斋斋主王度先生家中。

上述十面战国六山纹铜镜分别收藏于：中国国家博物馆、上海博物馆、湖南省博物馆、广州博物馆、洛阳博物馆、安徽省六安市皖西博物馆，以及美国哈佛大学亚瑟·萨克勒博物馆、日本东京国立博物馆、瑞典斯德哥尔摩东方博物馆。此外，日本梅原末治《汉以前古镜的研究》和日本难波纯子《中国王朝的粹》还分别以图片的形式收录了两面战国六山纹铜镜。

在这十面战国六山纹镜中，属于考古发掘出土，并有确切考证的仅有两面，一面于 1983 年在广州市越秀区解放北路象岗山上的西汉初年南越王国第二代王赵眜墓中出土，直径 21 厘米，现藏于广州西汉南越王墓博物馆；另一面则于 2011 年 4 月 8 日在安徽省六安市经济开发区白鹭洲战国墓中出土，直径 27 厘米。

图 18 所示为战国六山纹铜镜，是现今国内外仅有的十面六山纹镜之一，珍稀程度不言而喻。

图 18　战国六山纹铜镜（中国国家博物馆藏）

此面六山纹镜直径 23.2 厘米，圆形，三弦钮，圆钮座，座外饰凹面圈带。主纹饰为左旋的六个山字纹，字体瘦削，倾斜度甚大，山字中间的一笔竖划较长，顶住镜缘，每个山字的外框镶有细边，如将左边细边延长伸至另一山字的底边，可形成规整的六角星。钮座外均匀向外伸出六片花叶，各山字右侧又配一花叶，花叶之间由带状纹连接，形成六角形，角尖为山字右侧的花叶，主纹饰下以羽翅纹为地。素卷缘。

2011 年在安徽六安白鹭洲战国墓中发掘出土了一面战国六山纹镜，参见图 19。

此面六山纹镜直径 27 厘米，双弦纹钮，圆钮座，主纹区为顺时针方向相连的六个"山"字，字体瘦削，倾斜度很大。山字中间的竖画较长，顶住镜缘，每个山字的外框镶有细边，左边细边延长伸至另一山字的底边，形成六出星芒形。六个"山"字内部

图 19 安徽省六安市经济开发区战国墓中出土的战国六山纹镜

围成对称的六角形，六角内及"山"字上方左右两侧共 18 个小区间分布 18 个小圆圈，圈内空。羽状地纹，宽平素缘，保存完整，是迄今为止考古发现的直径最大的战国六山纹镜。由于此镜出土情况翔实，断代明确，具有重要的历史和学术价值。

图 20 所示为战国羽翅纹地十五叶五山纹镜。

此镜为圆形，三弦钮，圆钮座，座外饰凹面圈带和凸弦纹各一周，素卷缘，地纹为细密清晰的羽翅纹，主纹饰为五个山字形纹，山字右旋，中间一竖较长，在钮座的外圈伸出十叶分五组将山字间隔，每组叶纹有茎相连，山字左部各饰一叶，共十五叶，叶形似枫叶。

此镜构图优美，纹饰繁缛，精工细致，保存完好，实为楚镜中之精品。1958 年于湖南常德棉纺厂 7 号墓出土。

图 21 所示为战国四山纹镜。

此面战国四山纹镜，直径 17.2 厘米，三弦钮，方钮座，座外饰凹面方框，主纹饰为四个左旋山字纹和用条带连起的十六个花瓣纹，地纹为细密的羽翅纹，素卷缘。

时至今日，战国时期属楚地的湖南出土了众多战国铜镜，尤其是出土的山字纹镜在国内首屈一指。此镜纹饰细密，构思精巧，版模清晰，尺寸较大，包浆一流，充分体现了战国时期楚地制镜的高超技艺。

图 22 所示为战国四山花瓣纹镜。

此镜为圆形，三弦钮，方钮座。钮座方框四角引出四条条带纹，每条条带纹上缀四个花瓣，其中竖直条带上缀两个花瓣，交叉缠绕条带的两端各缀一花瓣。四条条带纹之间形成四区，每区

图 20　战国羽翅纹地十五叶
五山纹镜（湖南省博物馆藏）

图 21　战国四山纹镜（湖南
省博物馆藏）

图 22　战国四山花瓣纹镜（湖
南省博物馆藏）

饰一山字纹，山字纹与条带纹交叉重叠，地纹为深峻的羽状纹。

此镜纹饰繁缛华丽，版模清晰，表面泛银光，尽显华美。此镜 1952 年于湖南长沙燕山岭 855 号战国墓出土。

图 23（a）所示为中国台湾收藏家王度先生息斋藏镜中的战国三山纹镜。

此镜直径 10.5 厘米，重 188 克。圆形，三弦钮，钮外一周凹面圈带，羽翅地纹，地纹之上三个"山字"形纹饰向右倾旋，环绕列置，镜缘为素卷平缘。

三山纹镜在战国山字纹镜中最为罕见，中华人民共和国成立以来的考古发掘中尚未见出土的三山镜。此镜即为前述目前已知仅有的战国四面三山纹镜之一，原为中国台湾收藏家王度先生的私人藏品，2006 年 6 月亮相于中国嘉德春季拍卖会"息斋藏镜·中国历代铜镜专场"，并且占据了《息斋藏镜》图册的首页位置，著名青铜器专家、上海博物馆原副馆长陈佩芬女士称此镜为"战国青铜镜中的珍品"。

图 23（b）所示为战国三山纹镜。

此镜直径 10.1 厘米，厚 0.2 厘米，圆形，三弦钮，圆钮座。主纹饰为三个向左倾斜的山字纹，"山"字的短竖道向内勾，呈尖角状，地纹为细密清晰的羽翅纹，镜缘为宽素平缘。

此镜纹饰清晰，布局工整，工艺精湛，并且是国内博物馆馆藏中仅有的一面战国三山纹镜，其珍稀程度不言而喻。

关于战国山字纹镜纹饰的渊源，学术界说法不一。最早提出此名称的是清代学者梁廷楠，他在《藤花亭镜谱》中收录了一面战国四山纹镜，认为这是"刻四山形以象四岳，此代形以字。"并命名为"山字镜"，后来国内学术界和收藏界便一直沿用至今。

图 23（a） 战国三山纹镜（王度先生息斋藏）

图 23（b） 战国三山纹镜（甘肃酒泉博物馆藏）

　　日本学者驹井和爱在《中国古镜的研究》中也提到，"山"字甲骨文、金文的写法与今天的"山"字写法几乎没有差别。"山"在古代往往与不动、安静、养物等观念结合在一起，因此在铜镜上使用大的山字图形，如同福、禄、寿、喜等字一样，寓意安定、稳固、吉祥。①

　　直到近年，国内还有学者提出，山字纹的出现与古代山岳崇拜有关。②

　　民国学者和铜镜收藏大家梁上椿则认为山字纹"似亦为兽纹之一部所变换"。③

　　另有学者认为，由于山字纹铜镜大多出土于战国楚地，其山字纹应与"楚伐中山"所获山字形器有关。④

　　20世纪80年代初，铜镜研究代表学者孔祥星、刘一曼提出，铜镜上的山字纹与春秋战国时山字的写法有所区别，所以它不是当时的山字。从它的构图上看，可能与殷周铜器上的勾连雷纹有关。⑤上海博物馆原副馆长、古代青铜器研究专家陈佩芬也认为，山字纹截取了勾连雷纹的基本构图，但作了结构性的改变，成为一种新颖的"几何"形纹饰。⑥如图24所示。

---

① 《中国古镜的研究》第73页，日本，驹井和爱，岩波书店，1953年版。

② 《山字镜初探》，王锋钧，《考古与文物》，2001年第1期。

③ 《岩窟藏镜（一）》第7页，梁上椿，1940年版。

④ 《从山字纹说楚伐中山》，程如锋，《江淮论坛》，1981年第6期。

⑤ 《中国古代铜镜》第35页，孔祥星、刘一曼，文物出版社，1984年12月第一版。

⑥ 《上海博物馆藏青铜镜·概论》第3页，陈佩芬，上海书画出版社，1987年12月第一版。

图24　商周青铜器上的勾连雷纹

　　这一观点基本解决了山字纹镜纹饰的渊源问题。从文字学的角度分析，这种纹饰并不是当时"山"字的写法，只因类似后世"山"字的笔画而得名。因此，"山字纹"只不过是一个习惯性称谓而已。山字纹和云雷纹、龙纹、凤纹、羽翅纹一样，都是来源于青铜器，再根据铜镜以圆形为主的特点加以改变，成为与铜镜镜型相得益彰的纹饰。

　　笔者认同这一观点。

二、蟠螭纹镜

"蟠"即盘曲，"螭"是传说中的一种没有角的龙，其形态多表现为张口、卷尾、盘曲，所以战国时期的蟠螭纹镜也可称作龙纹镜。用龙纹或蟠螭纹作为这一时期铜镜的装饰，流行于战国楚地，是"楚式镜"的一个重要组成部分。战国时期楚国大诗人屈原在其晚年创作的《九章·涉江》中就曾说要"驾青虬兮骖白螭，吾与重华游兮瑶之圃"，青虬、白螭即指青龙、白龙，反映了当时楚人对于龙的崇拜。

图 25 所示为战国三龙连弧纹镜。

此镜直径 14 厘米，圆形，圆钮，圆钮座，钮座外圈饰八瓣花纹，其外以云雷纹为地，上有三条长卷尾的螭龙绕镜一周。龙纹用实线表现，没有细部纹饰。龙纹的头部居中，作回首状，体曲盘旋，右边为龙之长尾，弧曲而下垂，造型灵动，栩栩如生。主纹和地纹之间形成明显的对比。镜缘为 16 个凸面内向连弧纹缘，设计精妙，工艺精湛。

图 26 所示为战国四龙纹镜。

此镜直径 14.2 厘米，重 160 克，圆形，三弦钮，圆钮座，座外一周凹弧圈带，宽边上卷缘，以云纹和点纹为地。主题纹饰为四条变形龙纹，四龙相互交缠，龙头居中，朝外，紧靠边缘。龙首张吻露齿，龙体盘旋，龙尾短且上卷，龙翼向两侧做对称展开，前龙后翼和后龙前翼以锐角形条纹相交连，纹饰设计构思十分精妙。春秋战国时期盛行卷龙纹和交龙纹，这种龙纹，龙的躯体作蜷曲状或两龙相交状。这种龙纹比较粗壮的称蟠螭纹，较小而作

图 25 战国三龙连弧纹镜（中国国家博物馆藏）

图 26 战国四龙纹镜（上海博物馆藏）

图 27　战国镂空钮蟠螭纹镜（北京故宫博物院藏）

繁密式排列的称蟠虺纹。

在战国铜镜上，一般都是蟠螭纹，以三组或四组构成一个整体的图案，这种图案成为战国时期具有代表性的铜镜纹饰之一。

图 27 所示为战国镂空钮蟠螭纹镜。

此镜直径 19.3 厘米，重 527 克，圆形，镂空钮，圆钮座，座外一周凹弧圈带。在满地细密的云雷纹上饰三条蟠螭龙纹，每条蟠螭龙卷曲缠绕，身如蔓枝，龙首居内侧中间有独角，张口露齿。镜缘为卷平素缘。

此镜的特殊之处在于镂空镜钮，在战国铜镜中甚为少见，表现出高超的铸造工艺。

此镜现藏于北京故宫博物院。湖南省博物馆也藏有一面纹饰和形制与图 27 铜镜完全相同的战国镂空钮蟠螭纹镜，直径为 16.5

厘米，1953 年出土于湖南长沙市子弹库施工现场发现的战国时期
楚墓中。

三、凤纹镜

凤鸟纹是古代青铜器的常用纹饰，多饰于鼎、簋、尊、卣、
爵、觯、觥、彝、壶等器物的颈、口、腹、足等部位。至战国时
期，由于青铜镜的不断发展，凤鸟纹也成为当时铜镜的一种主要
纹饰。

凤，在古代神话传说中为群鸟之长，是羽虫中最美者，飞时
百鸟随之，尊为百鸟之王。在古人的心目中，凤是吉祥之鸟。《诗
经·商颂·玄鸟》曰："天命玄鸟，降而生商，宅殷土芒芒。"所
谓玄鸟即凤鸟，说的是天上神凤降临而商朝出现。

凤鸟同龙一样，是中国古代民族的图腾。先秦典籍《山海
经·南山经》云："又东五百里曰丹穴之山。其上多金玉。丹水出
焉，而南流注于渤海。有鸟焉，其状如鸡，五采而文，名曰凤皇，
首文曰德，翼文曰义，背文曰礼，膺文曰仁，腹文曰信。是鸟也，
饮食自然，自歌自舞，见则天下安宁。"寓意凤鸟出现，则天下安
宁、祥瑞。

在战国铜镜上，凤鸟作为主纹饰基本延续了商周时期青铜器
上的形象，但更显飘逸灵动。

战国铜镜上的凤鸟纹常作侧面形象，凤冠、凤翅和尾羽富有变
化，常见凤冠高扬、凤翅舒展，尾羽长而卷曲，呈现出婀娜华丽、
婉转翩翩、柔美妩媚的姿态，反映了当时人们对美好生活的向往。

图 28 所示为战国凤鸟纹镜。

图28 战国凤鸟纹镜（北京故宫博物院藏）

图29 战国凤鸟纹镜（上海博物馆藏）

图30 战国龙凤纹镜（上海博物馆藏）

　　此镜直径 13.8 厘米，重 179.3 克，圆形，三弦钮，方形钮座，云雷纹地，素面低卷缘。四只凤鸟各占据钮座一角，凤头居中作回首状，尾羽高扬舒展，凤身呈流畅的 S 形线条。四凤之间沿镜内缘各伸出一菱形图案，上立一短尾小鸟。地纹为布满碎点的连续山字纹并间以云纹。

　　图 29 所示为战国凤鸟纹镜。

　　此镜直径 11.2 厘米，重 100 克，圆形，上卷素平缘，三弦钮，方钮座，座外凹弧方框。主纹饰区内四只凤鸟分布在钮座四角，四凤凤头居中，曲颈回首，凤翅舒展，凤尾卷曲，凤体纤细，姿态妩媚。四凤之间各间饰一短尾小鸟，小鸟站立于菱形纹图案之上。地纹为点纹和涡纹组成的菱形纹。

　　图 30 所示为战国龙凤纹镜。

　　此镜直径 13.5 厘米，重 150 克，圆形，窄平缘上卷。双弦钮，方钮座，座外凹弧方框加一周弦纹方框，沿方框四角向外各饰一花蒂纹，将主纹饰分为四区。上下各饰一凤纹，左右各饰一龙纹。凤回首向下，展翅欲飞，尾羽上卷，双爪合并作亿立状；龙回首张口，龙角上翘，龙尾上卷，尾端分肢，四足分张，充满动感，表现出战国时期抽象与写实艺术并用的意趣。地纹为菱形云纹。

四、兽纹镜

　　战国青铜镜上的兽纹与青铜器上的兽纹有所不同。青铜器上的兽纹多为兽面纹，表现的多是头部正面形象，如饕餮纹；战国青铜镜上的兽纹多为写实的动物纹，常表现动物的侧面或全部躯体形象。战国兽纹镜主纹饰中常见的兽纹主要有虎纹、豹纹、猿

图 31　战国斗兽纹镜（中国国家博物馆藏）

纹、鹿纹、熊纹、变形兽纹等。

图 31 所示为战国斗兽纹镜。

此镜直径 10.4 厘米，圆形，三弦钮，方钮座，座外围凹弧形方框。主纹饰为两位武士和两只猛兽组成的武士斗兽纹，对称布置在方座四隅。两位武士勇猛威武，一手持盾，一手持剑，上身赤裸，发髻类似秦俑，各自面对一个豹类猛兽，做互搏状。地纹为细线连勾纹，镜缘为素卷平缘。

此镜制作工艺精湛，尤其是主纹饰中的两位武士和两只猛兽的形象在铸造时采用特殊工艺处理，表面泛银白之光，与地纹形成明显对比，是战国铜镜中的精品，1975 年 12 月于湖北省云梦县睡虎地秦墓中出土，现藏于中国国家博物馆。另外，上海博物馆也藏有一面与此面铜镜几乎相同的战国斗兽纹镜。

图 32　战国四兽纹镜（北京故宫博物院藏）

图 32 所示为战国四兽纹镜。

此镜直径 16.8 厘米，重 326 克，圆形，三弦钮，圆钮座，座外一周凹弧圈带。主纹饰为四只长尾兽，兽首似熊似狐，作侧面回首状，竖耳张口，露齿吐舌，颈短体粗，龙尾长且卷曲，四足向四方伸展，一足抵钮座，两足抵镜缘，另一足与前一兽的长尾相接，四兽按同一方向作连续式排列。镜缘为羽翅纹地，上卷缘。

图 33 所示为战国四猿纹镜。

此镜直径 11.9 厘米，重 110 克，圆形，小圆钮，方形钮座，座外凹形方框，窄缘上卷，沿钮座方框四角各伸出一含苞花枝，将主纹饰分成四区，内区饰一猿猴，猿猴作侧面爬行状，双臂较长，短尾翘起，活灵活现。地纹为由点纹和折纹组成的格纹。

中国古代以猿纹作为装饰图案，一是来源于西周的章服制度，

图 33　战国四猿纹镜（上海博物馆藏）

图 34　战国四虎纹镜（上海博物馆藏）

《周礼·春官·司服》中将帝王和高级官员的礼服纹饰定为"十二章"纹，分别为日、月、星辰、山、龙、华虫、宗彝、藻、火、粉米、黼、黻，用刺绣或手绘于服装之上。其中宗彝纹饰以虎、蜼为图饰，蜼即长尾猿猴，古人传说其性孝，以猿为纹饰，取其忠孝之意。另一种民间说法是，猿代表长寿，取其长寿之意。

古代铜镜上，以猿为主纹饰十分少见，目前仅知上海博物馆藏有两面战国时期猿纹镜，此即其中一面。

图 34 所示为战国四虎纹镜。

此镜直径 12.2 厘米，重 710 克，圆形，桥形钮，圆钮座，外饰三周环形弦纹。主纹饰为四虎纹，四虎作同一方向布置，头部对准钮座，虎口紧咬钮座环，虎爪尖利夸张，形体作扑跃状，虎尾短小卷曲，虎耳高耸，虎的颈部饰以麟纹毛片，躯体上有精致的云雷纹，整体张力四溢。无地纹，宽素平缘。

此镜纹饰规整，镜体厚重，采用高浮雕技法，将四虎生动地表现在直径不足 10 厘米的内区内，足见青铜铸造技术至臻完善。

据考证，此镜 20 世纪 30 年代初出土于河南洛阳金村。

五、花叶纹镜

战国花叶纹镜的主纹饰为各种花叶图案，在布局上，花叶图案自钮座边缘向外伸展，数量不一，对称分布。常见花叶主纹饰有两种，一种为叶片形状的主纹饰，叶片数量 3、4、8 枚不等，其中四叶纹较为常见。另一种主纹饰为单花瓣或带叶花瓣图案，花瓣的数量一般为 4 枚、8 枚或 12 枚不等。花叶纹镜的地纹常为羽翅纹和云雷纹。

图 35　战国四叶纹镜（中国国家博物馆藏）

图 36　战国菱形四瓣花叶纹镜（湖南省博物馆藏）

花叶纹镜是流行于战国时期的一个镜种，存世数量相对较少。

图 35 所示为战国四叶纹镜。

此镜直径 11.1 厘米，圆形，三弦钮，圆钮座，外围饰有一周短斜线纹圈带，圈带外伸出四叶纹，呈十字形排列。叶纹似桃形，内饰叠瓣纹。地纹为羽翅纹，每个花纹单位呈长方形，顺列反复排列成四方连续图案。近缘处一周弦纹，宽缘上卷。

图 36 所示为战国菱形四瓣花叶纹镜。

此镜直径 11.8 厘米，重量 60 克，圆形，三弦钮，圆钮座，外围双圈连接四花瓣，呈十字形，狭缘上卷，镜面平坦，镜体极薄。镜背面以凹弧的曲尺形宽带为栏，交错相叠，形成对称的菱纹，将镜背的纹饰分成九块，完整的菱纹是以镜钮为中心的一块，其余均不完整。中心块和与其相接的四大块中饰有四瓣的花朵，其余四小块中都只饰有单花瓣。地纹为羽翅纹，铸造工艺为浅浮雕。

凹弧形宽带栏，与山字纹一样，是战国时期盛行的曲折雷纹的又一种变体。这类纹饰的铜镜也与山字纹镜在年代上相当或稍晚，此镜 1955 年出土于湖南长沙廖家湾 38 号战国楚墓。

六、羽翅纹镜

羽翅纹是变形兽纹的一种，不具备动物整体的形状，它截取于青铜器纹饰飞龙腾蛇躯体上的小羽翅，以其构成精细复杂、均匀密集的图像。这种纹饰在春秋晚期和战国早期的青铜器上曾风行一时。

用单一的羽翅纹作为铜镜主纹饰是战国时期铜镜的主要形

图 37　战国羽翅纹镜（上海博物馆藏）

制之一。日本著名考古学家、青铜器专家梅原末治称这种纹饰为"变样羽状兽纹"。[①] 民国时期学者和铜镜收藏大家梁上椿称其为"兽纹"或"变形兽纹"。

羽翅纹在战国铜镜中一般用作地纹，单独作为主纹饰较为少见。

图 37 所示为战国羽翅纹镜。

此镜直径 12 厘米，重 180 克，圆形，窄缘上卷。双弦钮，圆钮座，座外对称饰四片桃形叶纹，整个镜背纹饰都是羽翅纹，纵横排列，工整有序，纹饰细密，工艺精良。

---

① 《汉以前古镜的研究》，日本梅原末治著，东方文化学院京都研究所，1936 年版。

七、连弧纹镜

连弧纹镜的主纹饰由一组相连的弧形圈带组成，弧形圈带表面呈凹面，弧形内向，一般有六至十二弧相连成一周，镜钮多为弦钮，一般有钮座，有的是素地，有的饰地纹，地纹通常为云纹和三角形雷纹组成的云雷纹，镜缘多为宽素缘上卷。

图 38 所示为战国七连弧纹镜。

此镜直径 18.7 厘米，重 430 克，圆形，三弦钮，圆钮座，座外一周凹弧圈带和一周绳纹。主纹饰为七内向连弧纹，连弧纹表面呈凹面，主纹饰下满饰地纹，地纹为云雷纹。近缘处饰一周绳纹，宽素缘上卷。

此镜形制规整，宽疏的连弧和细密的地纹构成强烈的对比。镜体较大，直径达 18.7 厘米，而重量仅 430 克，在如此薄的镜体

图 38　战国七连弧纹镜（上海博物馆藏）

图 39　战国连弧蟠螭纹镜（北京故宫博物院藏）

上饰满复杂的纹饰，由此可见战国时期铜镜铸造技艺之精湛。

图 39 所示为战国连弧蟠螭纹镜。

此镜直径 14.4 厘米，圆形，三弦钮，圆形钮座，钮座由双直线分成四区，每区均饰云雷纹和连珠纹，座外饰一周凹弧圈带和一周绳纹。主纹饰为八内向连弧纹，连弧纹表面呈凹面，连弧纹周围满饰蟠螭纹，主纹饰下地纹为云雷纹。近缘处饰一周绳纹，宽边窄缘上卷。

八、素镜

素镜是流行于战国早期的一个镜种，镜背素地，无纹饰，镜钮为弦钮，钮外常饰一周弦纹或凹面圈带纹，宽缘上卷，整体造型简洁明快。

图 40　战国素地圈带纹镜（北京故宫博物院藏）

图 40 所示为战国素地圈带纹镜。

此镜直径 18.5 厘米，圆形，三弦钮，钮外饰一周凹面圈带纹，素地无纹饰，宽缘上卷。

九、特殊工艺镜

战国铜镜继承和发扬商周青铜器的铸造工艺，运用彩绘、镶嵌镂空、透雕、错金银等技法，创造出了精美的特殊工艺镜，堪称战国铜镜的一大精彩亮点。

图 41 所示为战国透雕蟠螭纹镜。

此镜直径 20.5 厘米，圆形，小环钮，柿蒂纹钮座。此镜由银白色的镜面和透雕镂空的镜背合体而成，镜面被包裹于镜背之中。镜背纹饰分内外两区，内区为透雕的四组龙纹，屈曲联结；外区

图 41　战国透雕蟠螭纹镜（中国国家博物馆藏）

图 42　战国镂空交龙纹镜（上海博物馆藏）

为一周透雕的交叉菱形云带纹。内外区交界处有一周重环纹和三角云纹，素平缘。

此镜为采用罕见的透雕工艺（又称镂空工艺）铸造的双层青铜镜，是早期青铜镜中一个独特的镜种，其镜面和镜背分别铸造，然后再嵌合在一起，整个设计和铸造延续了商周青铜器的高超技艺，纹饰华丽，繁缛细腻，构思巧妙，古朴典雅，制作精美。

此镜于1976年湖北江陵张家山楚墓出土，属战国时期楚国王侯贵族用品。

图42所示为战国镂空交龙纹镜。

此镜直径10.2厘米，重150克，圆形，伏兽钮，兽钮的上下左右皆透空。主纹饰为透雕交龙纹，五个龙首紧靠钮的周围，主纹饰区的边缘又有十个龙首，群龙龙身立体，相互交叠缠绕，宽平缘上一周连续S形纹。

此镜的铸造工艺采取镜面和镜背分别单独铸成，然后再将镜背焊铸在镜面上，其中镜缘上的三个卧兽即为焊铸点，这也是此镜不同于战国其他镂空镜之特别之处。

图43所示为战国错金银狩猎纹镜。

此镜直径17.5厘米，圆形，鎏金素卷缘，鎏金半环钮，鎏金圆钮座，钮座外一周鎏金圆凹弧形圈带和一周弦纹。主纹饰为三组两两相对的连体龙纹和三组狩猎纹。三组连体龙纹卷曲成华丽的涡卷纹，其间各饰一狩猎纹。右侧一组是身披铠甲、手持宝剑的骑马武士，正与张牙舞爪的猛虎搏斗；右下一组是展翅飞翔的凤凰；左上一组是两兽在争斗。

此镜双层，镜面为含锡较多的白铜所制，镜背则为青铜制，

骑士搏虎

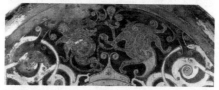

两兽相斗

展翅凤凰和连体龙纹

图 43 战国错金银狩猎纹铜镜及其局部
（日本永青文库藏）

用高超的镶嵌技术组合而成。全部纹饰皆采用复杂的错金银和鎏金工艺，画面之精美流畅，制作技法和艺术水平之高超，在战国时期铜镜中独一无二，是战国铜镜中的极品。

此镜 1928 年于河南洛阳孟津金村东周王陵出土。

1928 年到 1932 年间，河南洛阳孟津金村的八座东周王陵被当地农民盗掘，这面铜镜即出土于此，应为周天子御用之物。当时，这面铜镜被盗墓者拿出贩卖并流转到国外，最后为日本明治时期侯爵细川护立重金买下，现为日本国宝，藏于日本东京永青文库，收录在文物出版社 1998 年 12 月出版发行的《中国青铜器全集》第十六卷《铜镜》篇。

图 44 所示为战国透空镶嵌几何纹方镜。

此镜为方形，边长 18.5 厘米，重 929 克，桥钮，圆钮座，座

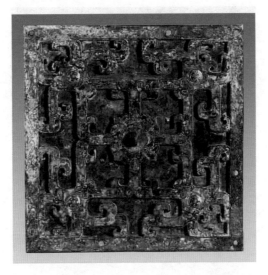

图 44　战国透空镶嵌几何纹方镜（上海博物馆藏）

外饰四叶纹。镜面为青铜平面薄板，镜背由透空的几何纹带组成，几何纹带和镜缘以镶嵌绿松石为地，几何纹带中的细线条为红铜丝镶嵌。几何纹的近角处各有一错金纹乳钉，缘上一周均匀对称镶嵌十二颗绿松石乳钉，乳钉之间饰简化错金回首龙纹。

此镜为复合镜，镜面和镜背分铸，然后镜面镶嵌在镜背边框内。据上海博物馆资料，此镜镜面厚度仅 0.2 厘米。镜背纹饰运用了透空、镶嵌、错金、复合等多种复杂工艺，纹饰精美，色泽艳丽，技法高超，堪称战国铜镜之代表。

图 45 所示为战国透空四鸟纹方镜。

此镜为方形，环形钮，叶纹钮座，叶纹沿钮向两侧伸展形成两横枝并与镜缘相触，四鸟双翅张开，尾羽铺展至镜缘，尖喙噙住横枝，两爪紧攀横枝，分居镜钮两侧呈对视状，勾连纹宽镜缘。

图 45　战国透空四鸟纹方镜（上海博物馆藏）

　　此镜采用透空工艺，镜面和镜背分铸，再复合而成，工艺精湛，纹饰精美，端庄隽秀。2012年，这面铜镜由美国著名收藏家罗伊德·扣岑（Lloyd Cotsen）捐赠给上海博物馆。

第四章　汉代铜镜

　　汉代是我国历史上真正意义实现大一统的朝代。政治的稳定，经济的昌盛，文化的繁荣，造就了延续400多年的大汉王朝。

　　国力的强盛和经济的发展，带来了文化的大繁荣，体现在汉代的各种艺术形式上，尤其是在汉代铜镜的方寸天地之中得到了集中的体现："铭文镜的穿插揖让从容不迫，规矩镜的法度森严守正出奇，神兽镜的高贵华美诡谲神秘，龙虎镜的阴阳媾和浪漫隐秘，画像镜的歌舞杂技仪仗出巡，浑如一幅幅绚美的画卷铺陈眼前。"①

　　正如现代著名美学家李泽厚在其所著《美的历程》一书中赞叹道："这是一个幅员广大、人口众多、第一次得到高度集中统一的中华帝国的繁荣时期的艺术。""像举世闻名的汉镜和光泽如新

---

① 《古镜今照》第86页，浙江省博物馆编，文物出版社，2012年3月第一版。

的漆器，其工艺水平都不是后代官营或家庭手工业所达到或效仿，这正如后世不再可能建造埃及金字塔那样的工程一样。它们留下来的是使后人瞠目结舌的惊叹。……所以说它们空前绝后，是因为它们在造型、纹样、技巧和意境上，都在中国历史上无与伦比，包括后来唐宋元明清的工艺也无法与之抗衡（瓷器、木家具除外）。"①

进入汉代，铜镜艺术迎来了其发展史上的第二座高峰。

第一节　汉代铜镜的基本特征

在文博界和收藏界，汉代铜镜的发展史常常包含西汉至六朝这一时期。以时间断代划分，可分为西汉早期、西汉中晚期、新莽时期、东汉至六朝四个时期，横跨五个多世纪。整个汉代铜镜种类繁多、形制规范、纹饰华美、精彩纷呈，制作技艺高超，内容表现丰富，具有极高的思想性和艺术性，并且汉代每一个时期的铜镜都有其特殊的时代特征，有着鲜明的时代烙印。

一、西汉早期铜镜

西汉早期指汉高祖至文帝、景帝时期，这一时期，大汉王朝刚刚建立，社会处于经济恢复时期，铸镜工艺发展不大，主要沿袭了战国晚期铜镜风格。

① 《美的历程》，李泽厚著，生活·读书·新知三联书店，2009 年 7 月北京第一版，第 81、83、84 页。

西汉早期铜镜的典型特征是：镜面较为平直，略有一点凸起弧度，镜壁较为单薄。弦纹小钮，钮座形式多样，常见圆形、方形、四叶形、连珠形等形式钮座。主纹饰主要沿袭战国时期传统，多见素面、连弧纹、蟠螭纹和蟠虺纹。稍早期的蟠螭纹和蟠虺纹镜多以云雷纹、云纹为地纹，稍后地纹即从汉镜中消失。镜缘多为上卷缘和平缘，镜缘少边饰多素缘，其中上卷缘作立墙式，为战国时期铜镜遗风。这一时期，铜镜铭文开始出现，但多为三言或四言句，也见五言和七言句。铭文的位置大多在内区或中区，主要起衬托作用。铭文的字体处于篆书向汉隶变革的时期，形成了独特的缪篆体。

二、西汉中、晚期铜镜

西汉中期，"文景之治"以后，特别是汉武帝时期，汉代经济快速发展，国力日益雄厚，思想、文化、艺术日趋繁荣，铜镜艺术开始走向成熟，形成了汉代铜镜的基本特征。

这一时期的铜镜质地精良，铜锡铅配比稳定，工艺精湛，镜面渐大，镜壁变厚，半圆形镜钮取代战国弦纹镜钮，成为此后历代镜钮的基本形制。钮座开始流行圆形、连珠形。镜缘开始从上卷缘渐变为平缘，镜面出现较凸的弧面。镜背地纹逐渐消失，主纹饰带有明显的时代特征，神灵气息十分浓厚，充分反映了当时的哲学思想和文化意识。

汉武帝采纳了董仲舒的提议，提倡"罢黜百家，独尊儒术"，经"援道入儒"和"六经注我"，儒家思想被立为官方的统治思想，影响长达两千多年。此后，汉代以儒家思想为中心，兼以阴阳五行、谶纬学说，将神权、君权、父权、夫权贯穿其中，所形成的这种帝制神学思想体系，成为统治者的统治工具。天人感应、万物有灵、物我化一，以及神与物游、神与化游的观念，也在艺术上得到了体现。①

阴阳五行学说源自春秋战国时期，到了汉代发展成一套完整的理论体系。该学说认为天地间有金、木、水、火、土五行，它们相生相克，生生不息，天地间万事万物，都可被纳入其中。例如在汉代的官职系统中，司徒可被看作五行中的"金"，司徒尚义，则民以仁义行事；"木"为司农，司农仁则五谷丰收；"水"为司寇，司寇尚礼，君臣长幼各自都以礼行事；"火"为司马，司马尚智，使诛伐得当，天下安宁；"土"为司营，司营尚信，以忠信事君，四境安定。阴阳五行学说认为，如果五行之中任意一端不遵其职守，社会就会遭受危害。比如司营为患，则人民必然叛离。

在此基础上，汉代大儒董仲舒进一步提出阳尊阴卑、阳贵阴贱的主张。若天、君、男、夫、德者曰阳，则地、臣、女、妻、刑者曰阴。前者为主为尊，后者为从为属，阴阳主从之间的相互关系，最终演变成了一套完整的纲常经纬，从而将阴阳学说纳入了伦理道德的范畴，就像"三纲"所说的："臣之事君曰臣纲，子之事父曰子纲，妻之事夫曰妻纲"。

阴阳五行学说，既为道德纲常寻找到了理论依据，也为一个

---

① 《中华艺术通史》（秦汉卷·导言·第三节），北京师范大学出版社，2006 年 6 月第一版。

初步统一的大汉封建王朝的人人、人事关系建立了一整套新的秩序，成为统治者的统治工具。这种统治思想在中国古代绵延两千余年，至今仍具影响。

谶纬思想，兴起于西汉中晚期，盛行于新莽和东汉时期。"谶"是预决吉凶的文字图符，"纬"乃是汉儒以大事祸福和治乱兴废附会儒家经书所下的断语。至西汉末年，由于政治动荡，谶纬之说越发盛行。谶纬思想依托的是符命谶语，是"易"学在汉代的延续。谶纬应验必须有赖于文字、图符、仪式等形式才能得以完成。因此，在汉代艺术中，无论是绘画、石刻，还是乐舞，其中都蕴含着五行之说和谶纬思想。

特别是在西汉中晚期及其后的铜镜艺术里，五行之说、谶纬思想有着充分的体现，堪称历代研究汉代哲学和艺术思想的重要实物。

西汉中晚期，铜镜的主题纹饰先是以草叶纹、星云纹、连弧纹为主，其后铭文成为纹饰的主题，日光镜、昭明镜、铜华镜等铭文镜广泛流行，同时还出现了双圈铭文镜。

至西汉晚期，社会上人们对于美的追求发生了巨大变化："你看那神仙世界，这里没有苦难的呻吟，而是愉快的渴望，是对生前死后都有永恒幸福的祈求。它所企慕的是长生不死，羽化登仙……这里的神仙世界就不是与现实苦难相对峙的难及的彼岸，而是好像就存在于与现实人间相距不远的此岸之中。"[1]因此，铜镜纹饰自然融入了当时流行的羽化升仙、祥瑞辟邪等宗教和文化元

---

[1] 《美的历程》，李泽厚，生活·读书·新知三联书店，2009年7月北京第一版，第75、76页。

素，羽化、神灵、祥瑞、辟邪的主题纹饰更加突出。

这个时期的铜镜纹饰主要表现形式是运用绘画、石刻以及双勾阳线等技法，围绕镜钮组成同心圆的多层连续图案，并以四乳为界，用四分法把纹饰区分成四等份，构成既对称又连续的圆形装饰图案，从而展现出汉代特有的、精妙多姿的铜镜艺术。

比如，在铜镜镜背上，反映羽化升仙、五行之说等思想的纹饰通常有羽人、四神（青龙、白虎、朱雀、玄武）、瑞兽等形象，四乳四虺镜、多乳禽兽纹镜、铭文连弧纹镜、博局纹镜开始流行。

这一时期，铜镜的铭文形成相对固定的格式，多吉祥、祝愿、思念之语，用以表达人们的情感和祈愿。比如，西汉中期常见铭文主要有"家常富贵""见日之光，天下大明""日有熹、乐毋事、宜酒食、常富贵""君行卒、予志悲、久不见、侍前稀""内清质以昭明，光辉象夫日月，心忽扬而愿忠，然雍塞而不泄""湅冶铜华清而明，以之为镜宜文章，延年益寿去不羊（祥），与天无亟如日光，长乐未央"等等。到了西汉晚期，又出现了清白镜，其铭文基本格式为："洁清白而事君，怨阴欢之弇明，愿永锡之流泽，志疏远而日忘，慎糜美之穷皑，外承欢之可说，慕窈窕于灵泉，愿永思而毋绝。"昭明镜中还出现了"内而清而以而昭而明而光而象而夫而日而月而"等独具特点的铭文。铭文的字体经过了由篆书向古隶再向汉隶的转变，主要为装饰性较强的缪篆体和篆隶体。

三、新莽时期铜镜

西汉末年，王莽被封为"安汉公"。汉平帝元始五年（公元5年），因有人上奏武功长孟通浚井掘得一块上圆下方白石，上书红字"告安汉公莽为皇帝"，符命之起，王莽随应谶纬篡汉居摄。三年后（公元 8 年），又现符命大起，齐郡出现"新"井，巴郡出现石牛，未央殿前出现铜符帛图，称"摄皇帝当为真"之征，王莽遂颁发"符命于天下"，改元称帝，建立新朝，以应天命。因此，新莽时期社会上谶纬思想十分盛行，而这种观念也集中地体现在了当时的铜镜上。

此时流行一种以玄妙的 T、L、V 符号为主纹饰的博局纹（又称规矩纹）镜，构图格局采用乳钉间隔成等份和以同心圆形式环绕的多层次纹带。博局纹和对称的八个乳钉将主题纹饰区分为四个区域，每个区域按照四神所主方位分别饰青龙、白虎、朱雀、玄武四神，配以羽人、禽鸟、瑞兽、蟾蜍等众多鸟兽图案，内容丰富多彩，表现手法更加细腻工整。

博局纹镜的镜钮固定为半圆钮，钮座以圆形为主，钮座外饰方框，方框内间饰"子、丑、寅、卯、辰、巳、午、未、申、酉、戌、亥"十二地支铭和十二个乳钉。

这种铜镜的镜缘为平缘，镜缘边饰趋向艺术化，常用三角锯齿纹、双线波折纹、花卉纹、流云纹和走兽纹作为边饰，使得铜镜越发精美。

四神和禽兽图案外常饰一圈铭文圈带，多用七言或三言韵语。如七言韵语："新家作镜真毋伤，巧工刻之成文章，左龙右虎辟不祥，朱鸟玄武顺阴阳，子孙备具居中央，上有仙人以为常，长保二亲乐富昌，寿敝金石如侯王。"又如三言韵语："上大山，见神人，食玉英，饮澧泉，驾交龙，乘浮云，君宜官，保子孙。"诸如此类，铭文字体以汉隶为主，同时出现了华丽的悬针篆。

图 46　新莽时期典型的博局纹镜（抱朴斋藏）

　　整个镜背纹饰构图巧妙，繁缛细密流畅，活泼生动优美，加之圆与方的对比，旋转奔驰，动感丰富，代表了汉代铜镜较高的艺术成就。

　　博局纹镜因镜面尺寸大小不同，其纹饰的繁简程度也各有不同，因而派生出了华彩各异的博局纹镜，如简易博局镜、无铭文博局镜、中圈铭文博局镜等等。

　　图 46 为新莽时期典型的博局纹镜。

四、关于博局纹（规矩纹）

　　博局纹，原先称为规矩纹，如今在民间仍有这种叫法。图 46 所示为新莽时期博局纹镜的代表性纹饰结构布局，其主要构成是：中间半圆钮，钮外饰方框，方框四边内有十二个乳钉间隔十二地支铭，方框四边外有八个乳钉，方框四边中点各出一 T 形纹饰，与其相对为 L 形纹饰，方框四角外相对 V 形纹饰，形成四方八极。T、L、V 纹饰间饰青龙、白虎、朱雀、玄武四灵和羽人、瑞兽、禽鸟等纹饰。

博局纹的基本要素是"方框＋TLV"。据考古出土资料，博局纹镜（规矩纹镜）在西汉早期即开始出现（参见图 47），盛行于新莽时期和东汉早期。

图 47 为 1978 年出土于长沙杨家山 304 号西汉墓中的鎏金博局纹镜，从中可以直观地感受到博局纹的基本要素。

此镜直径 13.8 厘米，圆形，半圆钮，柿蒂纹钮座，宽素平缘，镜背鎏金。

该镜主纹饰为博局纹图案，即"方框＋TLV"：钮座外饰方

图 47　西汉早期鎏金博局纹铜镜（湖南省博物馆藏）

框，方框四边中点各出一 T 形纹饰，与其相对为 L 形纹饰，方框
四角外相对为 V 形纹饰，L、V 纹饰均与镜缘相切。

此镜表现的博局纹饰为博局纹镜早期的基本形制，随着这一
种铜镜不断丰富、演变，加之融入了五行学说和谶纬思想，后来
在 TLV 博局纹饰的基础上增加了乳钉、四神、瑞兽（禽）、羽人
以及铭文等纹饰，到了新莽时期，形成了成熟的博局纹镜的固定
形制，进而成为汉代铜镜中的一种具有代表性的形式。

1. 名称之争

对于 TLV 纹饰的研究，一百多年来中外学者有着不同的
观点。

在 20 世纪 90 年代以前，文博界和收藏界通常将此纹饰称之
为规矩纹，将采用这种纹饰的铜镜称为规矩镜。

规矩镜这一称谓是日本考古学家梅原末治于 20 世纪 30 年代
首先定名的，主要因为 T、L、V 三种符号类似木工用具的规矩。
我国学者、铜镜收藏大家梁上椿在 1940 年 12 月编纂的《岩窟
藏镜》中曾引用过这种提法 [1]，后得到了学术界和收藏界的普遍
认同。

英国学者科普（A.J.Koop）因此种铜镜图案类似英文字母
TLV，于 1924 年在其所著《早期中国青铜器》一书中将此种铜镜
称为"TLV 镜"，此称谓被欧美学者普遍接受。

---

[1] 《岩窟藏镜（一）》图 80 说明，梁上椿，1940 年 12 月版。

图 48　西汉黑漆朱绘六博棋盘（湖南省博物馆藏）

图 49　西汉彩绘木雕俑博戏图（甘肃省博物馆藏）

　　但是，许多中国和日本的学者对此持不同观点。尤其是近几十年来，大量考证认定此纹饰来源于汉代六博棋局。

　　图 48 所示为 1974 年出土于湖南长沙马王堆三号墓的西汉黑漆朱绘六博棋盘。棋盘上刻画的中央方框和四周共 12 个 T、L、V 形线条清晰规矩，与博局纹镜上的博局纹完全相同。此墓还同时出土了与此棋盘配套的一套完整的六博棋具。

　　图 49 所示为 1972 年甘肃省武威市磨咀子 48 号汉墓出土的一组西汉彩绘木雕俑博戏图，两彩绘木雕俑之间放置一博局棋盘，二人正在进行博戏。此件文物现藏于甘肃省博物馆。

日本学者中山平次郎早在其于 1918 年撰写的《古式中国镜鉴沿革》中即提出汉代铜镜上的 TLV 纹饰来源于六博局。[1]另一日本学者驹井和爱在《考古学杂志》1943 年第 33 卷第 2 期上撰文也认为汉代铜镜上的 TLV 纹饰来源于六博局。

1957 年，原浙江省文物考古研究所所长王士伦在《浙江出土铜镜选集》中提出，江苏江都汉墓出土的六博棋局用朱色画出的线条，与铜镜上的规矩纹一模一样。[2]

1979 年，曾主持发掘长沙马王堆一号汉墓并参与二、三号汉墓考古发掘的原湖南省博物馆馆长熊传薪，在《谈马王堆 3 号西汉墓出土的陆博》一文中，根据马王堆等地汉墓出土的六博图案，提出汉代铜镜上的这种纹饰就来源于六博局，规矩纹镜应改称为博局纹镜。[3]

1986 年，文物考古专家、原湖南省博物馆副馆长傅举有在其所写的《论秦汉时期的博具、博戏兼及博局纹镜》一文中，根据考古资料，详细论证了博局、博戏以及博局镜与博戏的相互关系。[4]

1987 年，中国历史博物馆保管部文物专家周铮先生在整理该馆旧藏的铜镜拓本中，发现在一张新莽时期规矩镜的拓片上，铭文中有"八子九孙治中央，刻娄（镂）博局去不羊（祥）"的词句，参见图 50。

① 《古式中国镜鉴沿革》，日本，中山平次郎，《考古学杂志》1918 年第 9 卷第 8 期。
② 《浙江出土铜镜选集》，王士伦，人民美术出版社，1958 年 1 月第一版。
③ 《谈马王堆 3 号西汉墓出土的陆博》，熊传薪，《文物》，1979 年第 4 期。
④ 《论秦汉时期的博具、博戏兼及博局纹镜》，傅举有，《考古学报》1986 年第 1 期。

图 50　原中国历史
博物馆藏新莽时期
规矩纹镜拓片

　　据此，周铮先生论证出铜镜上的 TLV 纹饰应为博局纹，并在其《"规矩纹镜"应改称"博局纹镜"》一文中将长期流行的规矩纹镜名称直接改称博局纹镜。① 其次，铜镜上的十二个曲道（即所谓规矩纹）的排列组合是固定的、有规律的，与博局的曲道相同，如果把铜镜图案叠放在博局图案之上，则两种图案完全吻合。再者，从博局纹铜镜的产生、发展和消失的过程来看，其又是和博戏的存在、发展以及兴衰紧紧地联系在一起的。博局纹铜镜约产生于秦汉之际，全盛于西汉，消失于两晋南北朝之间。也就是说，它诞生于博戏盛行之时，消失于博戏衰落之日。②

① 《"规矩纹镜"应改称"博局纹镜"》，周铮，《考古》，1987 年第 12 期。
② 《论秦汉时期的博具、博戏兼及博局纹镜》，周举有，《考古学报》，1986 年 1 期。

1993 年 4 月，江苏省东海县尹湾汉墓群发掘出土了一面直径 27.5 厘米的规矩纹镜，上面刻有"刻治六博中兼方"的铭文，[①] 以实物印证了所谓的规矩纹镜应当定名为博局纹镜。（注：此面规矩纹镜的完整铭文为：汉有善铜出丹阳，卒以银锡清而明，刻治六博中兼方，左龙右虎游四彭，朱爵玄武顺阴阳，八子九孙治中央，常葆父母利弟兄，应随四时合五行，浩如天地日月光，照神明镜相侯王，众真美好如玉英，千秋万世长乐未央兮。）从此之后，很多学者和藏家都将此种铜镜称为博局镜。

仁者见仁，智者见智。尽管如此，"博局镜"或"规矩镜"这两种称谓仍旧在共通使用。前者一般多用于学术界和出版物中，但民间收藏者出于习惯，通常仍用后者称呼这种铜镜。

2. 博局纹的含义

博局纹以 TLV 为主纹饰，通常还和四神、羽人、瑞兽、铭文以及十二地支铭交融在一起，构成蕴含法天象地、崇拜神灵意义的复杂神秘图案，充斥着五行学说和谶纬思想。

汉代博局纹镜长久以来一直是学术界讨论的一个热点，讨论一般都集中在 TLV 纹饰的含义。归纳起来，主要有以下几种观点。

（1）娱乐形式

博局作为一种棋艺，最早出现于春秋时期，至汉代最为盛行。战国楚国大夫屈原在《楚辞·招魂》中提到："菎蔽象棊，有

---

① 《江苏东海县尹湾汉墓群发掘简报》，连云港市博物馆，《文物》，1996 年第 8 期。

六簙些。"东汉王逸对其注曰："投六箸，行六棊，故为六簙也。"
（文中"棊"音 qi，同"棋"。）西汉扬雄在《扬子·方言》中说：
"簙谓之蔽，或谓之箘。秦晋之间谓之簙。吴楚之间或谓之蔽……
或谓之棊。所投簙谓之枰，或谓之广平。所以行棋谓之局，或谓
之曲道。"东汉许慎《说文·竹部》中介绍："簙，局戏也，六箸
十二棊也。"六博戏是汉代很盛行的游戏，老幼皆知。《西京杂
记》（卷下）中的《陆博术》记载："许博昌，安陵人也，善陆
博，窦婴好之，常与居处。其术曰：'方畔揭道张，张畔捐道
方；张究屈玄高，高玄屈究张。'三辅儿童皆诵之。"可见，汉代
善博者在社会上受人尊敬，博局除了游戏娱乐性质外，也作为社
交礼仪的一种形式成为宴饮活动的一部分，西汉王朝还专门设有
博待诏官。

（2）占卜祭祀

由于六博依投掷而行棋，具有很大的偶然性，因此还具有占
卜的作用，北京大学藏汉简《日书》及江苏省东海县尹湾汉墓简
牍《日书》中都有《博局占》的图形和文字表述，占卜有婚嫁、
行、病等事项。

在汉代，博具还常被用作嫁妆和随葬品，甚至人们在举行祭
祀时，也张设博局。《汉书·五行志》记载，哀帝建平四年，"京
师郡国民聚会里巷仟佰，设张博具，歌舞祠西王母。"又曰："毋
告百姓，佩此书者不死……博弈，男子之事；于街巷阡陌，明离
闑内现疆外"。（文中"闑"为古汉字，音 nie，指门橛。）如前所
述，在汉代铜镜铭文中常有"刻娄（镂）博具去不羊（祥）"等语
句，说明 TLV 纹饰还具有祭祀、辟邪等意义。

（3）羽化升仙神灵崇拜

从博局纹镜的纹饰构成可以看出，汉代人们普遍具有祈求天地、崇拜神灵、追求长生不老的思想信仰。此类铜镜，除了以 TLV 纹样为主纹饰外，通常还和四神、羽人、瑞兽、铭文以及十二地支铭交融在一起，构成含义深刻、复杂神秘的纹饰图案。

其主要特征为：

一是在钮座外方框四边内侧常对应饰有"子丑寅、卯辰巳、午未申、酉戌亥"十二地支铭，并且用 12 个乳钉间隔。

二是在外圈与 TLV 纹样中，L、V 两个纹饰相交的铭文圈带内常见含有"左龙右虎辟不羊（祥）、朱鸟玄武顺阴阳""上大山，见神人""上有仙人不知老""法象天地""天道得物自然"等铭文，反映出与天地、阴阳、四时之间的关系。

三是在 T、L、V 主纹饰间隔而成的四个对称区域内，按照四神所主的方位饰有青龙、白虎、朱雀、玄武，同时密布羽人、各种瑞兽、禽鸟等纹饰，寄托人们羽化升仙的祈愿和神灵崇拜。

（4）法天象地

博局纹与占天测地的栻盘和日晷相关，含有"上圆象天，下方法地"之意。

栻盘是古人占卜天象、进行历算的工具，是中国古代天圆地方思想的实物表现，和今天风水先生用的罗盘性质差不多，由圆形的天盘和方形的地盘组成。日晷是古代利用日影测得时刻的一种计时仪器，通常由晷针（表）和晷面（带刻度的表座）组成。

原中国国家博物馆文物专家、考古学家孙机在《汉代物质文化资料图说》中论及：古代栻盘上的四角为四维，子午、卯酉二绳之四端为四仲。四维、四仲来自古代天文学家对宇宙构造的设想。到了汉代，人们把八个方向上用以维络天地的四维、四仲抽象成 T、L、V 式样的符号，体现了古代栻盘和日晷法天象地的含义。①

（5）象征天地宇宙

国外学者在研究新莽时期以 T、L、V 纹样为主纹饰的铜镜时，常常在纹饰的形象上将其和天地宇宙相关联。西方学者认为，博局纹镜的中心圆钮表示居于宇宙中心的中国，钮座外的方框表示大地，对称布置于四个方位的八个乳钉为擎天柱，而主纹饰中的 T 纹样象征四方，V 纹样代表四海，L 纹样是沼泽地的栅栏门。

日本一直是中国古代铜镜的重要收藏和研究国家，有一批卓有成就的铜镜收藏家和学者。其中日本著名学者、京都大学名誉教授、东洋考古学会及日本学士院会员、著名考古学家林巳奈夫引据中国古代女娲补天的神话传说，认为博局纹镜中的方框表示大地，T 纹样象征四极，T 纹样的横线是横极，竖线是支撑梁的柱。

五、东汉至六朝时期铜镜

东汉第一个皇帝光武帝刘秀起初也以谶纬为辞，起兵讨伐王

---

① 《汉代物质文化资料图说》，孙机，文物出版社，1991 年 9 月第一版。

莽，"图谶于天下"，谶记曰："刘秀发兵捕不道，卯金修德为天子。"①于是，刘秀即皇帝位，建元为建武。至六朝时期，谶纬思想与王莽新朝时期相比有过之而无不及，慕灵修，好神异，崇信神仙，祈愿长生，成为一种社会普遍现象。这种现象也自然反映在铜镜艺术的表现形式上。

这一时期，北方少数民族袭扰频仍，战乱不断，而南方经济社会相对稳定，铜镜的发展开始呈现出南北两种不同的风格。

在南方，也即长江流域，主要流行高浮雕神兽镜和人物画像镜，前代传说中的圣贤人物、先朝的帝王将相、民间流传的隐逸高士等成为世人祭祀崇拜的"仙化"对象，东王公、西王母、黄帝、羲和、伯牙、子期、伍子胥等人物故事以及龙虎、瑞兽等形象成为铜镜纹饰表现的主题。

在北方，也即黄河流域，铜镜基本延续西汉中期以后的造型，纹饰主要为变形四叶纹、夔凤纹以及内向连弧纹等。

在铜镜的形制上，东汉至六朝时期，铜镜的典型特征主要体现在以下四个方面。

一是乳钉从主纹饰上逐渐消失。

二是无论是南方还是北方，铜镜的镜钮都演变为直径较大的半球形钮。

三是在主纹饰的布局上打破了长期以来以镜钮为中心作环绕式和上下左右对称式布局的"心对称式"结构形式，形成了以镜

---

① 《后汉书》卷一上《光武帝纪第一上》，第 19 页，（南朝宋）范晔，中华书局，2012 年 4 月第一版。

钮为中心上下分层分列和左右对置布局的"轴对称式"构图格式，这在南方的重列神兽镜等神人神兽镜上尤其突显。

四是镜缘边饰风格各异，丰富多彩，尤其是到了东汉后期，出现了宽素缘、内向连弧缘以及变形云纹、连续菱形纹、禽兽纹、六龙驾云车和铭文带缘等边饰。

在铜镜纹饰的艺术表现形式上，同样在这一时期，高浮雕取代了线雕的艺术表现手法，使铜镜主纹饰更富表现力，形象更为生动，反映了东汉时期雕塑艺术的成熟和成就，产生了以半圆方枚神兽镜、重列式神兽镜、龙虎镜以及车马人物画像镜为代表的铜镜艺术作品，成为汉代铜镜的又一突出代表。

第二节　汉代铜镜的种类

从上面的论述可以看出，汉代铜镜种类众多，精彩纷呈，不同时期的铜镜都有着鲜明的特色。

在汉代铜镜的分类上，主要有两种分类方法，一类是按照时代的先后顺序划分，一类是根据形制和主纹饰的区别进行归纳分类。

这方面最具代表性的著作，当数孔祥星、刘一曼的《中国古代铜镜》和程林泉、韩国河的《长安汉镜》。

在孔祥星、刘一曼合著的《中国古代铜镜》一书中，作者通过对汉代铜镜形制和纹饰的系统研究，将汉代铜镜分为十五大类，即蟠螭纹镜类、蟠虺纹镜类、草叶纹镜类、星云纹镜类、连弧纹铭文镜类、重圈铭文镜类、四乳禽兽纹镜类、规矩纹镜类、多乳禽兽纹镜类、连弧纹镜类、变形四叶纹镜类、神兽镜类、画像镜类、夔凤（双夔）纹镜类、龙虎纹镜类。①

在程林泉、韩国河合著的《长安汉镜》一书中，作者通过对汉代都城长安地区考古发掘出土的汉代铜镜的深入研究，将汉代铜镜分为二十八个种类，即素面镜、蟠螭（虺）纹镜、彩绘镜、花卉镜、草叶纹镜、螭龙纹镜、羽状纹镜、星云纹镜、四乳铭文镜、四乳禽兽纹镜、三角几何纹镜、三乳连弧纹镜、日光镜、昭明镜、清白镜、铜华镜、日有熹镜、重圈铭带镜、云雷纹镜、博局镜、七乳禽兽镜、连弧纹凹面圈带镜、君宜高官四兽镜、变形四叶纹镜、夔纹镜、龙虎纹镜、铅镜、铁镜。②

其实，上述两者关于汉代铜镜的分类大同小异。由于《长安汉镜》着重于考古发掘研究，其与《中国古代铜镜》的主要区别在于三点：一是《长安汉镜》将花卉镜和草叶纹镜分而论之；二是《长安汉镜》将铭文镜这一大类依据铭文起始句的内容，又将其具体细分为几个镜种，如日光镜、昭明镜、清白镜等等；三是《长安汉镜》增加了铅、铁成分的镜种，而这两个镜种已与铜镜的形制和纹饰无关。

实际上，长期以来，在文博界和收藏界，对于铜镜的分类已经形成了较为一致的方法，铜镜种类的命名也基本约定俗成。

本文基本倾向于孔祥星、刘一曼《中国古代铜镜》一书中的汉代铜镜分类方法，同时结合收藏界的习惯，对汉代铜镜的分类

---

① 《中国古代铜镜》第57—58页，孔祥星、刘一曼，文物出版社，1984年12月第一版。

② 《长安汉镜》，程林泉、韩国河，陕西人民出版社，2002年6月第一版。

进行了两点修正。

一是鉴于螭纹和虺纹都为一种变形龙纹，故将蟠螭纹镜与蟠虺纹镜合并为蟠螭纹镜。

二是依据主辅关系，对于有两种以上复合纹饰的铜镜，以占据主要位置和作用相对较为突出的纹饰分类命名。比如对于铭文在主纹饰中相对较为突出的镜种统一归为铭文镜类，再如对于虽有铭文但相对于其他纹饰处于辅助地位的，则将其归入以其他纹饰为主的纹饰镜类，如博局纹镜等等。

因此，笔者按时代先后顺序，依据形制和主纹饰内容，将汉代铜镜分为十四类，即：蟠螭纹镜、草叶纹镜、星云纹镜、连弧纹镜、铭文镜、四乳四虺纹镜、四乳禽兽纹镜、多乳禽兽纹镜、博局镜、变形四叶纹镜、神兽镜、画像镜、龙虎纹镜、夔凤纹镜。

在同一纹镜种类里，又可根据主纹饰内容的不同延伸细分出不同的镜种。如铭文镜这一种类，可根据其铭文起始句的内容不同，再分为日光镜、昭明镜、铜华镜等等。又如神兽镜，可根据主纹饰的内容和布局，进而将其分为半圆方枚神兽镜、重列式神兽镜等等。

一、蟠螭纹镜

蟠螭纹镜又称蟠虺纹镜，是西汉早期的一个镜种，带有战国时期铜镜的典型风格和特点。

"蟠"是屈曲、环绕、盘伏的意思。

"螭"是中国古代神话传说中一种没有角的龙，它是人们常说的龙生九子中的第二子。东汉许慎《说文解字》中记载："螭，若龙而黄，北方谓之地蝼，从虫，离声，或无角曰螭。"三国张揖《广雅》中提到："有鳞曰蛟龙，有翼曰应龙，有角曰虬龙，无角曰螭龙，未升天曰蟠龙。"

"虺"是古代传说的一种动物，一说是毒蛇，一说是蜥蜴，另一说是龙的一种。南朝梁代任昉《述异记》中说："虺五百年化为蛟，蛟千年化为龙，龙五百年为角龙，千年为应龙。"蛇自古就有"小龙"之称，按《述异记》的说法，虺也是幼年时期的龙，所以蛇和虺应是同类。《诗经·小雅·斯干》云："维虺维蛇，女子之祥。"可见古人把虺和蛇都视为吉祥物，古代女子梦见虺和蛇，人们都认为是吉兆。

蟠螭纹或蟠虺纹是春秋战国时期青铜器的主要纹饰。汉代早期延续了战国时期风格，蟠螭纹或蟠虺纹成为铜镜的一种主纹饰，寓意辟邪、吉祥。

作为铜镜的主纹饰，在表现手法上，蟠螭纹或蟠虺纹以变形的龙或蛇为原型，吸收了走兽的形象，头和爪已不大像龙，头部较小，身躯呈扁平状、S形，卷曲、环绕、盘伏，无鳞甲，尾部呈"拐子型"或"卷草型"，多条螭龙或虺龙头尾相接，身体相互盘绕。

汉代蟠螭（虺）纹镜的基本形制是，圆形，弦钮或兽钮，多见圆钮座，座外常饰几周绳纹、凸弦纹带和一周凹弧形圈带，有的座外饰一周铭文带。主纹饰下常饰菱形云雷纹或云纹地纹，有的无地纹，镜缘多为上卷缘。

图 51 所示为西汉早期"大乐贵富"铭蟠螭博局纹镜。

图 51　西汉早期"大乐贵富"铭蟠螭博局纹镜（徐州博物馆藏）

此镜直径 16.2 厘米，圆形，素卷缘，桥形钮，伏螭纹方形钮座，座外一周方格框，框内饰 15 字铭文，其中左右下三边饰四字，上一边饰三字，从右边顺时针连起来读作："大乐贵富，得所好，千秋万岁，长乐未央。"首尾句之间以鱼纹间隔。主纹饰为博局纹和四组对称的蟠螭纹，每组蟠螭纹布局在相邻 TL 纹之间，蟠螭纹龙头居中且小，龙体作复杂的弧形盘曲状，各组的扭结形态不一，其中均有一龙爪伸进 V 纹内。博局纹 TLV 曲道内饰细线纹。

此镜是考古发掘出土的、具有确切断代的西汉早期铜镜，其蟠螭纹与战国铜镜上的蟠螭纹相比，变形度更大，形制与战国铜镜相似，从中可以看出既有传承又有不同，也可以看出西汉早期蟠螭纹镜的主要特点。此时铭文已出现在纹饰之中，多是简短的祝愿词句，表达人们对美好生活的向往。

图52　西汉早期四叶蟠螭纹镜（徐州博物馆藏）

此镜的另一特殊之处是出现了博局纹，说明在西汉早期，博局纹已应用在铜镜纹饰之中。

此镜2003年9月出土于江苏徐州东郊翠屏山一号西汉墓，墓主人为汉高祖刘邦四弟、第一代楚王刘交的宗室成员刘治，现藏于徐州博物馆。

同一墓室中还出土了一面四叶蟠螭纹镜，如图52所示，与图51所示蟠螭博局纹镜同为墓主人刘治生前喜爱的生活用具。

图53所示为西汉早期四螭四凤纹镜。

此镜直径22.7厘米，圆形，宽素卷缘，三弦钮，云雷纹地圆钮座，座外一周凹弧圈带和一周绳纹，四瓣柿蒂纹自钮座向外延伸，相互间用凹弧带相连，将主纹饰区分成内外四等份。内区饰四条螭龙，龙首向心作回首状，龙身蟠屈，潇洒飘逸，姿态优美，其中上下两条螭龙腾云驾雾；外区饰四只凤鸟，凤鸟展翅飞翔，

图 53　西汉早期四螭四凤纹镜（徐州博物馆藏）

图 54　西汉内向十六连弧三螭龙纹镜（河南博物院藏）

尾羽展开成扇面状，全身羽毛刻画细致，清晰可见。镜背地纹为
云雷纹。

此镜尺寸硕大，纹饰布局对称感强，线条清晰，造型优美，
工艺精湛，1995 年 3 月于江苏徐州狮子山西汉楚王陵出土。据考
证，该墓主人应为西汉第二代楚王刘郢客或第三代楚王刘戊。

刘邦建立大汉王朝后分封天下，其四弟刘交被封为楚王，即
第一代楚王，定都彭城，第二代楚王刘郢客或第三代楚王刘戊分
别为刘交的儿子和孙子，可见地位之显赫。有据可考，此镜为西
汉楚王生前日常用具，其纹饰之精美，工艺之精湛，非一般铜镜
可比，堪称西汉早期铜镜之代表。

图 54 所示为西汉内向十六连弧三螭龙纹镜。

此镜直径 15.3 厘米，圆形，三弦钮，圆钮座，座外一周八连
珠纹。主纹饰区饰三条螭龙，龙首扭曲向后作回望状，龙口大张，
龙尾细长卷曲，整体造型飘逸灵动，充满张力。地纹为细密的菱
形格云雷纹。镜缘边饰为十六连弧纹，缘边微上卷。

此镜出土于河南新密曲梁乡蒋坡汉墓，其上螭龙纹和地纹带
有战国镜的特点，但形制已具有西汉早期铜镜的风格，连弧纹开
始出现，当为汉代铜镜新形制的开端，具有一定的学术研究价值。

二、草叶纹镜

草叶纹镜是西汉早期出现的一个新的铜镜类型，大约起始于
文景时期，流行于汉代早、中期。草叶纹镜的出现，完全摆脱了
战国镜的模式，开创了汉代早期特有的铜镜风格。

草叶纹镜以镜背上花叶和草叶纹饰得名，其尺度有序，规整

华美。基本形制是：镜钮在早期多为弦钮、伏兽钮或连峰钮，后期多为半圆钮。弦钮、伏兽钮或连峰钮的钮座多为弦纹方框，半圆钮的钮座常是四花叶或柿蒂纹钮座，钮座外是凹面的方框，钮座与凹面方框之间饰一周铭文带，常见铭文有：

"见日之光，天下大明。"

"长毋相忘，贵乐未央。"

"长贵富，乐毋事，日有熹，宜酒食。"

"大富昌，乐未央，千万岁，宜兄弟。"

"身无蔽则，始曰服者，乐寿志得，与天无极。"

草叶纹镜铭文对仗工整，蕴含吉祥如意、大富大贵之意。其中 8 字和 12 字铭文居多，16 字铭文较为少见。铭文依四边对称布置，字体为缪篆（汉代用来刻印的书体），字形方正，古朴典雅，工整秀丽，极具装饰感。方框外常饰乳钉四枚，分四区，每一区饰草叶纹（花瓣纹或麦穗纹）。镜缘多为内向连弧纹。

关于草叶纹饰的寓意，应与汉代初期尤其是文景盛世的社会背景密切关联。汉代初期，人们从战乱中走出来，祈求安康、稳定和经济发展以及清静无为、休养生息的思想成为社会主流意识，人们安居乐业，社会和谐安定，在铜镜纹饰的表现手法上，一改汉初繁缛神秘的蟠螭（虺）纹饰，代之以象征美好的花叶、草叶和麦穗等充满生活气息的新颖纹饰，加之蕴含吉祥如意、大富大贵之意的铭文，反映了文景、汉武时期大汉帝国欣欣向荣的景象。

图 55 所示为西汉草叶纹镜。

此镜直径 11.1 厘米，重 91.2 克，圆形，半圆钮，柿蒂纹钮座，

图55　西汉草叶纹镜（抱朴斋藏）

钮座外饰双线方框，方框一周饰8字铭文吉语"见日之光，长乐未央"，每边两字，字体为缪篆。铭文外饰凹面方框，凹面方框的四角各饰一花苞，花苞两侧饰两片圆形枝叶，凹面方框外每边的中心处饰一枚乳钉和一桃形纹饰，乳钉两侧对称饰草叶纹（麦穗纹），镜缘为十六内向连弧纹。

此镜构图精妙，纹饰工整，体现了汉代铸镜工匠对于铜镜纹饰布局设计的精妙构思以及高超的铸造技艺。

三、星云纹镜

星云纹镜主要流行于西汉中期武、昭、宣帝时期（公元前140年至公元前49年），这一时期，正是大汉王朝发展的鼎盛时期。至西汉晚期，星云纹镜开始逐渐消失。

星云纹镜的形制有以下特点：镜钮多连峰式（又称博山钮），

纽座外饰一圈内向连弧纹，主纹饰区采用四分法布局，一般用四颗乳钉或四颗四叶状乳钉划分为四个区。主纹由众多的乳钉所构成，乳钉数目不等，少者三枚，多者十几枚，多是圆锥形凸起，四周连成一圈。乳钉之间，常用圆曲线相连接，状若星云。镜缘多为内向十六连弧纹。

有关星云纹镜最早的著录，见于北宋王黼的《博古图录》。该书卷第二十九的"枚乳门"一节中，著录了两面星云纹镜，分别称为百乳鉴和素鉴。后人因其主纹饰形状恰似天文星象，故名"星云纹镜"。

关于主纹饰星云纹的象征寓意，孔祥星、刘一曼在其合著的《中国古代铜镜》一书中论述道："其形状似天文星象，固有星云之名。有的学者则认为，所谓星云完全系由蟠螭纹渐次演变而成，小乳钉系蟠螭骨节变换，云纹则为蟠螭体之化身。"[1]

实际上，以上两种观点可以说是同源的。无论是对日月星辰的敬畏还是对神灵的崇拜，都反映了西汉中期五行、阴阳思想的兴盛以及这些思想对社会、对人们的深刻影响。

图 56 所示为西汉星云纹镜。

此镜直径 18 厘米，重 690 克，圆形，镜钮以一枚大乳钉和八枚小乳钉组成连峰钮，星云纹圆钮座。钮外一周十六内向连弧纹，其外两周短斜线纹之间为星云纹主纹饰区，四枚带连珠纹乳座的乳钉分列四方，将主纹饰区分为四区，每一区由 13 枚小乳钉通过

---

[1] 《中国古代铜镜》第 65 页，孔祥星、刘一曼著，文物出版社，1984 年 12 月第一版。

图 56　西汉星云纹镜（上海博物馆藏）

带状弧线串联成一组星云状图像，神秘诡异，变幻莫测。镜缘为内向十六连弧纹。

四、连弧纹镜

自西汉以来，连弧纹作为铜镜上的一种重要纹饰，常常出现在铜镜的镜背上。汉代铜镜上的连弧纹常见为八连弧和十六连弧，均为内向。根据连弧纹在铜镜中的主次地位，连弧纹镜可分为三种：一种是纽座外内区为连弧纹，外区为铭文带；第二种是素地连弧纹镜，纽座外为内向连弧纹，无铭文，亦无其他纹饰；第三种以连弧纹作为主纹，兼有其他纹样作装饰。

上述第一种主要流行于西汉、新莽和东汉早期，这种连弧纹只是作为辅助纹饰，对主题纹饰起到衬托作用。比如，在草叶纹镜、星云纹镜、日光镜、昭明镜、清白镜、铜华镜等镜种中，连弧纹均有表现，不仅丰富了镜背纹饰，而且增加了铜镜纹饰的美感和艺术性。但由于在这些镜种中连弧纹只起到辅助和衬托作用，故在分类中常常以其主要纹饰来命名，如草叶纹镜、星云纹镜、昭明镜等等，而不把它们划归连弧纹镜。

东汉以后，铜镜的纹饰发生了较大变化，出现了一种以连弧纹为主纹饰的镜种，附之以大半圆钮、柿蒂纹钮座，云雷纹和宽厚缘，整体庄重、简朴、美观、大方，是东汉铜镜艺术不可或缺的一个组成部分。

图 57 所示为东汉时期"长宜子孙"铭云雷连弧纹镜。

此镜直径 19 厘米，重 907 克，圆形，半球钮，柿蒂纹钮座，四瓣柿蒂纹间铸"长宜子孙"四悬针篆字，钮座外饰篾纹一周。

图 57 东汉"长宜子孙"铭云雷连弧纹镜
（抱朴斋藏）

主纹饰为内向八连弧纹，弧间铸有八字"寿如金石、佳且好兮"，字体也为悬针篆。连弧纹外两圈篦纹之间饰一周八组云雷纹，每一组云雷纹由八个圆涡形云纹和八个方折形雷纹组成，宽素缘。

此镜尽显连弧纹镜庄重、简朴、美观、大方的特点，尤其是内圈"长宜子孙""寿如金石、佳且好兮"两句悬针篆铭文，字体优美，寓意美好。

五、铭文镜

进入汉代，以铭文为铜镜的主题纹饰，或在其他主纹饰中辅以铭文，用以表达人们的思想、信仰和情感，寄托人们的祈愿、向往和追求，成为汉代铜镜的一大特色。

铭文镜几乎贯穿汉代的不同时期，不同时期铭文镜中铭文的主次关系又各不相同。

在西汉早、中期，出现了以铭文为主题纹饰的铜镜，比如日光镜、昭明镜、清白镜、铜华镜、重圈铭文镜等等。这一时期，铭文在铜镜纹饰中的作用特别突出，几乎无须任何其他纹饰修饰。至西汉末期和新莽时期，铭文在铜镜纹饰中转而起辅助作用，但仍为铜镜纹饰的一个重要组成部分，与主题纹饰相得益彰，比如博局纹镜中的铭文圈带。到了东汉时期，铭文逐渐让位于主题纹饰，主要起衬托作用，但仍不失华彩，尤其是东汉后期出现的半圆方枚神兽镜，在小小方寸之中，竟能刻画出纤细、清晰、工整的四字方枚，令人惊叹不已。这些语言优美的镜铭，记录了汉代先人的思想情感和宗教崇拜，承载着丰富的文化内涵，为今人研究中国汉字的演变及其书法提供了珍贵的实物资料。

关于铭文镜的命名，通常是按照铭文在铜镜纹饰中的主次程度不同而加以区别的。比如，铭文作为主纹饰的铜镜，习惯上将其归为铭文镜；如若铭文作为辅助纹饰，常常将其归入以主题纹饰命名的铜镜之列。即使是铭文类铜镜，也习惯上根据铭文的句首词组命名之，如日光镜、昭明镜等等。

本文认为，铭文镜作为汉代铜镜的重要镜种，应当单独列为一大类，在此大类之下，再按铭文的句首词组分而列之。常见的汉代以铭文为主纹饰的镜种主要有日光镜、昭明镜、清白镜、铜华镜、重圈铭文镜、日有熹镜、君有行镜七种。

1. 日光镜

日光镜因镜铭起始句"见日之光"而得名，是流行于西汉早中期的一个镜种。这种镜多为圆形，有圆钮（也有圆锥状）、圆钮座，钮座外饰"几何"形纹饰，再之外饰连弧纹圈带或凸弦纹圈带；有的为弦纹，弦纹间多用短线或斜线纹装饰。主题纹饰为日光铭带，铭带夹于两周短斜线纹之间，也有的夹于一周弦纹和一周短斜线纹之间或两周弦纹之间。镜缘均为素缘，有宽窄、高低之别。

日光镜的铭文基本上都为两句八字，起始句均为"见日之光"，常见镜铭主要有：

"见日之光，天下大明。"

"见日之光，长毋相忘。"

"见日之光，长乐未央。"

日光镜铭文各字之间常用卷云纹和田字纹等几何符号间隔。

图 58　西汉"见日之光"铭透光镜（上海博物馆藏）

日光镜直径较小，多在 8 厘米左右，很少超过 10 厘米。因此，笔者认为，日光镜应为汉代贵族青年男女随身携带的袖珍镜。

图 58 所示为西汉"见日之光"铭透光镜。

此镜为圆形，直径 7.4 厘米，重 50 克，镜面微凸，圆形，中有半圆小钮，圆钮座。主纹饰分内外两区，内区为八曲内向连弧纹，外区为铭文带，饰"见日之光，天下大明"八字，每字之间以卷云纹和田字纹相隔，宽素平缘。

需要特别指出的是，透光镜是一种特殊的青铜镜，镜面不仅能照人，当阳光或平行光照射镜面时，镜面的反射投影能出现与镜背的文字和纹饰相同的影像。

图 59 所示为此镜在上海博物馆现场演示的透光效果。

图 59 上海博物馆藏"见日之光"铭透光镜
现场演示图

2. 昭明镜

昭明镜因铭文首句中有"昭明"两字而得名，流行于西汉中晚期和新莽时期，和日光镜类似，是汉代铜镜中传世数量较多的镜种之一。

昭明镜的基本形制为圆形，半圆钮，圆钮座。钮座外常饰一周八内向连弧纹或饰一周凸弦纹及一周八曲内向连弧纹，少数为一周凸弦纹。两周短斜线纹之间为主纹饰区铭文带，镜缘均为素宽缘。

昭明镜的完整铭文是四句六言二十四字："内清质以昭明，光辉象夫日月，心忽扬而愿忠，然雍塞而不泄。"由于昭明镜的直径大小不同，铭文的完整程度也不相同，直径大的铭文相对完整，直径小一点儿的铭文常常有字句省略。有的昭明镜的铭文字里行间常加"而"字，在铭文读音和布局上用以增加美感和艺术性。

昭明镜常见铭文选辑如下：

"内清质以昭明，光辉象夫兮日月，心忽扬而愿忠，然雍塞而不泄。"

"内清质以昭明，光之象夫日月，心忽而忠，塞而不泄。"

"内而清而质而以而昭而明，光而辉而象而夫而日而月。"

"内而清而质而以而昭而明，而光象夫而日月，心而不泄。"

昭明镜铭文的字体有两种，一种是篆隶式变体，非隶非篆，字体方正，笔画圆中带方，字的首尾用力较重，呈楔形，整体铭文带有厚重的雕刻感，这种字体多见于连珠纹钮座昭明镜。另一种是缪篆体，字体方正，源于汉代铜印印文，常见于圆钮座连弧纹昭明镜。

图 60 所示为西汉昭明镜。

此镜直径 14 厘米，重 565.5 克，圆形，半圆钮，柿蒂纹钮座，座外饰八曲内向连弧纹，其外两周短斜线栉齿纹之间为主纹饰铭文带，22 字铭文为"内而清而明而以而昭而象而夫而日而月而光而光"。铭文不完整，以鸟纹为铭文的起讫符号，镜缘为宽素平缘。

图 60　西汉昭明镜（抱朴斋藏）

图 61　内清以昭明透光镜（上海博物馆藏）

图 61 所示为内清以昭明透光镜。

此镜直径 12.1 厘米，重 280 克，圆形，半圆钮，圆钮座，内区一周宽凸弦纹和八曲内向连弧纹，主纹饰区为一周铭文带，铭文共 21 字："内而清而以昭而明，光而象夫而日之月而兮而不世（泄）"。字体方正遒劲。铭文内外两侧各有一周短斜线纹，镜缘为凸起的宽素平缘。镜面平滑光亮，至今仍可照人。

此镜看似普通，却有特殊之处。其特殊之处与图 58 所示的上海博物馆藏西汉"见日之光"铭透光镜一样，具有神奇的透光性能：将阳光或平行光束照射于镜面，能在镜面相对的幕壁上反射出与镜背纹饰相应的图像和文字。

中华人民共和国成立以来，通过考古发掘，国内馆藏的西汉时期透光镜共有四面，其中两面收藏于上海博物馆（即图 58 和图 61 所示），一面是湖南省博物馆馆藏的西汉蟠螭纹透光镜（1985 年于湖南省攸县出土，直径 21.8 厘米），另一面是河南省博物馆馆藏的西汉见日之光透光镜（1953 年河南洛阳征集，直径 7.9 厘米）。

这种透光镜并非铸造中偶然所得，而是两千年前汉代能工巧匠的智慧之作，在当时应为珍贵器物，并得以流传至后代且为后人所使用。最早描述汉代透光镜的古代学者是距离汉代较近的隋唐之际、曾任隋御史的王度，他在其《古镜记》中记载："承日照之，则背上文画，墨入影内，纤毫无失。"其后，宋代周密《癸辛杂识》续集及《云烟过眼录》卷上、金代麻九畴《赋伯玉透光镜》一诗（收录于元代《中州集》）、明代郎瑛《七修类稿》、清代徐元润《铜仙传》等都对这种铜镜有所记载。

对于透光镜的铸造技法和透光原理，自隋唐至明清，历代学者多有研究。比如，宋代沈括《梦溪笔谈·器用》、元代吾丘衍《闲居集》、明代方以志《物理小识》、清代郑复光《镜镜冷痴》等著作中对此均有论述。其中宋代著名科学家沈括在《梦溪笔谈·器用》中对汉代透光镜的原理给予如下解释："世有透光鉴，鉴背有铭文，凡二十字，字极古，莫能读。以鉴承日光，则背文及二十字，皆透在屋壁上，了了分明。人有原其理，以谓铸时薄处先冷，唯背文上差厚，后冷而铜缩多，文虽在背，而鉴面隐然有迹，所以于光中现。余观之，理诚如是。然余家有三鉴，又见他家所藏，皆是一样，文画铭字无纤异者，形制甚古。唯此一样光透，其他鉴虽至薄者皆莫能透。意古人别自有术。"

20 世纪 70 年代，上海博物馆联合复旦大学、上海交通大学利用现代仪器设备和科学方法，对西汉透光镜进行了科学分析和模拟铸造实验，解开了古代透光镜的铸造技法和透光原理：主要是与铜镜的背面花纹表面结构有关。①

由于青铜溶液在铸造冷却凝固过程中，镜体的花纹厚薄不均，冷却凝固的速度不同，造成金属内部应力分布不同，使镜体向镜面方向微微拱起。另外在镜面加工研磨时也会产生压应力，这些因素叠加便产生了镜面曲率变化，在整个镜面形成了与纹饰相应的起伏不平。有纹饰的地方厚，拱起小，相应的镜面区平坦；没有纹饰的地方薄，相应的镜面区拱起大。通过光程放大作用，平整处是折射光，拱起面光线漫反射，镜面与文字线条相应不均匀，

---

① 《西汉透光镜及其模拟试验》，陈佩芬，《文物》，1976 年第 2 期。

反映在平面物体上就形成亮影，产生与镜背纹饰相对应的效果，因此就出现了类似透光的现象。

3. 清白镜

清白镜因镜铭首句"洁清白而事君"而得名，是流行于西汉中晚期的铭文镜的一种。其形制为圆形，半圆钮，钮座为并蒂十二连珠纹座，钮座外一般为一周凸弦纹和一周内向连弧纹，少部分为两周内向连弧纹，其间饰有变形山字纹、圆勾纹、卷云纹或带圆座乳丁等符号纹饰，连弧纹有八曲和十六曲之分，主纹饰为两周短斜线纹之间的铭文带，镜缘为高宽平缘。

清白镜常见的铭文有：

"絜清白而事君，惌沄（阴）驩（欢）之弇明，微（焕）玄锡之流泽，恐疏远而日忘，怀（慎）靡美之穷皑，外承驩（欢）之可说（悦），慕窈窕于灵景，愿永思而毋绝。"

"絜清而白事君，志污之弇明，玄锡之泽汉，日忘美人，外承可说（悦），灵□。"

"絜而清而白之事而君而志而污而弇明光玄锡之流泽而日忘不。"

"絜清白事君，惌欢之弇明，彼玄锡之泽，而恐疏远日忘，怀美之穷皑，承欢之可悦，慕景之□而毋绝。"

因镜的大小不同，有的铭文常缺字缺句，民国学者梁上椿经综合考证，认为清白镜的完整铭文为："絜清白而事君，惌阴驩之弇明，焕玄锡之流泽，志疏远而日忘，慎靡美之穷皑，外承驩之可说，慕窈窕于灵泉，愿永思而毋绝。"

图 62　西汉时期的清白铜镜

细细品读，这无疑是一首西汉时期的六言爱情诗，是一名女子写给她心爱的丈夫的情歌。诗中无不流露出这名女子对丈夫的体贴、思念、担忧和祝愿。

清白镜铭文的字体如日光镜和昭明镜，多是篆隶变体，也有缪篆体，字体刻画遒劲，铸造精美。

图 62 所示为西汉时期的清白镜。

此镜直径 16.5 厘米，重 690.5 克，圆形，宽素平缘，半圆钮，连珠纹钮座。其外一周短斜线纹和一周圈带纹，圈带纹与八内向连弧纹之间饰三种不同的几何纹，外区两周短斜线纹之间为铭文圈带，铭文共 30 字，读作："絜清白而事君，惢欢之弇明，玄锡之流泽，恐疏而日忘，□外承可悦，而毋绝□。"字体为篆隶，秀丽刚毅。

4. 铜华镜

铜华镜也因镜铭首句中含有"铜华"二字而得名，有的镜铭中的"铜华"二字又似"铅华"，因而也有人称之为铅华镜。铜华镜是西汉铭文镜中的一个重要镜种，与其他铭文镜相比，铜华镜镜体较大且厚重，制作更加精良。

铜华镜的内区与昭明镜和清白镜基本相似，半圆钮，钮座常见并蒂连珠纹座和柿蒂纹（四叶纹）座两种，座外饰一周凸弦纹和内向连弧纹或云雷纹，也有饰两周凸弦纹，之外是主纹饰铭文带，镜缘主要有高宽平缘，少见高窄平缘。

铜华镜因钮座外纹饰的不同而分为三种。一种是铜华连弧铭带镜，一种是铜华云雷铭带镜，第三种是铜华圈带铭带镜。第三种铜华圈带铭带镜的镜缘多为高窄平缘。

铜华镜的铭文相较清白镜丰富，开始出现了七言句，内容中也出现了延年益寿、长乐未央等吉祥词语，充满祥和气息，应对了汉武帝时期国泰民安的盛世景象。

铜华镜常见铭文有：

"清冶铜华以为镜，昭察衣服观容貌，丝组杂遝以为信，清光兮宜佳人。"

"湅冶铜华清而明，以之为镜而宜文章，延年益寿而去不羊，与天无极而日月之光，乐未央。"

"湅冶铅华清而明，以之为镜宜文章，延年益寿去不羊，与天无极如日月光，千秋万岁长乐未央，宜。"

"炼冶铜华得与清，以之为镜昭万刑，五色尽具正赤青，与君无极毕长生，如日月光芒。"

图 63　西汉时期流行的铜华镜（抱朴斋藏）

图 63 所示为西汉时期流行的铜华镜。

此镜直径 16.5 厘米，重 767.5 克，圆形，半圆钮，柿蒂纹钮座，座外一周栉齿纹和一周凸弦纹带，其外饰一周八曲内向连弧纹，两周栉齿纹之间为主纹饰铭文带，上书 30 字铭文："湅冶铜华清而明，以之为镜宜文章，延年益寿去不羊，与天无极而日月光，兮。"镜缘为宽素平缘。

此镜镜体较大，造型规整，端庄大方。30 字铭文寓意吉祥，祈愿延年益寿，长生不老，反映了西汉时期道家思想对人们的影响。铭文字体为篆隶体，刻画清晰，圆中带方，是研究西汉时期文字由篆向隶转换变化以及书法艺术的宝贵的实物资料。

5. 重圈铭文镜

在汉代铭文镜的发展过程中，人们为了更好地表达思想情感，在单圈铭文的基础上，产生了一种由内外两周铭文带构成主纹饰的铭文镜，它也因之得名为重圈铭文镜。

重圈铭文镜通常是高半圆钮，钮座以并蒂连珠纹居多，另有柿蒂纹（四叶纹）钮座。钮座外两圈凸弦纹隔出内圈铭文带，凸弦纹的两侧饰短斜线栉齿纹，其外是外圈铭文带，二者共同构成镜体的主纹饰。镜缘为高宽素平缘。

重圈铭文镜的内外圈铭文基本上沿用了日光镜、昭明镜、清白镜以及铜华镜的铭文，内外圈铭文的组合通常有以下两种形式。一种是内圈为"日光"文，外圈一般均为"昭明"文，这种镜子直径相对较小，外圈铭文常常缺句不完整；另一种是内圈为"昭明"文，外圈分别有"清白"文、"铜华"文、"日有熹"文、"皎光"文等等，这种镜子直径相对较大，内外圈铭文较为完整，有的字数多达 72 个字。

完整的重圈铭文镜内外圈铭文的组合常见有以下几组：

"日光·昭明"组合：

内圈："见日之光，长毋相忘。"

外圈："内清质以昭明，光辉象夫兮日月，心忽扬而愿忠，然雍塞而不泄。"

"昭明·清白"组合：

内圈："内清质以昭明，光辉象夫兮日月，心忽扬而愿忠，然雍塞而不泄。"

外圈："絜清白而事君，愸阴骧之弇明，焕玄锡之流泽，志疏远而日忘，慎糜美之穷皑，外承骧之可说，慕窈窕于灵泉，愿永思而毋绝。"

"昭明·铅华"组合：

内圈："内清质以昭明，光辉象夫兮日月，心忽扬而愿忠，然雍塞而不泄。"

外圈："涑冶铅华清而明，以之为镜宜文章，延年益寿去不羊，与天无极如日月光，千秋万岁长乐未央。"

"昭明·日有熹"组合：

内圈："内清质以昭明，光辉象夫兮日月，心忽扬而愿忠，然雍塞而不泄。"

外圈："日有熹，月有富，乐毋事，常得意，美人会，竽瑟侍，贾市程，万物平，老复丁，死复生。"

另有比较少见的"铜华·皎光"组合：

内圈："清浪铜华以为镜，明察衣服观容貌，清光乎，宜佳人。"

外圈："姚皎光而耀美，挟佳都而承间，怀骧察而性予，爱存神而不迁，得并执而不衰，精昭折而伴君。"

对于重圈铭文镜的命名，也有集外圈铭文的首句二字命名的，如昭明重圈铭文镜、清白重圈铭文镜、铜华重圈铭文镜、日有熹重圈铭文镜等等。

图 64 所示为西汉"铜华·皎光"重圈铭文镜。

此镜直径15.4厘米，圆形，宽素平缘，半圆钮，连珠纹钮座。主纹饰为双圈铭文带，内圈铭文："清浪铜华以为镜，明察衣服观容貌，清光乎，宜佳人。"外圈铭文："姚皎光而耀美，挟佳都而承间，怀骧察而性予，爱存神而不迁，得执而不衰，精昭折而伴君"。其中，外圈"得执而不衰"一句减一字"并"。

图 64　西汉"铜华·皎光"重圈铭文镜
（徐州博物馆藏）

图 65 所示为江西南昌海昏侯墓出土的西汉"日光·清白"双圈铭文镜。

2015 年 12 月 2 日，江西南昌海昏侯墓发掘现场出土三面铜镜，均为铭文镜。其中一面为双圈铭文镜，此镜圆形，半圆钮，钮座为并蒂十二连珠纹座，钮座外一周凸弦纹和一周八曲内向连弧纹，弧纹带外有两周栉齿纹，宽素平缘。内圈有 8 字铭文："见日之光，相忘长象"，是西汉早中期流行的"日光镜"铭文；外圈铭文是西汉中晚期比较流行的"清白镜"铭文，共有 32 个字："絜（洁）清而白事君，怨污之弇明，玄锡之流泽，疎（疏）而日忘美人，外承可兑（悦），霝（灵）願（愿）永思绝□。"

图 65 西汉"日光·清白"双圈铭文镜
（江西南昌海昏侯墓出土）

此镜铭文字体方正，当属篆隶式变体，似篆似隶，篆中带隶。其内外圈铭文的内容表达的是主人夫妻恩爱，永不相忘的美好心愿。据考古学家推测，这面铜镜可能是海昏侯夫人特意制作送给亡夫的。

汉废帝海昏侯刘贺（前 92—前 59 年），其生活的年代为西汉早中期，此面双圈铭文镜的出土，考证了此类铭文镜流行的确切年代应为西汉早期至西汉中期。

6. 日有熹镜

日有熹镜因铭文首句"日有熹"而得名。日有熹镜的纹饰制式与昭明镜、铜华镜基本相同，半圆钮，并蒂连珠纹钮座，内区

图 66　西汉"日有熹"镜

为一周凸弦纹和一周内向连弧纹，外区为两周短斜线栉齿纹包围的主纹饰铭文带，镜缘为宽平缘。

日有熹镜的铭文句式较为特殊，多为三言句，对比西汉早期的草叶纹镜钮座外方框中的铭文，可以发现二者之间颇有渊源。完整的铭文有：

"日有熹，月有富，乐毋事，常得意，美人会，竽瑟侍，贾市程，万物平，老复丁，死复生。"

"日有熹，月有富，乐无有事，宜酒食，居而必安，无忧患，竽瑟侍兮，心志欢，乐已茂极，固常然。"

图 66 所示为西汉"日有熹"镜。

此镜直径 16.5 厘米，重 620 克，圆形，宽素平缘，半圆钮，并蒂连珠纹钮座。八内向连弧纹圈带之外环饰一周铭文："日有熹月有富，乐毋事宜酒食，居必安毋忧患，竽瑟待，心志欢，乐已茂兮固常然。"

7. 君有行镜

君有行镜也是流行于西汉中晚期的铭文镜，其制式与上述铭文镜相同，区别在于主纹饰铭文的不同。

君有行镜的铭文出现在单圈铭文镜上主要有两种：

一种是："君有行，妾有忧，行有日，反无期，愿君强饭多勉之，仰天大息长相思，毋久。"

另一种是："君有远行，妾（敢）私喜，□自次□止，君旋行来，何以为信，祝父母耳，何木毋庇，何人毋友，相思（惠）有常可长。"

君有行镜的铭文也是来源于西汉早期的草叶纹镜。在草叶纹镜上，含有"君行"的铭文多为三言四句。如：

"君行卒，予志悲，久不见，侍前稀。"

"君行卒，予志悲，秋风起，侍前稀。"

"君行卒，予志悲，道路远，侍前稀。"

相对于昭明镜、清白镜和铜华镜，君有行镜存世量较少。

图 67 所示为西汉中晚期的君有行镜。

此镜直径 17.8 厘米，重 460 克，圆形，半圆钮，12 连珠纹钮座，座外饰一周凸弦纹。内区为 8 曲内向连弧纹。外区为主纹饰铭文带，饰铭文 38 字："君有远行，妾□私喜，□自次□止，君旋行来，何以为信，祝父母耳，何木毋庇，何人毋友，相惠有

图 67　西汉君有行镜（上海博物馆藏）

常可长。"字体为汉隶。铭文带两侧饰短斜线栉齿纹，镜缘为宽素平缘。

六、四乳四虺纹镜

四乳四虺纹镜流行于西汉中期至西汉晚期，是汉代铜镜中出土数量较多的镜种，这也可以说明这种铜镜在西汉中晚期分布较广，使用较为普遍。

"虺"，是中国古代传说中的一种蛇。南朝梁代任昉著《述异记》中说："虺五百年化为蛟，蛟千年化为龙，龙五百年为角龙，千年为应龙。"由此可知，虺是龙的原形或稚幼之身。以虺的形象作为器物的纹饰反映了古代先民对神灵的敬畏和崇拜。

《诗经·小雅·斯干》中提到："下莞上簟，乃安斯寝。乃寝乃兴，乃占我梦。吉梦维何？维熊维罴，维虺维蛇。大人占之：维熊维罴，男子之祥；维虺维蛇，女子之祥。"意思是说，夜里睡觉做了个梦，早上起来便找人占梦。是一个什么样的好梦呢？仿佛梦到了熊罴，又好像是梦到了虺蛇。于是，太卜占道：这是一个吉祥之梦。如果梦见的是熊罴，就是生儿子的祥兆；如果梦见的是虺蛇，就是生女儿的祥兆。可见在古代，虺是代表祥瑞的神灵，因此在春秋战国时期，虺纹常常作为青铜器的主要纹饰，并且一直延续到两汉时期。

四乳四虺镜的形制为圆形，半圆钮，钮座常见有圆形、并蒂连珠纹和柿蒂纹三种。钮座外常饰一周凸弦纹和一周栉齿纹，其外为主纹饰带，主纹饰为四颗带座乳钉分列四方，将主纹饰分为四区，每区饰一变体虺纹，虺纹通常呈 S 形，圆首圆尾。在四个虺纹的腹、背两侧常各配饰一鸟纹，背侧鸟纹稍大，腹侧鸟纹稍小，鸟为长尖喙，作张翅欲飞状。特殊情况下，四个虺纹的头部加饰龙首和虎首，形成对称的双龙双虎首虺纹，有的四个虺纹头部分别加饰青龙、白虎、玄武、朱雀四神，主纹饰外为一周栉齿纹，西汉晚期也有锯齿纹等。镜缘多为宽素平缘。

四乳四虺镜形制规整，端庄大方，镜体厚重，尤其是变体虺纹飘逸灵动，加之辅以四神首部和鸟纹，装饰感极强。

另外，四乳四虺镜的主饰纹以圆心为对称中点，以四个乳钉为基点，将镜背均匀地分成四区，进一步形成了汉代铜镜四分法布局结构定式，深刻地影响了其后各朝代铜镜镜背纹饰的布局、结构和制式。

图 68 所示为西汉中期四乳四虺镜。

此镜直径 10.0 厘米，重 256.5 克，圆形，半圆钮，圆钮座，座外一周凸弦纹带，其外两周栉齿纹之间是四乳四虺主纹饰带，四颗乳钉均分四区，每一区饰一虺纹，虺纹圆首圆尾，每条虺纹躯体内外两侧都加饰雀鸟一只。

镜缘为宽素平缘。

图 69 所示为西汉中期四乳四虺镜。

此镜直径 15.2 厘米，重 635.5 克。圆形，半圆钮，16 并蒂连珠纹钮座，钮座外饰一周短斜线栉齿纹和一周凸弦纹圈带，其外两周短斜线栉齿纹之间为四乳四虺主纹饰区。主纹饰区四颗带座乳钉对称分布，将主纹饰区分为四区，每一区饰一虺纹，虺纹呈动态 S 状。四虺纹的头部对称加饰龙首和虎首，形成双龙双虎，两两相对。虺的内侧各配饰一飞翔状小鸟。镜缘为宽素平缘。整个画面规整对称，简洁明快，端庄大气，双龙双虎虺纹以及加饰的鸟雀刻画精细，灵动飘逸，动感十足。

虺纹和禽鸟均代表祥瑞，四乳四虺镜将虺纹与禽鸟组合在一起，应该是后代龙凤纹饰的早期雏形。

细究这面四乳四虺镜，另有两大特殊之处。

一是在皮壳包浆上，镜钮、乳钉和镜缘部分漆黑锃亮，而一周主纹饰带却泛银光，两者形成对比，应是当年工匠们在铸造时采用特殊工艺所形成。

二是就其纹饰结构布局而言，典型的四分法布局结构定式，代表了西汉中期以后已经形成了新的铜镜纹饰风格。

图 68　西汉中期四乳四虺镜（抱朴斋藏）

图 69　西汉中期的四乳四虺镜（抱朴斋藏）

七、四乳禽兽纹镜

四乳禽兽纹镜相对于四乳四虺镜，其纹饰制式完全相同，只是在四乳区分的四个区域内，由四神（青龙、白虎、玄武、朱雀）或禽鸟、瑞兽替换虺纹，反映了西汉中晚期阴阳五行思想已经在社会上广泛流行。

图 70 所示为西汉晚期的四乳八神镜。

此镜直径 17.5 厘米，重 744.5 克，圆形，半圆钮，柿蒂纹钮座，钮座外饰一周栉齿纹和一周宽带纹，主纹饰区居于两周细弦纹和栉齿纹之间，四颗带柿蒂纹座的乳钉将主纹饰区均匀分为四区，每区饰两只神兽，两两组合，一周共八只，分别为羽人戏青龙、白虎逐灵鹿、灵狐舞朱雀、凤鸟伴玄武。镜缘为一周双线曲折纹。

此镜在四乳禽兽镜中属体型较大者，尤其是用线条勾勒出的四神、羽人和瑞兽，造型简洁明快，形象刻画生动传神，栩栩如生，充分体现了汉代铜镜艺术家的审美意识和高超技艺。

图 71 所示为西汉晚期"汉有善铜"铭四乳四神镜。

此镜直径 14.5 厘米，重 453.0 克，圆形，半圆钮，圆钮座，钮座外饰一周圈纹。主纹饰由两周圈带组成：一周四乳四神，一周铭文带。主纹饰外围加饰一周篦纹。镜缘边饰由一周三角形锯齿纹和一周双线曲折文组成。主纹饰中，四颗带圆座乳钉均分四区，青龙、白虎、朱雀、玄武分坐四区，主掌东、西、南、北四方。其外一周铭文带为七言句 22 字铭文："汉有善铜出丹阳，和已（以）银锡清且明，左龙右虎主四彭（旁），竟"。整个主纹饰区繁而不乱，四颗乳钉光滑圆润，用单线条勾勒出的四神活灵活

图 70　西汉晚期的四乳八神镜（抱朴斋藏）

图 71　西汉晚期"汉有善铜"铭四乳四神镜
（抱朴斋藏）

现，加之 22 个悬针篆体铭文飘逸洒脱，给人以美的享受。

八、多乳禽兽纹镜

多乳禽兽纹镜在四乳禽兽纹镜的基础上发展而来，主纹饰区里的乳钉有 5 ～ 8 枚，根据乳钉的数目，又可分为五乳禽兽纹镜、六乳禽兽纹镜、七乳禽兽纹镜、八乳禽兽纹镜。其中，七乳禽兽纹镜较为多见，五乳和六乳镜比较少见，而八乳纹常出现在博局镜里，习惯上将其归于博局纹镜一类。

多乳禽兽纹镜最早出现于西汉晚期，流行于新莽至东汉早中期。其镜钮为半圆钮，圆钮座，钮座纹饰多样，有凸弦纹、柿蒂纹，也由 8 ～ 9 颗小乳钉围成的。其主纹饰带内容丰富多彩，有的在等分区域里饰四神、禽鸟、瑞兽、羽人等纹饰，有的在内侧或外侧加饰一周铭文带，构图丰富、华美、生动，线条细密、清晰、流畅。镜缘边饰除了保留四乳四虺镜的宽平素缘外，还出现了三角形锯齿纹、双线曲折纹、云气纹、缠枝忍冬花卉纹以及走兽纹等边饰，这些纹饰开创了东汉时期丰富多彩的铜镜边饰艺术表现形式。

图 72 所示为西汉晚期"上大山见神人"铭六乳六神镜。

此镜直径 16.3 厘米，重 673.0 克，圆形，半圆钮，8 枚小乳钉间隔双线云纹构成圆钮座，座外两周凸弦纹，其外为主纹饰区。主纹饰区由两部分组成，六个带圆座乳钉均分六区，六区中除了饰青龙、白虎、朱雀、玄武四神外，还饰蟾蜍、灵狐各一只；另一部分为一周三言、七句、20 字铭文带："上大山，见神人，食玉英，饮澧泉，驾蛟龙，乘浮云，宜官"，外围饰一周斜线栉齿

图72　西汉晚期"上大山见神人"铭六乳六神镜
（抱朴斋藏）

纹。镜缘由三周纹饰组合而成，内一周是外向锯齿纹，中间一周
是双线曲折纹，外一周是内向锯齿纹。

这面六乳禽兽镜与众不同，具有五大特点。

一是六乳镜。在汉代铜镜中，七乳镜和八乳镜常见，五乳镜
和六乳镜少见，其中六乳镜少之又少。

二是在汉代铜镜纹饰中，蟾蜍、灵狐也有出现，如在博局镜
中，但大多体型小且处于配角位置。而在这面六乳铜镜主纹饰中，
蟾蜍、灵狐与四神分居六区，占据同样位置，且形体硕大、突出，
实为少见。

我国古代先民之所以崇拜蟾蜍，其一是出于生殖崇拜。蟾蜍
属于蛙类，能一产多子，繁衍能力强。在考古发掘中，蛙的纹饰
在上古器皿中多有出现。其二是反映阴阳学说。蟾蜍是月亮的别

称，就阴阳学说而言，太阳（朱雀）属阳、月亮（蟾蜍）属阴，男人属阳、女人属阴，阴阳平衡，万物不竭。屈原《天问·释天》中说："夜光何德，死则又育？厥利维何，而顾菟在腹？"顾菟即蟾蜍。因此，蟾蜍又代表母性。其三是代表长生不老。汉代道教崇尚升仙，膜拜蟾蜍。东汉道教天师张道陵在其《道书》中说："蟾蜍万岁，背生芝草，出为世之祥瑞。"加之蟾蜍有冬眠和蜕皮的生理习性，古人认为这些象征着长生不老。

狐，也是上古先民图腾崇拜的对象，涂山氏、纯狐氏、有苏氏等部族均属狐图腾族。其中大禹的妻子涂山氏据传说就是九尾狐，北宋郭茂倩所编《乐府诗集·杂歌谣辞》收录的《涂山歌》即描述了《吴越春秋》载大禹婚配之事："禹年三十未娶，行涂山，恐时暮失嗣，辞云：'吾之娶也，必有应也。'乃有白狐九尾造于禹，禹曰：'白者，吾之服也；九尾者，王之证也。'于是涂山之人歌之。禹因娶涂山，谓之女娇。"另有诗歌曰："绥绥白狐，九尾庞庞。我家嘉夷，来宾为王。成于家室，我都攸昌。天人之际，于兹则行，明矣哉！"另外，狐狸在先秦两汉的地位很高，备受尊崇，与龙、麒麟、凤凰一起并列为四大祥瑞。

三是直接观察镜背皮壳包浆会发现，分布在主纹饰六区中的六个神灵和瑞兽，其中青龙、白虎和玄武表面以及一周铭文带的表面呈现银白光，与其他部位皮壳形成较为鲜明的对比，历经两千多年未被氧化，依然如初，显然是在铸造时采用了特殊工艺，刻意而为之。

今人对于这种特殊工艺多有研究，比较一致的说法是，冶炼浇铸时在镜背相应部位鎏以银锡，从而形成了这种特殊的效果。

四是锯齿纹依齿尖的朝向分为内向和外向锯齿纹。此镜镜缘最外一圈三角形锯齿纹为内向锯齿纹，十分少见。西汉晚期以后，锯齿纹成为铜镜镜缘上的主要纹饰之一，但常见到的大多是外向锯齿纹，内向锯齿纹较为罕见。

五是铭文带内 20 个悬针篆字，笔画工整、规范，字体华丽、飘逸，起笔、行笔、收笔尽显章法，尤其是收笔细若悬针，正如南朝宋王愔在其《文字志》中所言："悬针，小篆体也，字必垂画细末，细末纤直如悬针。"相较其他汉代铜镜铭文中的悬针篆字，此镜铭文堪称一流，奉为碑帖实不为过。

九、博局纹镜

博局镜自西汉晚期成为主要镜种之后，至新莽时期达到鼎盛，成为汉代铜镜的重要代表。

博局镜的标准形制由内区、中区和外区三部分构成，有的带铭文，有的不带铭文。

内区即钮座区，基本纹饰有镜钮、钮座、双线方框，镜钮为半圆钮，钮座主要有柿蒂纹座和圆钮座两种，双线方框内常饰十二地支铭间隔 12 枚小乳钉。

中区即主纹饰区，基本纹饰及布局为：对应双线方框四边和四角饰 T、L、V 博局纹，八颗乳钉，T、L、V 博局纹和方框四边将主纹饰区分为四方八小区或十二小区，青龙、白虎、朱雀、玄武四神按照对应方位饰于其中，其余小区内分别饰有羽人、蟾蜍、山羊、禽鸟、瑞兽、灵鹿、灵狐、钱纹等，少的四到八个神兽，多的可达三十多个。其外围常饰一周铭文带，有的铭文带设在主纹饰的中圈，有的直径小一点的则不饰铭文带，铭文多为七言句或三言句，内容充满五行学说和谶纬思想，反映了人们对社会稳定和美好生活的追求与向往。整个画面布局精巧，细密繁缛，线条流畅，形象栩栩如生，内容丰富多彩。

李泽厚在《美的历程·楚汉浪漫世界》中赞叹道："它通过神话跟历史、现实和神、人与兽同台演出的丰满的形象画面，极有气魄地展示了一个五彩缤纷、琳琅满目的世界……它是人对客观世界的征服，这才是汉代艺术的真正主题。"①这在汉代博局镜中得到充分体现。

外区即镜缘，博局镜的镜缘边饰较为丰富，常见的镜缘有宽素平缘、双线云气纹、双线波折纹、走兽纹、缠枝花卉纹等边饰，尽显华丽、灵动、飘逸，宛如锦上添花。

图 73 为新莽时期博局镜。

此面博局镜为标准的典型款式，直径 14.2 厘米，重 418.5 克，圆形，半圆钮，圆钮座，座外一周单线方框和一周双线凹面方框之间饰十二乳钉纹间隔十二地支铭，十二地支铭文自上部中间"子"字开始顺时针依次为子、丑、寅、卯、辰、巳、午、未、申、酉、戌、亥，字体为悬针篆。双线凹面方框和八颗乳钉以及 T、L、V 博局纹将主纹饰分成四方八小区，按照方位，每一小区分别饰四神、瑞兽和禽鸟，共八个神兽，依次为：上部玄武、灵狐，下部朱雀、兽首鸟，左侧青龙、凤鸟，右侧白虎、灵鹿。主纹饰外一周栉齿

---

① 《美的历程》，李泽厚，生活·读书·新知三联书店，2009 年 7 月北京第一版，第 75 页。

纹。镜缘边饰为一周外向三角锯齿纹和双线云气纹。

图 74 所示为新莽时期"尚方作镜"铭瑞兽博局镜。

此镜直径 18.7 厘米，重 674.5 克，半圆钮，柿蒂纹钮座，座外一周单线方框和一周双线凹面方框之间饰十二乳钉纹间隔十二地支铭，十二地支铭文自上部中间"子"字开始顺时针依次为子、丑、寅、卯、辰、巳、午、未、申、酉、戌、亥，字体为悬针篆。双线凹面方框和八颗带连弧座乳钉以及 T、L、V 博局纹将主纹饰分成四方八小区。按照方位，每一小区分别饰四神、羽人、瑞兽、蟾蜍和禽鸟，共十二个神兽，依次为：上部玄武、仰首蟾蜍、羽人戏鸟，下部朱雀、尖喙鸟、奔跑状山羊，左侧白虎、禽鸟、回首状独角兽，右侧青龙、禽鸟、飞翔状凤鸟。其外一周七言、六句、42 字铭文圈带内容为："尚方作镜真大好，上有仙人不知老，渴饮玉泉饥食枣，浮游天下遨四海，大徊名山采神草，寿如金石为国保。"近缘处一周栉齿纹，镜缘边饰为一周外向三角锯齿纹和双线云气纹。

此镜体形硕大，形制规整，主纹饰区巧饰 13 个神人、瑞兽、禽鸟，生动活泼，多姿多彩，形神兼备；纹饰布局细密有致，繁而不乱。

铭文起始句"尚方作镜"，表明此镜为朝廷官方制作。《汉书·百官公卿表》中的少府下设有"尚方"，是汉代为皇室制作器物的官署，属少府。唐代顺宗、宪宗二朝宰相杜佑在其所撰政书《通典》中指出："秦置尚方令，汉因之，铭词尚方作，盖禁物。"这也说明"尚方"是一个专为朝廷制作禁物的官方机构。铭文较为完整，字体为篆隶体，但隶书成分偏多。

图 73　新莽时期博局镜（抱朴斋藏）

图 74　新莽时期"尚方作镜"铭瑞兽博局镜（抱
朴斋藏）

"尚方作镜"铭表明了铜镜制作的出处，在新莽时期形成了铜镜的一种制式。随着"尚方作镜"铭的出现，在贵族和士大夫群体中出现了以姓氏为铭的私人订制铜镜，如"王氏作镜""吕氏作镜""李氏作镜""刘氏作镜"等等，其中的铭文也表现出丰富多彩的特征，有的还注明了铜镜制作的时间和年号，成为考古断代和研究汉代历史的重要实物资料。如：

"王金在魏作佳镜哉真大好，上有仙人不知老，渴饮澧泉饥食枣，浮游天下遨四海，寿如玉石为国保，千万岁。"

"吕氏乍（作）竟（镜）世少有，东王公，西王母，仙人子乔赤诵子，车马辟邪在左右，为吏高升贾万倍。"

"元兴元年五月丙午日天大赦，广汉造作尚方明镜，幽涑三商，周刻无极，世得光明，长乐未央，富且昌，宜侯王，师命长，生如石，位至三公，寿如东王公、西王母、仙人子，立至公侯。"

"始建国天凤二年作好镜，常乐富贵口君上，长保二亲及妻子，为吏高迁位公卿，世世封传于毋穷。"

图 75 所示为西汉晚期"上大山"中圈铭文神兽博局镜。

此镜直径 16.8 厘米，重 722.0 克，圆形，半圆钮，圆钮座，座外一周单线方框四角分别饰有一小乳钉，单线方框和双线凹面方框之间饰十二乳钉纹间隔十二地支铭，字体为悬针篆。凹面方框外一周铭文圈带将主纹饰分为内外两区，内区依方框四边饰 T 形纹和八个乳钉纹，其间点缀芝草纹和勾云纹；铭文带布局在中圈，内饰三言、九句、25 字铭文："上大山，见神人，食玉英，饮澧泉，驾蜚龙，乘浮云，宜官轶，保子孙，安。"字体为悬针篆字。外区为博局纹 L 和 V 对称分成的 8 个小区，每个小区分别饰

图 75 "上大山"中圈铭文神兽博局镜（抱朴斋藏）

四神（羽人）或瑞兽，共 8 个，分别为白虎、山羊、口衔芝草凤
鸟、朱雀、青龙、手持灵芝羽人、两只玄武。近缘处一周栉齿纹。
镜缘边饰为一周外向三角锯齿纹和缠枝忍冬花卉纹。

此镜与其他博局镜相比，有两大特点：一是主纹饰为分区式
布局。处于中圈的铭文带将主纹饰区分为内外两区，四神、羽人
和瑞兽沿外区 L 和 V 分成的 8 个小区分布。二是镜缘纹饰为忍冬
缠枝花卉纹，较为少见。

十、变形四叶纹镜

变形四叶纹镜是流行于东汉中晚期的一个镜种，多为半圆钮，
钮形大，圆钮座。变形四叶纹镜的显著特征是原来钮座附近的四
叶（例如四叶柿蒂纹）脱离了钮座，向外呈放射状延展，独立发

展为变形四叶纹，其形变有蝙蝠状和非蝙蝠状（如十字形四叶纹）两种，叶片两侧线条相互连接，占据镜背的中心位置，将内区分为四区，四区内配置兽首、凤纹等纹饰，纹饰抽象，奇异诡秘。内区外有的饰有铭文带，铭文首句多直接道出铸造时间，是纪年镜的代表之一。四叶内角也有铭文，通常每角一字，组成四字吉语，如"长宜子孙""君宜高官""位至三公"等。

变形四叶纹镜自东汉中晚期开始出现，至六朝时期仍有流行。但由于社会动荡，朝代更迭频仍，合金成分以及铸造质量略显不足，出土的数量不多。

根据主纹饰内区四区内配置的兽首、凤纹等纹饰的不同，通常将变形四叶纹镜具体称为变形四叶夔纹镜、变形四叶凤纹镜、变形四叶龙凤纹镜等等。

图 76 所示为东汉"长宜高官"铭变形四叶八凤纹镜。

此镜直径 14 厘米，重 660 克，圆形，半圆钮，圆钮座，钮座外饰弧形方框，四角内饰"长宜高官"四字，沿四角向外呈放射状饰四叶柿蒂纹，将主纹饰区分为四区。每区均饰有对称的两个凤鸟纹，共八个凤鸟纹；双凤头饰高冠，双吻相对，羽翅向两侧展开。

镜缘为十六曲内向连弧纹，在连弧纹上分铸四个长方形铭文框，分别饰"乐未央""宜侯王""富且昌"等吉语，另一长方形铭文框内铭文不清。

此镜特征明显，主要流行于东汉末期至六朝时期。

图 76　东汉"长宜高官"铭变形四叶八凤纹镜
（上海博物馆藏）

十一、神兽镜

以神人神兽为表现形式是汉代铜镜纹饰的重要特征。

西汉、新莽时期的铜镜，神人神兽作为铜镜的主纹饰，其艺术表现手法主要是运用单线条（如多乳禽兽镜）或双线条（如四乳四虺镜）来刻画勾勒诸如四神、瑞兽、羽人、禽鸟等形象。进入东汉以后，尤其是从东汉中期开始，五行学说、谶纬思想和仙人崇拜已经成为社会普遍意识。"生者、死者、仙人、鬼魅、历史人物、现实图景和神话幻想同时并陈，原始图腾、儒家教义和谶纬共置一处……人神杂处，人首蛇身（伏羲、女娲），豹尾虎齿（《山海经》中的西王母形象）的原始神话与真实的历史故事、现实人物之浑然一堂，同时并在……神在这里还没有作为异己的对象和力量，毋宁是人的直接延伸。"①

这一时期，虽然铜镜纹饰的主题没有太大变化，但铜镜纹饰的艺术塑造及其表现手法发生了较大变化，圆面高浮雕和平面浅浮雕开始成为铜镜纹饰的主要表现形式，实现了由线条写意向浮雕写实的转变，这种转变甚至影响到了盛唐时期海兽葡萄镜等唐镜的艺术表现手法，产生了更加富有张力、形象更为生动活泼的新的镜种——神兽镜，造就了汉代铜镜艺术的又一辉煌，奏响了汉代铜镜的最后一曲华彩乐章。

神兽镜主纹饰的艺术表现手法主要是圆面高浮雕技法，其制式依据神兽镜主纹饰的布局可分为以下四种。一是同向式，其主纹饰神兽按照同一个方向布置。二是向心式，其主纹饰神兽以镜钮为中心作环状布置。三是对置式，其主纹饰神兽依四分法分区对应布置。四是重列式，其主纹饰神兽自上而下排成几排分层布置。

前三种布局方式通常运用在半圆方枚神兽镜之中。

在这一时期，神兽镜出现了两大代表镜种，一种是半圆方枚神兽镜，另一种是重列式神兽镜。

1. 半圆方枚神兽镜

半圆方枚神兽镜是东汉中晚期至六朝时流行的一个重要镜种，

---

① 《美的历程》，李泽厚，生活·读书·新知三联书店，2009 年 7 月北京第一版，第 74、76 页。

民间也常称之为六朝镜。

此类铜镜的基本制式为：圆形，半圆钮，圆钮座，座外一周连珠纹（俗称泥鳅背纹）。主纹饰区的神兽通常由四神、天禄辟邪等瑞兽、东王公、西王母、黄帝、伯牙了期等不同形象主题构成，表现形式为圆面高浮雕。主纹饰区内，有的饰八枚环状乳，有的则无环状乳。外区一周饰凸起的半圆，间隔方块枚，这也是此镜名称的由来。半圆和方枚有8～13个不等，方枚内有的刻一字铭，或二字铭、四字铭，以四字铭最为精细。半圆方枚之外常饰一周细密的锯齿纹。镜缘纹饰由内外两圈带组成，内圈带通常饰神人御龙驾车飞天主题纹饰，镜缘外圈饰连续涡状阴刻云纹或连续菱形纹。整个镜背纹饰神人瑞兽众多，神态栩栩如生，所涉传说故事内容丰富，充满神秘色彩。

比如，半圆方枚神兽镜的主纹饰里除了东汉早期以前常见的四神、羽人、瑞兽等纹饰外，开始出现了东王公、西王母、黄帝、伯牙子期等神话传说人物和早期圣贤。

"东王公"最早记载见于汉代，与西王母共为道教尊神，因执掌东方蓬莱仙岛而得名，又称"东华帝君"，由战国时期崇信的"东皇太一"神（即神化了的太阳神）演化而来，是古代神话中的男神。

"西王母"的称谓见于战国时期《庄子》《山海经》等，在道教神话中，西王母因居住在西方的昆仑山而得名，是上古神话中一位生育万物、掌管不死药、罚恶、预警灾疠的长生女神。

汉代（尤其是东汉）以后，道教思想融合阴阳五行和谶纬学说，上升为社会主流意识。道教认为，西王母是由先天阴气凝聚而成的母神，是女仙的首领，主宰阴气；东王公是先天阳气凝聚而成的男神，主管男仙，主宰阳气。所谓一西一东、一女一男、一阴一阳，正应阴阳五行之说。

在半圆方枚神兽镜主纹饰中，西王母的形象常常是头饰双髻，戴双胜，肩有飞羽，端坐在灵芝座或祥云座上；而东王公的形象常常是头戴三山冠，有肩羽，也端坐在灵芝座或祥云座上。黄帝的形象为头戴冕旒，身旁常有侍从和瑞兽神鸟侍卫。另有伯牙抚琴奏乐、子期俯首聆听等画面。

铭文在半圆方枚神兽镜中借鉴汉代印章的表现手法，以方枚的形式表现出来。方枚中有的镌刻一字，有的镌刻二字，有的甚至在微小的方枚之中镌刻四字，足见铸造工艺和技法之精湛。铭文格式相对固定，多为四言句，内容主要反映神仙崇拜、福禄宜祥、长寿安康等，有的在起始句中表明制作年号和时辰。常见铭文有："吾作明镜，幽涑三商，雕刻无极，配像万疆，白（伯）牙作乐，众神见容，天禽并存，福禄宜祥，置府安迴，富幸番夷，子孙番昌，其师命长。""吾作明镜，幽涑三冈，配像万疆，统德序道，敬奉臣良，雕刻无极，富贵安乐，士至公卿，子孙番昌，其师命长。"

半圆方枚神兽镜的镜缘纹饰内容之丰富、寓意之神秘、刻画之精美，在汉代甚至于中国古代铜镜之中，都是无与伦比的。

半圆方枚神兽镜的镜缘纹饰分内外两个圈带，外圈带主要饰一周连续菱形纹和连续涡状云纹等纹饰，其内圈带纹饰主要有三组题材：一组是六龙驾云车；一组是羽人骑兽、羽人乘鼋和羽人驾青鸟；第三组是羲和逐日、常羲捧月，饰在前两组之间相隔处。

六龙驾云车表现的是，六条飞龙驾一云车，车上端坐天神东皇太一，车前有神人御龙。羽人骑兽、羽人乘鼋和羽人驾青鸟表现的是汉代时期人们期盼羽化升仙、长生不老。在古代神话传说中，羲和、常羲分别象征日神和月神，羲和逐日和常羲捧月表现的是古人对日月的崇拜。这种涉及众多神话传说、日月崇拜以及羽化升仙祈愿等表现主题并融于同一个镜缘边饰，也仅见于东汉半圆方枚神兽镜之中。

图 77 所示为"吾作明镜"铭四花簇半圆方枚神兽镜。

此镜直径 11.8 厘米，重 316.0 克，圆形，半圆钮，圆钮座，以钮为中心对称布置四组花簇纹饰将镜面分成四区，每区用高浮雕手法雕饰一只瑞兽，四区共雕饰四只瑞兽，分别为天禄、辟邪、狮子、麒麟。四只瑞兽以花簇为对称中心，头尾两两相对，姿态各异，或蹲或卧或呈跳跃腾挪状，富有神韵，动感十足，栩栩如生。其外一周饰凸起的十个半圆间隔十个方枚，每一方枚内雕刻四字，十个方枚共四十个字，组成四言十句铭文，顺时针读作："吾作明镜，幽涷三商，配像万疆，统德序道，敬奉贤良，雕刻无极，富贵安乐，子孙繁昌，士至公侯，其师命长。"半圆方枚外围一周细密锯齿纹。

镜缘纹饰分内外两圈：

内圈纹饰为两组神人御龙驾车飞天主题纹饰，其中一组是六龙驾云车，车上神人端坐，车前神人御龙。屈原在《楚辞·九歌·云中君》中吟道："龙驾兮帝服，聊翱游兮周章。"说的是乘驾龙车，车上插五方之帝的旌旗，姑且在人间遨游四方。因此车上神人地位应在日神和月神之上，且驾龙车的应是天神。另一组

图 77　"吾作明镜"铭四花簇半圆方枚神兽镜及其
局部（抱朴斋藏）

纹饰为羽人骑兽、羽人乘鼍、羽人驾青鸟的组合。两组纹饰相隔
处有羲和捧日和常羲捧月图。

外圈纹饰是一周连续的菱形几何纹带，每一菱形纹内饰有
云纹。

此镜整体纹饰精美，布局规整，高浮雕手法使主纹饰画面更

加形象生动，四只瑞兽呼之欲出。十个方枚中每个方枚边长仅6毫米，却雕刻出四个文字，每字所占面积不足9平方毫米（如上页局部图中所示的三个方枚），字字笔画清晰工整。镜缘用浅浮雕手法饰一周神人御龙驾车飞天主题图案，刻画细腻，惟妙惟肖，内容深不可测，充分表现了古人丰富的想象力以及对天、地、日、月、神的崇拜和敬畏。

此面铜镜集美术、书法、雕刻、铸造技艺于一身，足见古人技艺之精湛。

此面"吾作明镜"铭四花簇半圆方枚神兽镜，较之其他半圆方枚神兽镜发现较晚，数量很少，在以往有关铜镜著述和图录中几乎没有收录过。目前，仅在《古镜今照》（浙江省博物馆编，文物出版社出版，2012年3月第一版）中收录了两面同类铜镜，其"四花簇"的命名也是首见其中，定义是否准确仍需商榷。

2. 重列式神兽镜

相较于主纹饰呈环绕向心式或放射状以"心对称式"布置的半圆方枚神兽镜来说，重列式神兽镜其主纹饰中的诸神兽依尊卑、主次关系按上下左右以"轴对称式"对置排列，有的用界栏相隔，一般分三列、四列和五列不等。

重列式神兽镜流行于东汉晚期吴、越、楚等地区，一直到六朝时期仍有发掘出土。

重列式神兽镜的基本形制为圆形，扁圆钮，钮形较大（大钮形也是这一时期铜镜的典型特征），圆钮座，主纹饰区内诸位神人、瑞兽以镜钮为中心对称，上下分行左右对置，神人表现题材主要有道教神仙之首天皇大帝（即南极长生大帝、中天紫薇北极大帝）①、五帝（即五城真人）②、真人、伯牙子期等帝神，伴有青龙、白虎、朱雀、玄武、天禄、辟邪等瑞兽。神人头部一般有发髻或戴冠，肩有双羽，拱手端坐，神态安详。瑞兽则造型生动，动感十足。

镜缘主要为一周铭文圈带加一周窄平缘或涡状纹缘。铭文的内容与半圆方枚神兽镜基本相同。

重列式神兽镜的主要特点是主纹饰以表现神人为主、神兽为辅，神人神兽繁缛有致，充满整个画面，构成一幅神人神兽与传说相互交融的主题画面，既承载着丰富的文化内涵，又具有极高的审美情趣。在人物布局上，人物尊卑有别，主次分明，排列有序，天皇大帝和五帝占据重要位置，神与星合为一体，以应天人感应之说。神兽也按照它们各自所代表的星宿的方位排列，比如作为道教诸神仙之首的天皇和玄武同居于北方，形成了重列式神兽镜特殊的布局形式。

神人神兽形象采用高浮雕手法，刻画细腻，立体感强，神态各异，生动活泼。

通过对东汉神兽镜主纹饰以及汉画像石艺术表现手法的研究，不难看出，运用高浮雕这一艺术形式来表现人物造型，在东汉时

---

① 《列仙传》："观天皇与紫薇。"，《晋书·天文志·中宫》载：在北极正中有一星，"曰天皇大帝……主御群灵，执万神图。"

② 《云笈七签》卷十八《老子中经》云："五城真人，五帝之神名也；东方苍龙，东海君也；南方赤帝，南海君也；西方白帝，西海君也；北方黑帝，北海君也；中央黄帝君也。"

期已经成熟。沿着这一脉络，我们似乎不难找到魏晋南北朝时期佛教石窟造像艺术辉煌的源头。

图78所示为东汉"建安十年"铭重列式神兽镜。

此镜直径13.2厘米，重300克，圆形，扁圆钮，圆钮座，镜钮上下分别有"君宜官"三字铭。主纹饰中共有13位神人和12个神兽，自上而下列为五排。第一排中间一长髯神人正面而坐，左侧有一青龙和神鸟，右侧有一白虎和神兽，神鸟和神兽在界栏外；第二排左侧有两神人和一具飞翼瑞兽，近中间的是伯牙，右侧有侧面而坐的两神人和一长冠鸟，长冠鸟在界栏外；第三排有皆正面坐的四神人，其中右侧近镜钮的神人戴冠，其余三人头绾发髻；第四排"君宜官"右侧有一神人和两人头神鸟，左侧有

图78 东汉"建安十年"铭重列式神兽镜（上海博物馆藏）

一神人和一神兽；最下一排中间端坐一神人，右一朱雀，左一玄武。

镜缘为一周铭文带加一周窄平缘。铭文带一周50字，能辨认的基本内容为："建安十年朱氏造，大吉羊（祥）……幽湅官商，周缘容象，五帝天皇，白（伯）牙弹琴，黄帝除凶，朱鸟玄武，白虎青龙，君宜高官，位至三公，子孙潘（藩）长。"镜铭起始句中"建安"为东汉献帝刘协年号。献帝刘协在位25年，"建安十年"即公元205年，制镜者为朱姓贵族。

此镜的价值除了自身高超的艺术水平外，还直接给出了铜镜制作的主人以及具体年份，如是考古发掘出土而得，则对墓葬主人和随葬器物的指认以及断代，提供了重要依据。

十二、画像镜

铜镜界所说的汉代画像镜一般是指流行于东汉中期至两晋时期的一个重要镜种，流行的地区主要在南方的长江流域，尤以浙江和江苏南部地区（即古吴、越国范围内）出土最多。

但是，自1994年1月在江苏徐州北郊簸箕山西汉宛朐侯刘埶墓出土了一面历史人物故事画像镜之后（参见图81），汉代画像镜的历史便提前到了西汉早期。考古资料表明，西汉宛朐侯刘埶为第一代楚王——刘邦四弟刘交的第六子，卒于汉景帝三年（公元前154年）前后，属西汉早期人物。西汉早期人物画像镜的出土十分罕见，此面历史人物故事画像镜为目前国内仅有的因考古发掘而面世的西汉早期人物画像镜。

根据画像镜主题纹饰表现的内容，画像镜主要有神人车马画

像镜、神人神兽画像镜和历史人物故事画像镜三大类。在这三类
画像镜中，又以车马人物画像镜和神人神兽画像镜居多。

正如著名作家、历史文物研究学者沈从文先生在《铜镜史话》
中所言："最重要的是用西王母东王公作主题表现的神仙车马人物
镜。其中穿插以绣幰珠络的驷马骈车，在中国镜子工艺美术上，
自成一种风格。这种镜子虽近于汉镜尾声，却给人以'曲终雅奏'
之感，重要性十分显著。"①

画像镜的纹饰形制延续前代四分法的布局方式，四颗乳钉在
画像镜中重现，将钮座外主纹饰区分成四区，每区主题纹饰对称
布局。如在神人车马画像镜中，西王母和东王公各为一组，对称
布局，另两组是车马或车马和瑞兽，也是对称布局。又如在伍子
胥人物故事画像镜中，伍子胥为一组，越王勾践和范蠡为一组，
两组对称布局；吴王夫差和侍女各为一组，也是对称布局。镜钮
为形体较大的半圆钮、圆钮座，钮座外常饰一周连续圆珠纹。主
纹饰外有的饰有一周铭文圈带。镜缘有锯齿纹、连续云纹、兽纹
和画纹带等边饰。

汉代画像镜在西汉时期多采用斜剔法平面浅浮雕的艺术手法，
到了这种铜镜广为流行的东汉时期，铜镜制作者既会采用同一时
期神兽镜的圆面高浮雕技法，也会采用斜剔法平面浅浮雕技法。
斜剔法平面浅浮雕这种艺术表现技法应与汉代画像石艺术表现技
法相同，"正和川蜀汉墓砖雕法一样，直接影响到唐代著名石刻昭

---

① 《铜镜史话·镜子的故事（下）》第23页，沈从文，万卷出版公司，2005年1
　月第一版。

陵六骏，和宋明剔红漆器的刻法。"[1]

画像镜的尺寸一般较大，有的接近汉尺一尺左右（汉尺一尺约等于 23.1 厘米）。

由于画像镜大都出土于南方，水坑包浆较重，加之锡、铅的比例稍大，保存完整且品相俱佳的比较难得。

1. 神人车马画像镜

在神人车马画像镜中，主纹饰表现的主要为西王母、东王公及其诸侍神以及车马出行图、四神瑞兽等主题。

主纹饰中西王母的形象常常是头梳发髻，宽袖窄衣，长裙拖地，两手袖于胸前，端坐于方圃之上，身旁有玉女、羽人相伴。东王公的形象是头戴三山冠，宽颊长髯，双手相握于胸前，也是端坐于方圃之上，身旁也有神人相伴。车马出行图中，有骏马驾车，骏马三至八匹不等，均身姿矫健，昂首奔驰，并驾齐驱。车舆两侧开窗，车舆华盖有两种，一种是卷棚式，下部平坦；另一种是四坡顶，四角起翘。主纹饰中的瑞兽常为青龙、白虎、天禄、辟邪等。

沈从文先生对这一类神人车马画像镜给予了较高评价："最重要的成就，还是车马人神除雕刻得栩栩如生，还丰富了我们古代神话的形象，也提供了我们早期轿车许多种式样。"[2]

图 79 所示为东汉神人神兽车马画像镜。

---

[1] 《铜镜史话·镜子的故事（下）》第 23 页，沈从文，万卷出版公司，2005 年 1 月第一版。

[2] 《铜镜史话·镜子的故事（下）》第 24 页，沈从文，万卷出版公司，2005 年 1 月第一版。

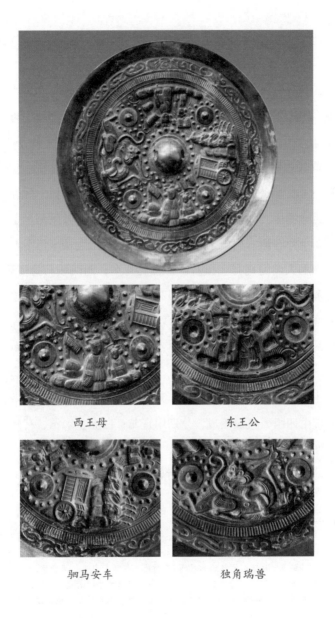

西王母　　　　　　　　　东王公

驷马安车　　　　　　　　独角瑞兽

图 79　东汉神人神兽车马画像镜及其局部（抱朴斋藏）

此镜直径 19.8 厘米，重 804.5 克，圆形，半圆钮，圆钮座，座外一周 22 颗小乳钉纹。

四颗乳钉将主纹饰区分为四区，乳钉圆座，座外 14 颗小乳钉包围。四区主题纹饰以钮为中心对称布局，钮下区饰西王母，容貌端详秀美，头梳发髻，宽袖窄衣，长裙拖地，两手袖于胸前，身体微微右侧，端坐于方圃之上，身旁左侧一羽人呈跪姿相侍，右侧一玉女端坐侍服，玉女上方一羽人俯身跪拜。钮上区饰东王公，慈祥端庄，头戴三山冠，双手相握于胸前，微微侧坐于方圃之上，身旁右侧一羽人呈跪姿相侍；左侧一玉女端坐侍奉，玉女上方一羽人俯身跪拜。钮右区饰驷马驾车，四匹骏马身姿矫健，昂首奔驰，并驾齐驱，所驾车舆高大，两侧开窗，顶置圆顶卷棚式华盖，轮毂有十二辐，此车依汉制，当为豪华安车①，钮左区饰一只跳跃腾挪的独角瑞兽，张血盆大口，肩有飞羽，前肢趴，后肢蹬，威风凛凛。

主纹饰外一周细密栉齿纹，其外一周剔地平雕画纹圈带，画纹圈带由四组云气纹组成，分别用青龙、白虎、朱雀、玄武四神变形纹相隔，镜外缘素平坡面。

此镜尺寸较大，主纹饰采用高浮雕技法，八个神人或坐或跪

---

① 安车，古代一种通常用一匹马拉的、可以在车厢里坐乘的车子。上古先人乘车一般都是站立在车厢里，而安车则可以安坐，故名。安车多用一马（也有用四马的），用以表示特殊的礼遇。《周礼·春官·巾车》："安车，雕面鹥总，皆有容盖。"《汉书·张禹传》："为相六岁，鸿嘉元年以老病乞骸骨，上加优再三，乃听许。赐安车驷马，黄金百斤，罢就第，以列侯朝朔望，位特进，见礼如丞相。"意即：张禹为相六年，于汉成帝鸿嘉元年提出叶落归根，成帝再三挽留后才准许。随后赐驷马安车、黄金百斤，并授予特进待遇，告老还乡。

或俯，神态安详，姿态各异，衣褶清晰；驷马驾安车，轮毂、车舆、华盖刻画精致，骏马奔腾，活灵活现；独角瑞兽形态张扬，表现出避邪趋害的震慑力；辅以一周剔地平雕画纹圈带相围，整个画面刻铸精准，细致生动，动静相宜，加之皮壳包浆泛出的华美光泽，给人以视觉震撼，可以说集中体现了东汉神人车马画像镜的高超艺术水平。

2. 神人神兽画像镜

在神人神兽画像镜中，无车马纹饰，常见西王母、东王公、四神、瑞兽等纹饰，构成神人神兽对称布局画面。

图 80 所示为东汉神人神兽画像镜。

此镜直径 18.5 厘米，重 580.0 克，圆形，半圆钮，圆钮座，座外四花瓣纹和双线方格。四颗乳钉将主纹饰分为四区，神人神兽分别为上下和左右对称布局。下区为西王母，头戴双胜，双手

图 80　东汉神人神兽画像镜（抱朴斋藏）

袖于胸前，正襟端坐；左右两侧各有一玉女，头饰高发髻，双手高举，以跪姿相待于身旁。上区为东王公炼丹图，东王公头戴高冠，身着宽袍，身体转向右侧，面前横一长条形案几，上置一炼丹炉，丹气袅袅上飘；左侧身后案几一端有一侍从，手持一扇状物，双膝跪地侍奉。左区和右区分别饰一青龙和白虎，两两相对，龙腾虎跃；左区青龙身有飞羽，后肢蹬地，前半身反向扭曲，龙口大张，仰天嘶鸣，体态矫健；右区白虎张口龇牙，四肢有羽，前趴后蹬，躯体前行，回首顾盼，威猛雄健。近缘处一周栉齿纹。镜缘饰一周四神鸟兽纹圈带，青龙、白虎、朱雀、玄武、凤、鸟，飘逸的身躯环绕镜缘一周，增添了镜饰的神秘色彩和华美气息。

此镜采用斜剔法平面浅浮雕表现技法，与汉画像石艺术表现技法相同。但汉画像石的技法因创作面积较大，尺寸和比例无须精准，相对较易。而将此技法应用于铜镜的方寸之间，其雕刻、制模、翻模、铸造等环节就复杂得多，且精细程度要求更高，而这也正显示出汉代铜镜制作匠师们的高超技艺。

3. 历史人物故事画像镜

在历史人物故事画像镜中，主纹饰的内容常常表现伯牙子期、伍子胥等历史人物的故事和传说，画面中也常出现东王公、西王母、瑞兽等形象，反映了人们对古代圣贤的怀念和崇敬。

图 81 所示为 1994 年 1 月出土于江苏徐州北郊簸箕山西汉宛胸侯刘埶墓的历史人物故事画像镜。

此镜直径 18.5 厘米，圆形，宽素卷缘，龟身龙首合体形镜钮，圆钮座，座内环绕镜钮饰四条腾挪的虺龙。钮座外饰两周绳纹和

图 81 西汉早期历史人物故事画像镜及其局部
（徐州博物馆藏）

一周弧形圈带，地纹为细密的云雷纹。

主纹饰区为历史人物故事画像图，运用浅浮雕技法共刻画出人物 32 个、虎 8 只、豹 4 只、树 16 棵、山峰 12 座，所表现的内容极为丰富，既有现实生活场景，又有历史人物传说故事。

　　整体画面分为对称四区，每区间以博山纹间隔，内容完全相同。每区画面分上下两排，上排分三组人物，每组以古树相间。左边一组为驯虎图，驯虎者站立，左手前伸，抚摸一虎；虎匍匐于地，长尾上扬作摇尾状，一副驯服之态。中组为伯牙子期听琴画面，中间一人为伯牙，盘坐操琴；右侧坐一侍童，左侧一人为钟子期，拱手站立，侧耳聆听。右组为孔子见老子图，两人头戴云冠，着深衣束带，足穿翘首履，相对拱手站立，神态恭谨，似在对语。下排有左右两组画面，间隔博山纹。左组为驯豹场面，驯豹者坐姿，右手放于膝上，左手前伸，抚摸豹首；一豹似刚从山间跃出，前腿着地，后腿腾空，动感强烈。右组为骑虎图，骑虎者头绾发髻，骑于虎背之上；虎昂首咆哮，四肢蹬地，尾上扬作欲奔腾状。

　　当时在考古发掘现场，此镜放置在墓主人刘执腰部右下方，应为主人生前喜爱之物，出身高贵，故而工艺精美，制作精良，虽人物众多，然纹饰清晰，层次分明，匠心独运，充分展现了西汉时期高超的铸镜技术。

　　图82所示为东汉"西王母"铭伯牙奏乐画像镜。

　　此镜直径11.7厘米，重475.5克，圆形，半圆钮，圆钮座。四颗乳钉将主纹饰区均分为四区，上下两组神人和左右两组瑞兽对称布局。

　　下区纹饰由西王母和两位侍女组成，西王母头戴冠饰，慈眉善目，双手袖于胸前，身体右倾，坐于圆垫之上，面前镌"西王"二字铭；在西王母的右侧，一侍女双手作揖，另一侍女双手持一仙草，侧立身旁。

西王母

伯牙子期、鱼纹

天禄、羽人

灵鹿

图 82 东汉"西王母"铭伯牙奏乐画像镜及其局部（抱朴斋藏）

上区为伯牙奏乐图，图中伯牙身体微微右倾，席地而坐，头戴冠，着宽大袍服，置琴于膝上，双手抚琴弹奏；右侧钟子期双膝跪于圃上，双手拢袖胸前，面部左倾，沉醉于琴声；在伯牙和子期之间饰一鲤鱼纹，脊有鳍，身有鳞，寓意两人之间深厚的情谊，两千多年前一幅高山流水遇知音的画面映入眼帘。

左区一独角瑞兽应为天禄，回首张望，威武雄健；一羽人屈膝弯腰，双手作揖，朝向右侧的西王母。

右区一对欢快的灵鹿，昂首向天，奔跑跳跃，身姿矫健。

此镜镜缘宽厚，边饰为内外两周锯齿纹，中间夹一周双线曲折纹。

此面东汉"西王母"伯牙奏乐画像镜直径虽然不大，却在有限的主纹饰区内用高浮雕技法布局了四组十个神人神兽，画面形象生动，立体感强。其中出现的一条鲤鱼纹，形体硕大，在主纹饰中占据了一定的空间，这在汉代铜镜中实为少见。又由于鱼纹置于伯牙子期之间，在有关伯牙子期人物纹饰的画像镜中，目前也是仅见。

关于鱼纹，在我国古代有两种寓意。

一种是远古先民以鱼为图腾，以示生殖崇拜。在我国母系氏族社会遗址出土的陶器上，多会发现鱼纹，尤其是在处于新石器时代仰韶文化母系氏族社会的西安半坡遗址中，出土了大量绘有鱼纹的彩陶。《诗经·陈风·衡门》云："岂其食鱼，必河之鲂。岂其娶妻，必齐之姜。岂其食鱼，必河之鲤。岂其娶妻，必宋之子。"因为鱼繁殖力强，生长快，象征着家族兴旺、子孙众多，所以诗中以黄河的鲂、鲤喻宋、齐两地的女子，将食鱼与娶妻联系起来。闻一多先生通过对古代《诗经》《周易》《楚辞》以及古诗、民谣的研究，撰写了《说鱼》一文，对古代鱼文化进行了深入剖析。其中写道："种族的繁衍如此被重视，而鱼是生殖力最强的一种生物，所以在古代，把一个人比作鱼，在某一意义上，差不多就是恭维他是最好的人，而在青年男女间，若称其对方为鱼，那就等于说：'你是我最理想的配偶！'"。

另一种是代表友情和传递情谊。相传在战汉时期，人们以绢帛写信，把它装在鲤鱼腹内传给对方，因此称之为"鱼笺"。用"鱼"来传递书信的典故，最早出现在东汉蔡邕的《饮马长城窟行》的乐府诗集里，诗歌写道："青青河边草，绵绵思远道。远道不可思，宿昔梦见之。梦见在我旁，忽觉在他乡。他乡各异县，辗转不可见。枯桑知天风，海水知天寒。入门各自媚，谁肯相为言。客从远方来，遗我双鲤鱼。呼儿烹鲤鱼，中有尺素书。长跪读素书，书中竟何如？上言加餐饭，下言长相忆。"叙述的是离别的亲友之间书信往来的思念情感。因此，又有"鱼素"的美称，并形成"鱼传尺素"的文学典故。

笔者认为，此镜在伯牙子期之间饰一鲤鱼纹，当是代表友情之意。

十三、龙虎纹镜

用高浮雕手法表现龙和虎的形象，并以龙和虎作为铜镜的主纹饰，形成了流行于东汉中晚期至六朝时期的一个主要镜种——龙虎镜。

在东汉中期以前，龙和虎的形象出现在铜镜中，常常是作为四神之一与神人瑞兽搭配布局，有时其所处位置虽然重要，但都不是单独出现在主纹饰当中。进入东汉之后，神兽镜大量出现，并成为广泛流行的主要镜种，这与当时的阴阳五行和道教的兴盛密切相关。在此背景下，龙虎镜的出现也就有其特殊的含义。

现任浙江省文物鉴定审核办公室研究员的王牧，在其修订的《浙江出土铜镜》修订本序言中对龙虎镜中主纹饰龙虎的含义给予了如下阐释："在道教炼丹术中，龙虎有其特定含义。道教的炼丹分内丹和外丹，内丹讲求自身修炼，通过练功强化体内精气；外丹则利用金属或矿物质为原料炼丹，两者都以达到长生不老为目的。道教的内丹功夫，以龙属木，木生火，同心神之火，乃以龙为火。虎属金，金生水，同身肾之水，乃以虎为水。所谓水火为龙虎，《性命主旨》有'龙从火里生，虎向水里生，龙虎相亲，坎离交济'。故龙虎镜中的组合是有特定含义的。"[1]究其实质，龙虎纹反映的是自然界中阴阳和合的思想，表现了人们对美好生活的向往。

铜镜收藏家王趁意在其《中国东汉龙虎交媾镜》一书中，将东汉龙虎镜中龙虎躯体交合重叠的纹饰含义解读为阴阳媾和、性媾和，并以龙虎纹饰中出现的男性生殖器为佐证。因此，王趁意认为应将龙虎镜称为"龙虎交媾镜"。[2]

龙虎镜的基本形制是圆形，半圆钮，圆钮座，钮座外主纹饰

---

① 《浙江出土铜镜》修订本第 4 页，王士伦编著，王牧修订，文物出版社，2006 年 10 月第一版。

② 《中国东汉龙虎交媾镜》，王趁意，中州古籍出版社，2002 年出版。

区用高浮雕技法饰一龙一虎，龙虎以钮为中心对称，并按左龙右虎布局，龙虎两首在钮的上部相对，呈对峙状。龙虎躯体交合重叠在镜钮之下，腿部四爪向外伸出，龙虎两尾在钮的下部相会。龙头虎首硕大，张口露齿，狰狞凶煞。龙身有鳞片，虎身着飞羽，体态夸张，缠绕扭曲，尽显雄劲阳刚之气。在龙虎尾部相会处，有的龙虎镜会饰有羊、龟、五铢等纹饰，还有的在龙的尾部饰有男性生殖器，阴茎和阴囊外露毕现，毫不遮掩，其意为何，引发多方研究考证，观点不一。

龙虎纹饰外圈有的饰有一周铭文带，有的无铭文带。镜缘纹饰有锯齿纹、双线连云纹、走兽纹等几种。

龙虎镜的主纹饰除了上面介绍的龙虎对峙纹饰之外，还有单龙、单虎、二龙一虎几种，可以说是龙虎镜的特殊镜种，习惯上也都归于龙虎镜一类。其中以单体龙纹作为主纹饰，整条龙身围绕镜钮盘曲缠绕的单龙镜比较少见。

龙虎镜的尺寸一般不大，多在 11 至 15 厘米之间。

图 83 所示为东汉单龙镜。

此镜直径 11.5 厘米，重 288 克，圆形，半圆钮，圆钮座，钮座外一条蟠龙围绕镜钮盘曲缠绕，独角后耸，龙头硕大，龙口大张，龙齿外露，口吐祥瑞，龙体盘曲，身披鳞甲，龙尾上卷甩至右上方，四肢横跨镜钮向左右两边伸张，爪三趾，胸和胯部雄健凸起。整个龙体动感十足，张力四溢，威猛狰狞。近缘处一周栉齿纹，镜缘边饰为 S 形云纹间隔田字纹。

仔细观之，此镜隐晦神秘之处在于龙体的裆部。在龙体下肢左右两腿之间的裆部，用写实手法饰一完整的男性生殖器。生殖

图 83　东汉单龙镜及其局部（抱朴斋藏）

器整体外露无余，刻画完整细腻，纹饰清晰可见，毫不羞涩遮掩。下端一神龟俯卧，龟头回转顾盼，眼睛盯着龙的生殖器。

　　在汉代铜镜纹饰中，用写实手法直接表现男性生殖器的十分少见，仅在东汉龙虎镜中偶有见之。对此，许多学者和藏家进行了深入研究，形成了两种不同的代表性观点。

　　一种观点认为，这种纹饰反映了古代性文化。具体来说，汉代铜镜中出现的龙虎交媾纹饰和男性生殖器纹饰，其文化内涵是以龙子龙孙、繁衍生殖、万世蕃昌为核心的中国古代性文化和性艺术的一部分，是生殖器崇拜、性交崇拜和生殖崇拜在中国青铜镜上的艺术再现。①

另一种观点则认为，它反映了阴阳五行思想和辟邪习俗。即瑞兽图案中装饰的男性生殖器，应该与当时流行的阴阳五行观念、男性崇拜意识和辟邪习俗相关。这些祥瑞图案主要就是试图祛邪除凶、纳福降瑞。②

图 84 所示为东汉"王氏作镜"铭龙虎镜。

此镜直径 13.1 厘米，重 470 克，圆形，半球形钮，圆钮座，主题纹饰为龙虎对峙图。

左龙右虎以钮为中心对称布局，龙虎两首在钮的上部相对。龙角后耸，龙口大张，舌外伸，形狰狞，身披鳞甲，威武凶猛；虎首以正面形象表现，虎睛圆睁，虎齿突显，虎舌外伸至龙口之中，似作吻状，虎身健壮，肢爪遒劲。龙虎躯体上均有圆珠状凸起，尽显强健之躯。龙虎躯体交合重叠在镜钮之下，两尾在钮的下部相会，两尾之间饰一只鸟纹。龙虎纹外圈饰一周弧形凸起的铭文带，铸有 25 字铭文，顺时针读作："王氏作竟（镜）自有纪，湅治铜华去下土，辟去不羊（祥）宜古市，长保二亲。"铭文带外一周栉齿纹。

镜缘纹饰为两周锯齿纹，中间夹一周单线波折纹。

---

① 《中国东汉龙虎交媾镜》，王趂意，中州古籍出版社，2002 年出版。
② 《也谈龙虎镜中装饰的男根》，张宏林，《收藏家》，2012 年 9 月 10 日出版。

图 84　东汉"王氏作镜"铭龙虎镜及其局部（抱朴斋藏）

十四、夔凤纹镜

夔凤纹镜流行于东汉晚期和魏晋南北朝时期。

夔，即夔龙；凤，即凤鸟。顾名思义，夔凤纹镜其主纹饰主要是以夔纹和凤纹为主。有的主纹饰饰有两条夔纹，有的主纹饰饰有两条凤纹，这两种情况通常被看作夔凤纹镜的一个特例。

夔凤纹镜的基本形制为圆形，圆钮，圆钮座。主纹饰常以钮为中心左右对称分别饰一夔龙和一凤鸟，或一对夔龙、一对凤鸟。夔龙和凤鸟常作侧面形，纹饰风格的最大特点是以块面图案表现，如剪纸风格，这种风格也是与汉代浮雕、线雕风格铜镜的最大区别。有的夔凤纹镜主纹饰外配以内向连弧纹。

夔凤纹镜常常在镜钮的附近饰有"长宜子孙""君宜高官""位至三公"等4字铭文，或"长宜官，寿万年"等6字铭文。铭文的布局方式主要有两种：一种是在镜钮外四个方位各铸一字，一种是在镜钮的上下直行排列，上下各两字或三字。镜缘为宽平缘。

图85所示为东汉夔凤纹镜。

此镜直径11.1厘米，重196.5克，圆形，半圆钮，圆钮座。四片柿蒂叶自钮座向外呈放射状延展，四叶内角每角饰一字，组成篆书"长宜子孙"四字吉祥铭文。每片柿蒂叶用弧状凸弦纹带连接，与外圈十二曲内向连弧纹一起将主纹饰区分成四区，内饰一完整夔纹和凤纹，龙头和凤首两两相对。夔纹和凤纹分别占据左右上下两个内区，镜缘为宽素平缘。

此镜纹饰精美，线条流畅，整条夔纹和凤纹以镜钮为中心，

图85　东汉变形四叶夔凤纹镜（抱朴斋藏）

比例匀称和谐，形象生动飘逸。龙凤合璧原是商周玉器常用图案，后来发展为"龙凤呈祥"吉祥图案，喻示美满姻缘。在这面铜镜的主纹饰里，龙头和凤首在铭文"子"字处相对相视，一幅祈愿龙凤呈祥、龙子凤女的美好画面呈现眼前。这种夔凤纹单独成对出现，并作为铜镜的主纹饰存在，在此之前实为少见，对于研究中国龙凤文化的起源、融合及其如何进一步成为封建帝王权力的象征具有一定的意义。

第五章　隋唐铜镜

　　在中国古代铜镜的断代分类上，常常将隋代和唐代铜镜合二为一，称之为隋唐铜镜。究其原因，主要有以下四个方面。

　　一是与史学界对应。唐朝的政治制度、经济文化以及社会特点几乎全部承袭隋朝，在一定程度上唐朝是隋朝的延续，因此史学界常把唐朝和隋朝合并为"隋唐"。

　　二是隋代存续时间很短，仅不到38年（公元581年—公元618年），其铜镜艺术尚未形成自身显著特点。

　　三是隋代铜镜虽然延续了东汉晚期和六朝时期的风格，但又与前朝有很大的不同，其形制、纹饰及其表现形式和初唐铜镜基本相同，或者说初唐时期流行的铜镜基本上延续了隋代铜镜，加之时间相近，即便考古发掘也难以进行明确的断代区分。

　　四是隋代铜镜的纹饰主题、艺术创新及其表现形式对唐代铜镜产生了重大影响。

故而，本章仍遵循传统，将隋代铜镜和唐代铜镜合而论之。

第一节　隋唐铜镜的基本特征

一、隋代铜镜的基本特征

进入隋代，社会结束分治战乱，重归一统，铜镜和其他艺术门类一样得以继承和发展。

隋代铜镜在形制上延续了东汉晚期和六朝时期的风格，主要为圆形，圆钮，内外分区，分区凸弦纹向立墙式凸棱纹变化，有的高出镜缘。主纹饰一方面延续了东汉晚期和六朝时期的四神、瑞兽、十二生肖题材，另一方面吸收了佛教文化，同时融入自然界中的花卉图案，摆脱了前朝传统的纹饰题材，创新形成了以团花纹为代表的主题纹饰，对后来的铜镜产生了重大影响。隋代铜镜的外区常辅以铭文圈带，铭文内容和文体也有别于东汉晚期和六朝时期，常采用南朝以来盛行的骈文，多见四字一句，语句华丽多彩，对仗工整，如诗如歌。纹饰艺术表现手法以高浮雕为主。

隋代铜镜与前朝铜镜的一个明显区别在于铭文圈带上的铭文字体，汉代铜镜铭文字体以缪篆书和隶书为主，而隋代铜镜的铭文字体已明显向楷书转变，这也是隋代铜镜区别于东汉晚期和六朝时期铜镜的重要特征之一。由于前有汉镜、后有唐镜作比较，除了少数精品铜镜之外，隋代铜镜的艺术表现略显拘谨呆板，形象刻画也欠细腻的神韵。但不可否认的是，纵观我国古代铜镜发展史，隋代铜镜处在汉唐铜镜艺术两大转折时期，具有承前启后的重要作用。可以说，如果没有隋代铜镜的继承和发展，或许就没有其后唐代铜镜的繁荣和兴盛。

二、唐代铜镜的基本特征

唐朝历时 289 年（公元 618 年—公元 907 年），是中国历史上又一个大一统王朝，在政治、经济、文化、外交等方面均创造了辉煌的成就，成为同时代世界的中心，盛极一时。

大唐盛世的景象在唐代铜镜上得到了集中体现。就纹饰而言，唐代铜镜题材丰富、雍容华贵、绚丽多姿；就形制而言，唐代铜镜新颖别致、造型多样、不拘一格；就铸造而言，唐代铜镜质地精良、尺寸厚重、工艺高超。在艺术表现手法上，除了少数采用彩绘、镶嵌、平脱、鎏金银等技法外，多采用高浮雕技法，细微之处毫发毕现，极具表现力。在铜镜皮壳包浆上，汉代铜镜多黑漆古，唐代铜镜由于提高了锡的比例（据考古研究，盛唐时期铜镜各金属成分的比例约为：铜 69%，锡 25%，铅 5.3%。），加之铜质地细密，皮壳包浆多呈水银古，光洁如银，至今犹可鉴容。尤其是在唐朝鼎盛时期，铜镜艺术达到了登峰造极的水平，形成我国古代铜镜艺术的第三座高峰，达到了后世无法企及的高度。

唐代铜镜的时代划分有别于文史上的初唐、盛唐、中唐、晚唐四个阶段，可分为初唐、盛唐、中晚唐三个时期，每个时期均呈现出不同的时代特征。

初唐时期（唐高祖武德至太宗贞观年间，公元 618—649 年），由于政治、经济和社会都处于恢复和巩固时期，这一时期的铜镜艺术基本上延续了隋代铜镜的纹饰内容和形制。主题纹饰多以四神、瑞兽、十二生肖以及团花纹为主，形制主要是圆形，半圆钮，圆钮座，内外分区，有的加饰铭文圈带，铭文多四言和五言，字体为楷书，镜缘斜面内倾，多饰忍冬、卷草纹。这一时期多流行四神瑞兽镜、瑞兽十二生肖镜、团花纹镜等等。

盛唐时期（唐高宗永徽至玄宗天宝年间，公元650—755年），在贞观之治的基础上，历经永徽之政、开元之治，唐朝经济昌盛，文化繁荣，社会稳定，达到全盛时期，铜镜艺术以雍容华贵的姿态尽显盛唐气象。在形制上，盛唐时期的铜镜打破传统制式，在原有的圆形基础上，发展出了方形，创造了菱花形、葵花形、荷花形等形状；镜钮多半圆钮、兽钮，无钮座；传统的铭文圈带以及内外纹饰区界基本消失。镜缘厚实、高凸、内倾。在纹饰上，盛唐时期的铜镜兼容并蓄，丰富多彩，有从隋代神兽镜演变而来的瑞兽鸾鸟纹，有反映传统道教文化的月宫仙人纹，有受佛教文化影响形成的宝相花纹，有吸收外来文化产生的海兽葡萄纹，还有充满生活气息的雀绕花枝纹、人物故事纹、双鸾纹、打马球纹，以及盘龙纹、对凤纹等等。镜缘边饰有水波纹、鸟虫纹、花枝纹和流云纹等。这一时期还产生了螺钿镶嵌、金银平脱、彩绘等特殊工艺镜。其中，海兽葡萄镜和瑞兽鸾鸟纹镜是这一时期铜镜的杰出代表，也是中国古代铜镜登峰造极之作。

晚唐时期（唐肃宗至德至哀帝天祐年间，公元756—907年），经安史之乱，大唐由盛趋衰，铜镜艺术如同所处的朝代逐步走向衰败一样，其艺术表现力和制作技艺也逐渐趋向衰落。这一时期的铜镜纹饰略显单调呆板，质地和工艺大不如前，已经失去了盛唐时期雍容华丽的气象和高超的艺术风格。然而，应当肯定的是，这一时期的铜镜在形制上也有一定的创新，比如出现了亚字形镜、方形倭角镜，还出现了带柄铜镜。在纹饰内容方面，动荡的社会背景下，人们把希望寄托于宗教，此时铜镜的纹饰也表现出浓厚的宗教色彩，诸如卍字纹、八卦纹、三乐纹等主纹饰以及莲花、星象、天干地支等辅助纹饰开始流行。

隋唐铜镜的纹饰布局主要有以下五种形式：对称式，大多为相似对称，主要用于花鸟镜、人物镜、瑞兽镜等；散点式，常见于瑞花镜，如团花、折枝花；单独式，多见于盘龙镜、鸾鸟镜、卍字镜；旋转式，如缠枝花、狩猎图、打马毬图；满花式，主要为瑞兽葡萄镜。此外人物故事镜多采用绘画式构图。

随着唐朝的终结，中国古代铜镜的发展也进入了转折时期。此后，铜镜告别了战国、汉、唐三段辉煌时期，质地发生变化，工艺不再考究，艺术成分逐渐淡去，民间制镜业开始兴起，铜镜也不断趋向其本身的实用性。

第二节　隋唐铜镜的种类

隋唐铜镜（尤其是唐代铜镜），因形制多样，纹饰、工艺不同而呈现出丰富璀璨的景象。

就艺术风格而言，隋代和初唐时期比较一致，既保持了东汉、六朝铜镜遗韵，又逐渐形成了自身的特点，显露出了全新的风貌端倪。盛唐之后，发展出了厚重、大气、华丽、精美的风格。

就形制而言，隋唐铜镜早期以圆形为主，进入盛唐以后，铜镜的形制呈现多样化，尤其是外形的艺术性更加丰富，主要有圆形、方形、菱花形、葵花形、亚字形和带柄镜等几种，镜钮多为半圆大钮，兽钮开始流行，钮座逐渐消失。其中，菱花形镜和葵花形镜最具特色。

菱花形镜是唐代花式镜中的一个重要代表，流行甚广。菱花即菱角的花，叶子略呈三角形。菱花寓意美好，常被古人吟诵。南朝梁简文帝萧纲在《采菱曲》中咏道："菱花落复含，桑女罢新蚕。桂棹浮星艇，徘徊莲叶南。"以菱花形为镜，出自北周庾信《镜赋》："临水则池中月出，照日则壁上菱生。"宋代陆佃在其所著的训诂书《埤雅·释草》中对以菱花为镜进一步解释道："旧说，镜谓之菱华，以其面平，光影所成如此。"

菱花形镜的出现使铜镜的形制更富有变化，铜镜的艺术性得到了进一步的体现，对此，后人在咏镜诗中多有提及。例如唐朝大诗人李商隐的《破镜》写道："玉匣清光不复持，菱花散乱月轮亏。秦台一照山鸡后，便是孤鸾罢舞时。"唐代诗人杨凌则在《明妃怨》中写下了"汉国明妃去不还，马驮弦管向阴山。匣中纵有菱花镜，羞对单于照旧颜"的句子。元代关汉卿《玉镜台》第二折有"猴山无梦碧瑶笙，玉台有主菱花镜"的句子，由此可见菱花镜在唐代铜镜中的影响力和代表性。

葵花形镜因铜镜外形似绽开的葵花而得名，唐代铜镜以葵花为形，或许取的是葵花向阳映照之意。

就纹饰内容而言，唐代铜镜的纹饰题材包括花草昆虫类、珍禽瑞兽类、生活娱乐类、宗教神话人物类等几大类。另外，这一时期，尤其是盛唐时期，伴随着经济、文化的繁荣发展，彩绘、镶嵌、平脱、鎏金银等特殊工艺在铜镜上得到应用，产生了精美的特殊工艺镜。

就质地和工艺而言，隋唐铜镜铜、锡、铅三种主要配比成分中，锡的含量有所提高，因而镜体比较厚重，工艺技法以高浮雕为主。由于材质讲究，铸造工艺精湛，出土的和传世的唐代铜镜大都宝气十足，银光闪闪，在中国古代铜镜中独树一帜。

依照古代铜镜通行的分类方法，隋唐铜镜因主题纹饰可以分为以下 11 种，即四神纹镜、瑞兽纹镜、十二生肖纹镜、团花纹镜、花鸟纹镜、海兽葡萄纹镜、龙纹镜、凤纹镜、人物故事镜、神仙神话题材镜、特殊工艺镜。

一、四神纹镜

四神纹镜是隋代和唐代早期的一个镜种，其形制和风格延续东汉晚期和六朝时期的铜镜，主纹饰四神（青龙、白虎、朱雀、玄武）的造型基本相同，其宗教和信仰意义也相通。纹饰布局上常内外分区，外区常饰一周铭文带，大多为"仙山并照"铭，也见"熔金琢玉"铭，半圆钮，有钮座，镜缘一般饰走兽纹、锯齿纹或花草纹。

图 86 所示为唐代早期"仙山并照"铭四神镜。

此镜直径 18.5 厘米，重 661 克，圆形，云纹镜缘，半圆钮，兽形钮座，钮座外饰双线方框，方框四角与外圈 V 形纹相对形成四区，每区分饰青龙、白虎、朱雀、玄武四神，其外饰连珠纹和

图 86　唐代"仙山并照"铭四神镜（北京故宫
博物院藏）

锯齿纹各一周，近缘处饰四言八句 32 字铭文一周，铭文为："仙
山并照，智水齐名；花朝艳采，月夜流明；龙盘五嵩，鸾舞双
情；传闻仁寿，始验销兵。"字体为楷书。

　　此镜在形制上有明显的汉镜遗风，钮座外的双线方框、四分
区、V 形纹、锯齿纹以及云纹镜缘，都是汉镜的典型特征，应是
唐初作品。此外，铭文的字体已从篆隶转向楷书，可以说这面铜
镜的铭文应为楷书的早期实物范本，对于研究汉字字体的变化具
有一定意义。

　　图 87 所示为隋代"镕金琢玉"铭四神十二生肖纹镜。

　　此镜圆形，半圆钮，柿蒂纹钮座，钮座外饰青龙、白虎、朱
雀、玄武四神，其外一周铭文圈带，楷书四言八句三十二字完整

图 87 隋代"镕金琢玉"铭四神十二生肖纹镜
（陕西历史博物馆藏）

诗文："镕金琢玉，图方写圆；质明彩丽，菱净花鲜；龙盘匣内，鸾舞台前；对影分笑，看妆共妍。"外围饰一周十二生肖纹，生肖之间用花瓣纹间隔，镜缘饰忍冬花卉纹。

　　此镜镜钮、钮座和镜缘具有明显东汉铜镜风格，反映出隋代铜镜既有继承又有发展，前承东汉六朝，后启大唐，隋代是汉唐铜镜转折的重要时期。

　　二、瑞兽纹镜

　　以珍稀瑞兽为题材作铜镜的主纹饰，在隋唐（尤其是唐代）得到了极大的丰富和发展。东汉之前铜镜上的珍禽瑞兽类纹饰，就其种类而言，主要集中在四神、天禄、辟邪、狐、鹿、凤鸟等；就其艺术表现手法而言，主要为线雕技法，侧面造型。东汉至六朝时期，珍禽瑞兽的种类变化不大，但艺术表现手法逐渐被高浮雕取代，造型也趋向立体化。

在隋代和唐代早期，主纹饰中的瑞兽体态丰腴，形态矫健，似狮、似虎、似狼、似狐，并非具象；或行走或奔跑或跳跃，灵动，富有生机和活力。在布局上，有的为四兽，有的为五兽、六兽，还有的为八兽。在形制上，一般为圆形，半圆钮，常常内外分区，内区绕钮饰瑞兽，其外常饰一周铭文带，铭文内容多为祈祷长命、高官厚禄的吉祥语以及赞美铜镜品质和闺阁整妆的铭句，文体为骈体，多为四言，对仗工整，词语华丽，字体为楷书。近缘处一周多饰花草纹。此种形制一直延续到唐初高祖武德时期。

进入盛唐之后，唐代铜镜中瑞兽类题材跳出了带有宗教色彩的四神类范畴，将现实中的动物融进铜镜纹饰，甚至有些外来动物也成为铜镜纹饰表现的内容，出现了犀牛、斑马、大象等珍稀动物纹饰，使铜镜艺术表现形式得到较大扩展，充满浓郁的生活气息。

图88所示为隋代"淮南起照"铭瑞兽纹镜。

此镜为圆形，半圆钮，圆钮座，以钮座为中心，用双线向外放射形成内外八个梯形界格，内界格饰相同的涡纹和方枚，外界格分布六个形态各异的瑞兽和对称的两个人首鸟身纹（疑为迦陵频伽纹），其外一周分饰半圆、方枚和乳钉。外围饰一周四言十二句48字铭文和一周瑞兽纹，铭文为骈体楷书："淮南起照，仁寿传名；琢玉斯表，镕金勒成；时雍炎晋，节茂朱明；援模鉴

图 88　隋代"淮南起照"铭瑞兽纹镜（陕西历
史博物馆藏）

澈，用拟流清；光无亏满，叶不枯荣；图形览质，千载为贞。"云
纹镜缘。

此镜就形制和艺术表现手法而言，仍具有东汉和六朝时期遗
风，其中最大的变化是铭文的字体已转变为楷书。

图 89 所示为唐代双犀纹葵花镜。

此镜直径 24.9 厘米，重 1800 克，八瓣葵花形，半圆钮，葵
花形窄素缘。在镜钮的左右两侧分饰一头犀牛，犀牛体态健壮，
额顶和鼻上各生一角，全身满是圆圈状的皱褶斑纹，犀尾下垂，
驻足对视。镜钮上方一圈篱笆围着一片竹林，竹林两侧盛开两朵
折枝牡丹花。镜钮下方饰山峦松林，山下池水荡漾，花草葱茏，
空中两朵祥云飘浮。

犀牛在中国古代被认为是一种神秘的灵物，唐朝诗人李商隐有诗云："身无彩凤双飞翼，心有灵犀一点通。"古代中国的西南和江南一带曾经是犀牛的生长地，《墨子·公孙篇》："荆有云梦，犀兕麋鹿满之。"又《山海经·中山经》："岷山，其兽多犀、象。"在商周时期的青铜器上便有犀牛纹饰，史书上也曾记载吴王夫差的兵士都身穿犀甲作战。至西汉，由于自然环境的变化和人为原因，中国境内的犀牛开始逐渐消失。到了唐代，犀牛已成稀罕物，只在长安皇家苑囿中饲养着外国使者朝贡的犀牛。因此，犀牛逐渐成为人们崇信的神灵，犀牛形象也成为唐代铜镜纹饰的表现题材。

北京故宫博物院也收藏有一面与此镜纹饰几乎相同的双犀纹葵花镜，直径 22.5 厘米，重 1221 克。

图 89　唐代双犀纹葵花镜（上海博物馆藏）

三、十二生肖纹镜

用十二生肖作为铜镜的主纹饰出现在南北朝后期，至隋代开始盛行。其基本形制为圆形，半圆钮，圆钮座，主纹饰常分内外两区，内区一般饰以四神、铭文圈或盘绕的忍冬纹，外区常用斜立双线等分十二格，格内分置鼠、牛、虎、兔、龙、蛇、鸟、羊、猴、鸡、狗、猪十二生肖纹饰，按顺序顺时针排列。

外围近缘处常饰以一周锯齿纹，镜缘为凸起的素缘。

十二生肖镜主要流行于隋代，进入唐代后基本消失。

图 90 所示为隋代十二生肖镜。

此镜直径 13.65 厘米，圆形，半圆钮，连珠纹钮座。一周凸弦纹将主纹饰区分为内外两区，内区饰曲折盘绕的变形忍冬纹；

图 90　隋代十二生肖镜（北京故宫博物院藏）

图 91　隋代四神八卦十二生肖纹镜（徐州博物馆藏）

外区用放射状斜立双线分成十二格，格内用浮雕手法分饰十二生肖，按序顺时针排列为：鼠、牛、虎、兔、龙、蛇、鸟、羊、猴、鸡、狗、猪。外围饰一周锯齿纹，素缘。

图 91 为隋代四神八卦十二生肖纹镜。

此镜直径 20.8 厘米，圆形，宽素平缘，伏兽钮，方钮座，座外饰青龙、白虎、朱雀、玄武四神，两周凸弦纹将镜背分为三区，内区饰八卦纹，中区饰十二生肖纹，外区饰 24 字铭文（应与二十四节气有关），因字体古朴少见，已无法辨识。

四、团花纹镜

团花纹镜以佛教图案中常见的"宝相花"为基本元素，构成主题纹饰。

"宝相花"又称宝仙花、宝莲花，是盛行于隋唐的一种吉祥纹饰。宝相花的产生和流行深受隋唐时期佛教的发展和社会风尚的影响。在佛教界，宝相是佛教徒对佛像的尊称，宝相花则是圣洁、端庄、吉祥、美满的象征，是一种独具民族特色的图案纹样。

宝相花集中了莲花、石榴、牡丹、菊花的特征，把盛开、半开、含苞欲放的花和蓓蕾、花叶等加以组合，通过艺术的再加工形成了极具装饰性的组合图案。隋唐时期宝相花纹饰的基本结构是，以盛开的莲花、牡丹或菊花为主体（一般莲花较多），莲瓣向四周均匀地呈多层次放射状排列，在花蕊中间镶嵌形状不同、大小粗细有别的其他花叶，并且在花蕊和花瓣的基部，用圆珠作规则排列，像闪闪发光的宝珠，形成雍容华贵的纹饰图案。

在装饰过程中，宝相花基本以多朵组成团花纹的形式出现，有的以单朵出现，在造型上，多数为正面造型。

以宝相花组成团花纹作为铜镜的主纹饰，是隋唐时期（尤其是盛唐时期）铜镜的一个重要镜种。它打破了两汉铜镜以神兽为主题的传统纹饰表现形式，将自然界和生活中的美好景物融入了铜镜主纹饰之中，表现了清新幽雅的艺术情调，使之充满了自然和生活气息，对后世铜镜的艺术风格产生了重要影响。

图 92 所示为隋代"练形神冶"铭团花纹镜。

此镜直径 16.5 厘米，重 400 克，圆形，半圆钮，圆钮座，座外一周十六个莲花瓣。主纹饰区内饰六个团花，每一个团花直径为 3.2 厘米，团花内置六朵菱花，团花与团花之间填充花卉纹。

图 92　隋代"练形神冶"铭团花纹镜（上海博
物馆藏）

主纹饰外围两周细密锯齿纹呈凸棱状，其外饰一周铭文带，楷书
四言骈体文八句共三十二字，顺时针读为："练形神冶，莹质良
工，如珠出匣，似月停空，当眉写翠，对脸傅红，绮窗绣幌，俱
含影中。"前四句赞美这面铜镜高超的工艺和精良的质量，后四
句描写镜主人对镜梳妆打扮的情景。镜缘处再饰两周锯齿纹。

　　此镜纹饰华丽，荧光四溢，铭文生动优美。倘若凝神观之，
1400 多年前一位隋代贵妇人"当窗理云鬓，对镜贴花黄"的美丽
画卷仿佛就在眼前。

　　此镜作为隋代铜镜的代表，其意义在于创新了铜镜镜背纹饰
的表现形式，开启了铜镜主题纹饰的一代新风，迎来了随后盛唐
时期中国古代铜镜发展史上的第三座高峰。上海博物馆于 2005 年

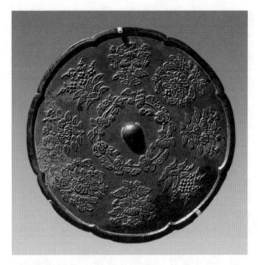

图 93 唐代团花纹镜（陕西历史博物馆藏）

4月编辑出版的铜镜图录《练形神冶，莹质良工：上海博物馆藏铜镜精品》的书名和封面图片均选自此镜。

图 93 所示为唐代团花纹镜。

此镜为八出葵花形，半圆钮，钮外饰一周连枝花卉纹，主纹饰区对称饰四对团花纹，分别为两朵牡丹、两朵菊花、两朵莲花、两对万年青，每朵花卉花朵盛开，枝叶繁茂，尽显雍容华贵。

图 94 所示为唐代菱花形宝相花纹镜。

此镜直径 12.2 厘米，重 402 克，八出菱花形，菱花形凸缘，半圆钮，主纹饰为五朵宝相花，每一朵宝相花都由四朵菱花组成。在镜缘八出菱花瓣内间隔饰花卉、蝴蝶、蜜蜂纹。

图 94　唐代菱花形宝相花纹镜（湖南省博物
馆藏）

五、花鸟纹镜

将大自然中的花草、禽鸟作为铜镜的主纹饰是唐代铜镜的一大特色。

战国、汉代时期的铜镜也有花草纹饰，比如战国时期山字镜中的花瓣叶纹，大都是作为地纹出现，而不是主纹饰。再比如西汉时期的草叶纹镜，虽作为主纹饰出现，但比较抽象。唐代铜镜则将花草纹饰用写实手法大胆地作为主纹饰，用以表现繁花似锦的大唐盛世和人们的美好生活。

在唐代铜镜中常用作花草类纹饰的主要是莲花、牡丹、缠枝等，常用的禽鸟类纹饰主要有鸾鸟、孔雀、鸳鸯、鹦鹉、雀鸟等，再辅以花枝、绶带、蝴蝶、蜻蜓、蜜蜂等，寄托了人们对爱情、幸福和美好生活的向往。

在此类纹饰中，最具代表性的当属鸾鸟纹镜。在中国古代传说中，鸾为赤色五彩、鸡形。《山海经·西山经》记载："西南三百里，曰女床之山，有鸟焉，其状如翟而五彩纹，名曰鸾鸟，见则天下安宁。"因此，鸾鸟是吉祥美好的象征，其纹饰形象被广泛运用在唐镜之中，尽显盛唐歌舞升平景象。

唐代花鸟纹镜的种类根据纹饰构成的不同，主要有缠枝花鸟纹镜、双鸾衔绶纹镜、双鸾双兽纹镜、鸳鸯雀鸟纹镜、雀绕花枝纹镜、孔雀牡丹纹镜等。

为了与主题纹饰相呼应，花鸟纹镜形制多采用八出（或六出）菱花形或葵花形，艺术表现手法采用写实和高浮雕技法，以增强其艺术表现力。

1. 缠枝花鸟纹镜

缠枝纹是一种以藤蔓、卷草为基础提炼而成的传统吉祥纹饰。

缠枝纹所表现的"缠枝"，常常以常青藤、紫藤、忍冬、凌霄、葡萄等藤蔓植物为原型，委婉多姿，富有动感，优美生动。将缠枝纹与禽鸟组合在一起，构成的缠枝花鸟纹，寓意生生不息，万代绵长。

图 95 所示为唐代金背缠枝花鸟纹镜。

此镜纹饰为八出菱花形，半圆钮，圆钮座，主纹饰由缠枝花卉纹组成四个心形图案，四只雀鸟分别站立在四个心形图案里的花朵上，近缘处一周如意祥云纹，菱花形凸缘。

此镜镜背为金片锤揲镶嵌而成，工艺特殊，纹饰精美，应为

图95　唐代金背缠枝花鸟纹镜（美国华盛顿弗利尔艺术馆藏）

大唐宫廷器物，20世纪30年代流失国外。

图96所示为中国嘉德拍卖公司于2011年春季拍卖会上推出的第861号拍品：唐代缠枝花卉纹亚字形镜。

此镜为亚字形，边长16.3厘米，重283克，素宽缘，小圆钮，发散状花瓣纹钮座，主纹饰为四朵环绕镜钮的缠枝花卉纹，其外一周连珠纹。

图97所示为唐代四鸾缠枝花卉纹镜。

此镜为八出菱花形，菱花形缘，半圆钮，无钮座，自镜钮向外蔓生出三层共十六朵缠枝花，四只鸾鸟分别站立在四朵缠枝花上，昂首展翅，翩翩起舞，近缘处饰一周小团花纹。

图 96　唐代缠枝花卉纹亚字形镜

图 97　唐代四鸾缠枝花卉纹镜（陕西历史博物馆藏）

2. 双鸾衔绶纹镜

鸾鸟寓意吉祥美好。绶即绶带，古人用以系佩玉、官印，其颜色常用以标志不同的身份和等级，象征官秩禄位。"绶"又与"寿"谐音。因而，鸾鸟衔绶纹饰在唐代深受人们喜爱，广为流行。以此作为纹饰的铜镜，也成为唐代铜镜重要镜种之一。

在此类题材镜饰中，除用鸾鸟表现外，也常有鹊、雀、凫、鸳鸯等飞禽的形象。这些飞禽纹饰在唐代铜镜中一般都成双成对出现，常常表现为昂首、展翅、翘尾，口衔绶带，羽翅飘逸，足踏花枝或祥云，姿态优美，有的翩翩起舞，有的亭亭玉立。其形制为圆形、菱花形或葵花形，多半圆钮，镜缘处常点缀蝴蝶、蜜蜂、花草，纹饰华美祥和。

唐代诗人李贺《美人梳头歌》中云："双鸾开镜秋水光，解鬟临镜立象床。"可见此类镜种因其造型精美、雍容华贵，成为唐代女性最常用的铜镜之一。

图98所示为唐代双鸾衔绶花卉纹镜。

此镜为八出葵花形，半圆钮。镜钮左右两侧各饰一鸾鸟，口衔绶带，展翅翘尾，立于花枝之上，隔钮相望。镜钮上方饰莲蓬和莲叶，下方饰含苞欲放的荷花，葵花形窄缘。

鸾鸟祥瑞，"绶"与"寿"谐音，双鸾衔绶，寓意天长地久。

图99所示为唐代双鹊衔绶纹葵花镜。

此镜直径20.1厘米，重1160克，八出葵花形，半圆钮。主纹饰以镜钮为中心对称，分为四区，左右两区各饰一对喜鹊，口衔蓓蕾花结绶带，展翅飞向月宫；上区两片祥云萦绕一幅圆形月

图 98　唐代双鸾衔绶花卉纹镜（陕西历史
博物馆藏）

图 99　唐代双鹊衔绶纹葵花镜（上海博物
馆藏）

宫图，图中桂树繁茂，玉兔、蟾蜍分列两侧；下区为海水腾龙纹，两侧衬以如意祥云。主纹饰外饰一圈弦纹，葵花形素缘。

3. 双鸾双兽纹镜

双鸾鸟与双瑞兽组合构成的双鸾双兽纹镜，是唐代珍禽瑞兽类纹饰镜的另一重要类型。与双鸾组合的双兽，有的是狮子，有的是麒麟，有的是其他瑞兽，既表现祥瑞和美之情，又有驱灾辟邪之意。双鸾双兽纹镜的形制有菱花形和葵花形，也有圆形、方形，镜钮有半圆钮，也有兽钮，主纹饰双鸾和双兽均按上下、左右对称布置，镜缘花瓣处常饰蝴蝶、蜜蜂、祥云和花草纹。

图 100 所示为唐代银背鎏金双鸾双兽纹菱花镜。

此镜直径 6.0 厘米，重 80 克，六出菱花形，菱花形缘，伏兽钮，镜背镶嵌银壳并鎏金，主纹饰为对角布局的双鸾和双兽。

双鸾一衔蔓枝，一呈回顾状栖于花枝之上；双兽呈奔状，其中左边一兽边跑边回首后顾，形状似狻猊。鸾兽纹间以蔓枝相缠，并以细密的圆圈作地纹，外围饰一周绳纹和一周连珠纹。

此镜尺寸仅有六厘米，应是主人随身携带的手把镜，镜背采用少有的银壳鎏金工艺，当属珍贵的梳妆用具。银壳在模内锤揲成型后，再雕刻细部。鸟兽的一足透空，其他蔓枝纹也有透空起伏，足见工艺之精湛。

图 101 所示为唐代舞马双雁纹葵花镜。

此镜直径 23.6 厘米，重 1830 克，八出葵花形，半圆钮。镜钮上方饰双雁衔莲枝飞翔图案，镜钮两侧饰对称舞马图，双马鬃毛长而上飘，张口长嘶，两蹄凌空，两蹄踏莲，长尾上卷，体格

图 100 唐代银背鎏金双鸾双兽纹菱花镜（上海博物馆藏）

图 101 唐代舞马双雁纹葵花镜（上海博物馆藏）

健壮。镜钮下方饰大枝莲叶，叶心包裹莲蕊，两侧蔓生两叶一苞，其中一叶中又生出两朵盛开的莲花，供舞马立踏。八出葵花凸缘，每出葵花缘内间饰祥云、莲枝纹。

在古代，马不仅可以作为交通、运输、农耕的基本工具，而且是战争的重要工具，可以说马是古代一个国家综合国力的象征。古代先民由爱马进而神话马，借助丰富的想象给骏马插上一双翅膀，使之成为翱翔天地间的"天马""神马"。这种对马的崇拜与想象自汉武帝时期开始盛行，汉画像石中就多有表现，甘肃武威出土的东汉时期青铜器马踏飞燕正是其中的代表。到了唐代，马不仅是普通人生活中不可或缺的一部分，而且是上层社会娱乐的工具（比如打马球等），天马形象也在这种风气下成为艺术表现的题材，铜镜当然也不例外。

图 102 所示为唐代双鸾双兽纹镜。

图 102　唐代双鸾双兽纹镜（西安博物院藏）

图 103　唐代双鸾双兽纹金背镜（英国大英博物馆藏）

　　此镜直径 19.9 厘米，八出菱花形，伏兽钮，主纹饰为一对鸾鸟、一只狮子和一只狻猊，其间饰花草纹。一对鸾鸟尾羽炫丽高翘，姿态优美；上方一雄狮张口、甩尾、跳跃，左下一狻猊奔跑中作回首状。菱花形镜缘，镜缘花瓣内侧间隔饰蝴蝶、花草和雀鸟纹。

　　图 103 所示为唐代双鸾双兽纹金背镜。

　　此面唐代双鸾双兽纹金背镜，六出菱花形，平顶半圆钮，金背上锤揲出对称布置的双鸾双兽纹，双鸾作飞翔状，双兽作奔跑状，再用镶嵌工艺嵌入镜背，菱花形凸缘。

　　此镜为流失海外的我国唐代文物，现藏于英国大英博物馆。

4. 鸳鸯雀鸟纹镜

　　唐代太平盛世，艺术表现形式多种多样，充满喜庆、祥和气象，一些民间传统元素成为艺术表现的重要题材，有些题材尤其适合于铜镜纹饰，比如反映爱情、幸福、美好的鸳鸯、雀鸟、花枝等等，唐代鸳鸯雀鸟纹镜就是其中的一个代表。

在这类铜镜中，鸳鸯、雀鸟形象常常成双成对出现，成为铜镜的主纹饰。它们有的嬉戏打闹，有的雀跃飞翔，加之花草点缀，配以菱花形或葵花形边饰，恰似一幅百年好合图。

此类镜种主要流行于唐代中期。

图 104 所示为唐代葵花形花鸟纹镜。

此镜直径 17.2 厘米，边厚 0.8 厘米，重 950 克。形制为八出葵花形，半圆钮，无钮座，在镜钮的上下左右各饰有枝叶茂盛的四朵莲花，四只振翅舒尾的小鸟立于花朵之上，上下两只为鸳鸯，左右两只为鸾鸟，寓意"连（莲）生贵子"和"连（莲）年有余（鱼）"。

外围沿八出葵花缘分别饰蝴蝶、花草等纹饰。

图 105 所示为唐代菱花形鸳鸯雀鸟纹镜。

此镜八出菱花形，伏兽钮，主纹饰为鸳鸯雀鸟纹。一对鸳鸯口衔花枝飞舞，一对雀鸟亭亭玉立，展翅欲飞。八出菱花缘内饰八朵如意祥云纹。

图 106 所示为唐代并蒂莲鸳鸯纹镜，此镜为中国嘉德拍卖公司于 2011 年春季拍卖会上推出的第 735 号拍品。

此镜直径 22.0 厘米，重 1461 克，八出葵花形，半圆钮。主纹饰为上下、左右对称布置的四朵盛开的莲花，四朵莲花在蒂部由莲枝相连，形成连理并蒂莲，莲花枝叶舒展，花枝缠绕，两只鸳鸯站于两朵盛开的并蒂莲花之上隔钮相望。

八出葵花镜缘内间隔点缀着燕雀、蜜蜂和花卉纹饰。

图 104　唐代葵花形花鸟纹镜
（湖南省博物馆藏）

图 105　唐代菱花形鸳鸯雀鸟
纹镜（西安博物院藏）

图 106　唐代并蒂莲鸳鸯纹镜

在中国传统文化中，并蒂莲象征夫妻心心相印，鸳鸯寓意夫妻恩爱相伴。此面并蒂莲鸳鸯纹葵花镜选取这两组极富象征意义的纹饰，描绘出一幅"在天愿作比翼鸟，在地愿为连理枝"的恩爱画面。此类唐代铜镜以莲花为主纹饰，加饰鸟雀纹，整体纹饰呈现繁花似锦、鸟雀和鸣的幸福和美景象，成为唐代流行的一个镜种。

5. 雀绕花枝纹镜

雀绕花枝镜是唐代另一种以花鸟为题材的镜种，形制以菱花形居多，也有圆形和葵花形。内区纹饰构成以四禽鸟绕纽作同向排列，两鸟之间配以花枝。这种铜镜纹饰与鸳鸯雀鸟纹镜的区别是，主纹饰主要用欢快的雀鸟和丰富的花枝形象来表现，常见的雀鸟主要有雀、鸳鸯、飞雁、喜鹊等几种，一般为两对四只。形态表现上，有的雀鸟在花枝间跳跃飞舞，有的嬉戏浮游，有的飞翔静立。雀鸟之间饰以繁花枝叶，花枝多为有叶有苞的小折枝花，周边相间配以蜂蝶、蜻蜓和小花枝。

唐代大诗人李白的诗作《代美人愁镜二首》云："明明金鹊镜，了了玉台前。拂拭交冰月，光辉何清圆。红颜老昨日，白发多去年。铅粉坐相误，照来空凄然。"诗中"明明金鹊镜"一句中的"金鹊镜"即雀绕花枝纹镜中的一种。

图 107 所示为唐代雀绕蜂蝶花枝纹镜。

此镜直径 13.6 厘米，重 643 克，八出菱花形，半圆钮，四只鸳鸯绕钮展翅飞舞在花枝之间，近缘处菱花瓣内间饰蜜蜂、蝴蝶和花卉纹，菱花形窄缘。

图 108 所示为中国嘉德拍卖公司于 2010 秋拍推出的第 6948

图 107　唐代雀绕蜂蝶花枝纹镜（北京故宫博物院藏）

图 108　唐代雀鸟鸳鸯花枝纹镜

号拍品：唐代雀鸟鸳鸯花枝纹镜。

此镜直径 17.4 厘米，重 658 克，八出葵花形，内切圆形，半圆钮。镜钮下方一只雀鸟口衔花枝立于莲花之上，莲枝缠绕伸向左右上方。两只鸳鸯站立在莲枝上隔钮相望，展翅欲飞。镜钮上方两只雀鸟立于花枝上，一只低头啄食葡萄，一只口衔花果回望。纹饰主题蕴含夫妻和美、连生贵子之意。

6.孔雀牡丹纹镜

此类铜镜与其他花鸟镜的区别在于镜背以孔雀为主纹饰，间以牡丹或其他花枝，构成一幅大富大贵、祥和美满的图案。常见形制为圆形、葵花形，半圆钮。

图 109 所示为唐代孔雀牡丹花枝纹镜。

此镜 1971 年于陕西省西安市户县余下镇出土，圆形，半圆钮，宝相花钮座。主纹饰由一对孔雀和两簇牡丹花枝组成，一对孔雀展翅欲飞，长长的尾羽绚丽多姿，口中各衔一只盛开的牡丹花枝。近缘处饰一周六组忍冬缠枝纹，以菱形方格间隔。

图 110 所示为唐代孔雀牡丹纹葵花镜。

此镜直径 23.3 厘米，重 1375 克，八出葵花形，半圆钮，主纹饰为一对开屏起舞的孔雀，孔雀单足立于荷叶之上，雀冠高耸，振翅欲飞。镜钮上部饰独枝牡丹，衬以无花果叶，下部饰多芯重瓣花，均属佛教中的宝相花类。八瓣葵花缘内各饰一荷叶连枝纹。

孔雀是佛教中的神禽，莲花在佛教中象征净土，孔雀与莲花的组合作为铜镜的主纹饰，反映了唐代佛教的兴盛。

图 109　唐代孔雀牡丹花枝纹镜（陕西历史博物馆藏）

图 110　唐代孔雀牡丹纹葵花镜（上海博物馆藏）

六、海兽葡萄纹镜

海兽葡萄纹镜是唐代铜镜的重要镜种，代表了唐代铜镜艺术的最高成就。如果说唐代铜镜是中国古代铜镜史上的第三座高峰，那么，海兽葡萄镜就是这座高峰的峰顶。之所以这样说，有以下四个原因。

一是纹饰复杂。

海兽葡萄纹镜以葡萄纹和海兽为主纹饰，主纹饰常分内外两区，内外两区以一周凸棱纹为界，内区纹饰一般为瑞兽和葡萄（有的加饰孔雀等），外区纹饰主要有瑞兽、葡萄以及布局在葡萄枝蔓之间的喜鹊、大雁、雀鸟、鹦鹉、蝴蝶、蜻蜓、蜜蜂等禽鸟和昆虫。有的葡萄枝蔓越过内外区凸棱纹将内外两区纹饰联通，甚至延及外缘，俗称"过梁"。镜缘一周多饰如意云纹或花卉纹。整个纹饰华丽繁缛，布满镜背。

二是形制特殊。

海兽葡萄纹镜以圆形居多，兼有方形、菱花形。镜钮为伏兽钮，无钮座。构图方式以一周凸棱为界，分内外两区。镜缘为高直的窄线棱边。

三是工艺精湛。

海兽葡萄纹镜采用高浮雕技法，设计和铸造工艺极为精细，葡萄颗粒累累，叶蔓脉络清晰，瑞兽、飞禽和鸟雀的鬃毛、肌肉、羽翅等细部刻画细致入微，纤毫毕现，神态各异，活灵活现。

四是质地精良。

海兽葡萄纹镜在材质的选择上十分考究，铜锡铅配比优化，锡的含量加大，镜的质地泛白，镜体厚重，流传至今依然银光熠熠。

海兽葡萄纹镜的名称最早出现于宋代《博古图录》，书中称其为"海马葡萄镜"。清代的《西清古鉴》则称之为"海兽葡萄镜"。此外，这种镜子还有"狻猊葡萄镜""瑞兽葡萄镜"等名称。之所以有如此多的称谓，主要是因为古人未能确定纹饰中的瑞兽到底是何种动物。是从海外引进的海马、海兽？还是中国古代的狮子、狻猊、麒麟？后世一直未有一致的说法。因"海兽"名称的叫法较为普遍，故而约定俗成称之为海兽葡萄纹镜。

鲁迅在发表于1925年3月2日《语丝》周刊第十六期上的《看镜有感》一文中，记载了他所见到的一面海马葡萄镜："一面圆径不过二寸，很厚重，背面满刻蒲陶，还有跳跃的鼯鼠，沿边是一圈小飞禽。古董店家都称为'海马葡萄镜'。但我的一面并无海马。记得曾见过别一面，是有海马的，但贵极，没有买。"[①]在这篇文章中，鲁迅还解释了称其所见为"海马葡萄镜"的原因："汉武通大宛安息，以致天马蒲萄，大概当时是视为盛事的，所以便取作什器的装饰。古时，于外来物品，每加海字，如海榴，海红花，海棠之类。海即现在之所谓洋，海马译成今文，当然就是洋马。"[②]

由于海兽和葡萄均来自西域，因而海兽葡萄纹镜也是唐代丝绸之路文化交流的实物见证。

海兽葡萄纹镜最早出现在唐高宗时期，盛行于武则天、唐中宗时期，后代则少见。由于海兽葡萄纹饰含有圆圆满满、多子多福、吉

---

① 《鲁迅全集》第一卷第208页，人民文学出版社，2005年11月北京第一版。
② 　同上。

图 111　唐代孔雀海兽葡萄纹镜（上海博物馆藏）

祥幸福的寓意，加之极高的艺术性，长期受到藏家的喜爱和追捧。

图 111 所示为唐代孔雀海兽葡萄纹镜。

此镜直径 20 厘米，重 1950 克，圆形，蟠龙钮。主纹饰分为内外两区，内区用高浮雕手法饰一对孔雀、四只狻猊和满地葡萄叶蔓。孔雀彩屏舒展，狻猊伏地昂首，孔雀和狻猊之间以叶蔓连起串串葡萄。中间凸起棱纹一周。外区饰以四十三串葡萄和十二只喜鹊，葡萄果实累累，喜鹊姿态各异，周围伴以蜻蜓、蝴蝶等昆虫。镜缘一周饰六十二朵花卉。

整个纹饰繁缛华丽，疏密有序，雀鸟瑞兽造型优美，葡萄花卉细致生动，艺术水平高超，冶炼技术及铸造工艺极为精湛，尽显大唐帝国繁荣昌盛景象。

图 112 所示为唐代海兽葡萄纹镜。

图 112　唐代海兽葡萄纹镜（中国国家博物馆藏）

此镜直径 16 厘米，圆形，凸弦缘，半圆钮，一周凸棱纹将镜背图案分成内外两个区域。内区五只瑞兽在葡萄枝蔓之间舞动奔驰；外区布满葡萄枝蔓，其间点缀有飞禽、走兽、蝴蝶、蜻蜓等。

此镜装饰繁复华丽，瑞兽飞禽、葡萄枝蔓清晰细腻，整体布局构思奇巧，独具匠心，冶炼铸造工艺精湛，具有巨大的艺术感染力，当属唐代铜镜艺术集大成者。

七、龙纹镜

龙，自古就是中华先民崇拜的对象。在中国古代，龙由图腾崇拜发展为神灵崇拜，后又随着封建专制制度的不断强化，龙的神灵崇拜逐渐与帝王崇拜相结合，以至于在后代演化为帝王的象征。

以考古和出土实物为证，龙的形象出现在铜镜上当为春秋战国时期。这一时期，铜镜上的龙纹饰主要为几何龙纹、蟠螭龙纹、夔龙纹，工艺为浅浮雕（参见图25、图26）。至汉代、六朝时期，铜镜上的龙纹饰又因朝代先后各有不同。西汉早中期，龙纹由几何龙纹演变为蟠虺纹，工艺也演变为线雕（参见图69）。西汉中期至东汉早期，龙纹开始形象化，不再单独出现，常常是作为四神之一的青龙与白虎、朱雀、玄武等神灵一同出现，表现形式延续了线雕工艺（参见图71）。东汉后期至六朝时期，龙纹饰逐渐趋于写实，龙首、龙身、龙爪开始形象化，工艺也变为高浮雕，表现更加生动，有的单独出现在铜镜上（参见图83），有的与虎以及其他瑞兽一同出现（参见图84）。进入唐代，龙的纹饰形象不再神秘抽象，表现更加写实、具体、图案化，龙的形象基本定型；龙的含义不再是辟邪的神兽，而被赋予了威严和生命力，进而在后代演化为至高无上的皇权、帝王的象征。

这一时期铜镜上的龙纹饰常常以一条单龙的形象围绕镜钮盘曲，龙角后举，张口吐舌，四肢三爪，龙尾与后肢相互缠绕，龙体饰满麟纹。龙身布满整个镜背，姿态威严，矫健遒劲，镜缘多为葵花形，在唐镜中独树一帜。

唐镜以龙的形象为主纹饰是人们喜闻乐见的题材之一，这在唐诗中多有描写。如：

李白《代美人愁镜二首》之一："美人赠此盘龙之宝镜，烛我金镂之罗衣。时将红袖拂明月，为惜普照之余晖。"

白居易《百炼镜一辨皇王鉴也》："人间臣妾不合照，背有九五飞天龙。人人呼为天子镜，我有一言闻太宗。"

孟浩然《同张明府清镜叹》:"妾有盘龙镜,清光常昼发。自从生尘埃,有若雾中月。愁来试取照,坐叹生白发。寄语边塞人,如何久离别。"

图 113 所示为唐代龙纹镜。

此镜为六出葵花形,半圆钮,镜背平地,无镜缘。在平地镜背上,用高浮雕技法饰一龙纹,龙纹绕钮盘曲,龙角耸立,龙口大张,龙舌卷曲,龙爪腾挪,龙尾与一爪缠绕,躯体饰满龙鳞,周围伴以如意祥云。

此镜工艺精湛,纹饰表现细腻,龙的形象刻画张力四射,尽显威猛狰狞神态。此镜为流失海外的中国唐代文物精品。

图 114 所示为唐代"千秋"铭龙纹镜。

此镜八出葵花形,葵花形缘,半圆钮,主纹饰为一条环绕镜钮的神龙。神龙躯体盘曲,昂首张口向上,四肢遒劲有力,龙尾甩向顶端与右后肢交缠,周围祥云缭绕,恰似腾云驾雾,尽显威猛尊严。近缘处八瓣葵花内侧分别饰"千""秋"二字铭、两个方胜纹和四朵祥云纹。

唐代"千秋镜"来源于唐玄宗李隆基的"千秋节"。

《唐会典·卷二十九》载:"开元十七年八月五日,左丞相源乾曜、右丞相张说等上奏,请以是日(即唐玄宗李隆基生日)为千秋节,著之甲令,布于天下。"又《旧唐书·玄宗本纪》载,次年(开元十八年)"八月丁亥,上御花萼楼,以千秋节百官献贺,赐四品以上金镜"。镜上铸"千秋"两字,因此称之为"千秋镜"。

这种"千秋镜"自唐玄宗开元十八年始铸,历时长达 14 年。

图 113　唐代龙纹镜（美国华盛顿弗利尔美术馆藏）

图 114　唐代"千秋"铭龙纹镜（陕西历史博物馆藏）

图 115　唐代双龙镜（西安博物院藏）

唐玄宗李隆基曾专题五律《千秋节赐群臣镜》一首，诗曰："铸得千秋镜，光生百炼金。分将赐群后，遇象见清心。台上冰华澈，窗中月影临。更衔长绶带，留意感人深。"

此镜 1955 年于陕西省西安市东郊郭家滩 65 号唐墓出土，当为那个时代的实物佐证。

图 115 所示为唐代双龙镜。

此镜 1999 年于西安市未央区郑王村出土，直径 13.7 厘米，六出葵花形，半圆钮，主纹饰为两条巨龙盘绕在镜钮周围，龙为三爪龙，两条巨龙一上一下，首尾相连，龙口大张，欲吞镜钮，前后肢遒劲有力，龙身布满细密的龙鳞，周围有祥云相伴，六瓣葵花缘内各饰祥云一朵，整体纹饰精美，尽显皇家气派。

此镜六出葵花形制、两条龙纹盘绕，实为唐代龙纹镜中稀有珍品。

唐代双龙镜在唐诗中也多有描述，如唐代大诗人白居易《感镜》一诗云："美人与我别，留镜在匣中。自从花颜去，秋水无芙蓉。经年不开匣，红埃覆青铜。今朝一拂拭，自照憔悴容。照罢重惆怅，背有双盘龙。"诗中描写的镜背纹饰为双盘龙的铜镜，即双龙镜。

八、凤纹镜

凤，是中国古代传说中的瑞鸟，头顶华冠，羽披百眼，被尊为百鸟之王。

《说文解字·卷四·鸟部》记载："凤，神鸟也。天老曰：'凤之象也，麟前鹿后，蛇头鱼尾，龙文龟背，燕颔鸡喙，五色备举。出于东方君子之国，翱翔四海之外，过昆仑、饮砥柱，濯羽弱水，暮宿风穴，见则天下大安宁。'"《礼记·礼运》记载："何为四灵？麟、凤、龟、龙，谓之四灵。"因而，凤常用来象征祥瑞，自古就是中国传统文化的重要元素。

唐代是中国古代凤文化发展的鼎盛期，就连作为国家权力象征的皇宫——大明宫，其正南门都是以凤命名的，称为丹凤门。

与秦汉时期的朱雀、凤鸟纹饰相比，唐代时期的凤纹形象更显气韵生动、姿态华美，装饰艺术感也更加强烈。比如唐代铜镜上的凤纹常常表现为凤冠高耸，双翅飘逸，尾羽炫丽，体态丰腴，时代特色浓郁。

图 116 所示为唐代凤纹镜。

此镜直径 16.8 厘米，重 643 克，圆形，半圆钮，主纹饰为一

图 116　唐代凤纹镜（北京故宫博物院藏）

只舞动的凤凰，凤首回望，口衔花结绶带，凤翅舒展，凤尾翘卷，形态华美。凤纹外圈饰弦纹二周，形成一圈带，内饰六朵如意祥云纹，窄平缘。

此类凤纹镜较为稀少。此外，考古出土的铜镜还有见于《陕西省出土铜镜》中所载的鸾凤镜，该镜直径为 15.5 厘米。

图 117 所示为唐代凤纹透腿菱花镜。

此镜为八出菱花形，半圆钮，沿钮一周向外蔓生出三层宝相花，花与花之间枝枝缠连，四只凤鸟亭亭伫立在宝相花之上，展翅翘尾，翩翩起舞。菱花缘，近缘一周饰云纹。

此镜纹饰华丽，规矩工整，特殊之处在于四只凤鸟在铸造时采用特殊工艺使凤腿凸起且透空，用以系穗，可谓构思精巧。

图 118 所示为中国保利拍卖公司在香港 2013 年春季拍卖会上

图 117　唐代凤纹透腿菱花镜（首都博物馆藏）

图 118　唐代双凤纹镜

推出的第 0766 号拍品：唐代双凤纹镜。

此镜直径 32 厘米，圆形，半圆钮。两只展翅起舞的凤鸟充满整个镜背，凤鸟头顶冠羽，昂首曲颈啼鸣。两只凤鸟首尾相接，体态丰盈，羽翼丰满，羽毛片片可数，凤尾华丽，舒展飘逸。宽素缘。此镜双凤刻画细腻，造型生动自然，纹饰繁复华美，铸造工艺精湛，镜体硕大厚重，当为此类镜中之极品。

此拍品为香港徐展堂先生"在望山庄"旧藏。

九、人物故事镜

唐代人物故事镜将现实社会中的生活情景以及历史人物故事作为主题纹饰的一个重要题材，并且运用写实手法对其进行表现。这一创新不仅丰富了唐代铜镜的艺术形式和内容，也对宋、明两代的铜镜艺术产生了深刻影响。

唐代人物故事镜根据主纹饰表现题材的不同，主要有打马球纹镜、骑马狩猎纹镜、三乐纹镜（又称荣启奇镜、孔子问答镜）和高士图镜等镜种。前两个镜种反映了唐代比较流行的娱乐、运动，体现了外来文化对唐代社会生活的影响，展现了唐代多姿多彩的生活场景。后两个镜种以历史人物故事为题材，反映了人们对古代圣贤的尊崇。

1. 打马球纹镜

马球运动起源于波斯，古称击鞠，汉代传入我国。

三国时期曹植在《名都篇》中有诗句云："连翩击鞠壤，巧捷惟万端。"此诗句描写了当时人们打马球的情形。到了唐代，此项运动十分活跃，深得唐朝皇室和贵族的喜爱。据文献记载，唐代从中宗至昭宗之间的 16 个皇帝，都是马球运动爱好者，对马球运动都十分痴迷。

1956 年，在西安市唐代长安大明宫含光殿遗址出土了一块边长 53.5 厘米的正方形奠基石，上面刻有"含光殿及毬场等大唐大和辛亥岁乙未月建"十八字志文，"大和"是唐文宗李昂的年号，"辛亥岁"即大和五年，"乙未月"即十一月，也就是说在唐文宗大和五年（公元 831 年）十一月，含光殿以及马球场动工建造。这说明了当时马球场已成了宫殿建筑的重要组成部分。

1971 年，在陕西省乾县唐章怀太子李贤墓的发掘中，发现了一幅《马球图》壁画。我国在 1984 年参加第 23 届奥运会时，向国际奥委会赠送的《唐代马球图》艺术挂毯就取材于这幅壁画。反映打马球运动的主题纹饰自然成为唐代铜镜所表现的主要纹饰之一。

唐代打马球纹镜的形制多为八出菱花形，主纹饰为四位马球手围绕镜钮驾驭奔驰的骏马，一手勒住缰绳，一手挥动球杆，四个人分别完成四个连续挥杆击球动作，场面紧张激烈。

不计民间藏品，据考古及馆藏资料，目前我国至少存在三面唐代有打马球纹饰的铜镜，一面为北京故宫博物院的传世品（参见图 119），一面为扬州博物馆馆藏（1965 年于江苏省扬州市邗江县泰安乡金湾坝工地出土）（参见图 120），另一面收藏于怀宁县博物馆（1983 年于安徽省怀宁县一座唐墓出土）（参见图 121）。这三面馆藏的唐代打马球纹镜均为研究我国古代马球运动的珍贵实物资料。

图 119 所示为唐代打马球纹镜。

图 119　唐代打马球纹镜（北京故宫博物院藏）

图 120　唐代打马球纹镜（扬州博物馆藏）

图 121　唐代打马球纹镜（怀宁县博物馆藏）

此镜为八出菱花形，直径 19.3 厘米，重 1160 克，半圆钮，主纹饰为围绕镜钮的一组打马球场面。四位马球手分别一手持杆，一手勒住缰绳，完成四个挥杆击球动作：一人持杆置于肩上准备击球；一人挥杆举过头顶；一人球杆一端已挥至地面；一人持杆回身杆已触球。四个动作一气呵成，形象生动。四位马球手之间饰以四朵花卉纹和四个山岳纹，八瓣菱花缘内分别饰有花草纹、蜜蜂纹和蝴蝶纹。

2. 骑马狩猎纹镜

唐代以骑马狩猎为主题纹饰的铜镜，主要描绘的是狩猎者骑马奔驰围捕猎物的场景。

狩猎作为一种娱乐方式和武备需要，在唐代宫廷和上层社会成为一种时尚，尤其是在盛唐时期，因皇帝喜爱并好之，此风尤甚。《资治通鉴·唐纪十一》卷一九五记载唐太宗贞观十一年（公元 637 年）八月魏徵谏言太宗狩猎过于频繁一事："八月，甲子，上谓侍臣曰：'上封事者皆言朕游猎太频。今天下无事，武备不可忘，朕时与左右猎于后苑，无一事烦民，夫亦何伤！'魏徵曰：'先王唯恐不闻其过。陛下既使之上封事，止得恣其陈述。苟其言可取，固有益于国；若其无取，亦无所损。'上曰：'公言是也。'皆劳而遣之。"正所谓，上有所好，下必甚焉，足见唐代狩猎风气之甚，这在唐代狩猎纹镜中也可以得到印证。

图 122 所示为唐代狩猎纹菱花镜。

此镜直径 19.7 厘米，重 1340 克，八出菱花形，狻猊钮，钮外饰四小山，间以花草纹。主纹饰为四骑狩猎图。上方两猎者，

图 122　唐代狩猎纹菱花镜（上海博物馆藏）

一回身张弓搭箭，一持矛追赶，围猎一熊，另有一鹿逃窜；左下一猎者拉弓追射一野猪；右下猎者策马扬鞭，驱逐一兔。镜缘为八瓣菱花，每瓣分饰祥云、蜜蜂、蝴蝶和花草。画面中，猎者身姿矫健，骏马奔腾嘶鸣，四只猎物惊恐逃窜。

此镜整个画面纹饰雕刻精细入微，栩栩如生，生动精美。

图 123 所示为唐代骑马狩猎纹镜。

此镜于 1963 年在河南省扶沟县唐代墓葬出土，直径 28.5 厘米，八出菱花形，半圆钮，钮外环饰四座山峰和四株扶桑，象征深山森林，主纹饰表现的是四位猎手驾驭奔驰的骏马围捕猎物的场景。

画面中，一位猎手手持长矛，准备刺向一兽；一位猎手左手执弓，右手扬鞭策马，追逐一野兔；右边的一位猎手也发现了此

图 123　唐代骑马狩猎纹镜（河南博物院藏）

兔，转身张弓搭箭，欲射向野兔；一位猎手快马加鞭，追逐一小鹿；同时可见在左上方和右下方分别有一只猿猴和一只野猪受到惊吓，疯狂奔跑。

　　主纹饰周围和镜缘处饰满花草纹和蝴蝶纹，与内区山峰树木纹一起营造出了狩猎场的自然田园意境。

3. 三乐镜（又称荣启奇镜、孔子问答镜）

　　唐代三乐镜，其主题纹饰主要表现古代两个圣哲人物，一为孔子，一为荣启奇。战国《列子·天瑞》记载："孔子游于泰山，见荣启奇行乎郕之野，鹿裘带索，鼓琴而歌，孔子问曰：'先生所以乐何也？'对曰：'吾乐甚多，天生万物，唯人为贵，而吾得为人，是一乐也。男女之别，男尊女卑，故以男为贵，吾既得为男矣，是二乐也。人生有不见日月，不免襁褓者，吾既已行年九十矣，是三乐也。贫者士之常也，死者人之终也，处常得终，当何忧哉。'孔子曰：'善乎。'"唐代制镜者以此为题材创造了三乐纹镜，因镜中描述春秋人物孔子问答荣启奇，故三乐纹镜又称孔子问答镜、荣启奇镜，成为当时流行的一个镜种。

如今出土和馆藏的三乐纹镜数量较多，尺寸均在13厘米左右，纹饰几乎相同，形制为葵花形或圆形，在当时应是一种定式。

例如，在北京故宫博物院、上海博物馆和西安博物院各藏有一面唐代三乐纹镜（荣启奇镜、孔子回答镜），纹饰完全相同，如图124、图125、图126所示。其中故宫博物院和上海博物馆将其称为荣启奇镜，均为圆形；西安博物院将其称为孔子问答镜，八出葵花形。

图124为北京故宫博物院馆藏的荣启奇镜，直径12.1厘米，圆形，半圆钮；图125为上海博物馆馆藏的荣启奇镜，直径12厘米，圆形，半圆钮；图126为西安博物院馆藏的孔子问答镜，直径12.7厘米，六出葵花形，内切圆形，半圆钮。

上述三面镜子除形制外，纹饰基本相同。主纹饰人物故事均取材于战国《列子·天瑞》，情景为孔夫子问答荣启奇"所以乐何也"，画面以钮为中心对称布置四组纹饰：镜钮左侧一人为孔子，头戴冠，着宽袖长袍，右手持杖，左手前指似在发问；右侧一人为荣启奇，"行乎郕之野，鹿裘带索，鼓琴而歌"；上方饰一方框，框内分三栏饰九字楷书铭文，内容为"孔夫子问曰答荣启奇"；钮下饰一株柳树，枝叶下垂，以此表示《列子·天瑞》中记载的"郕之野"。郕，周朝国名，在今山东汶上北。

图 124　北京故宫博物院馆藏
的唐代荣启奇镜

图 125　上海博物馆馆藏的
唐代荣启奇镜

图 126　西安博物院馆藏的唐
代孔子问答镜

4. 高士图镜

"士"，在中国古代泛指一个社会阶层。春秋战国时期，百家争鸣，"士"文化开始兴起，集中形成了以儒、道两家为代表的不同的隐逸观。儒家认为，士当隐以待命，伺机而为，积极入世；道家则主张安时处顺，逍遥自得，无为而治。儒道两家的隐逸观，对古代文人在人格构建、价值观念、生活方式和行为规范方面均产生过重大影响。尤其是在魏晋时期，"士"文化发展为一种儒道互补的士大夫精神，形成了以"竹林七贤"为代表的"魏晋风度"和"高士文化"，对中国传统知识分子的思想有着深远的影响。

唐代以高士为题材的铜镜纹饰反映的就是这种思想和精神。

高士图镜也称高逸图镜，其主纹饰大都选取历史上"巢父饮牛""许由洗耳""帝王闻道"以及"商山四皓"等人物故事，有的以魏晋时期"竹林七贤"为题材，用减地平雕的手法，展现了一幅文人雅士隐逸于山水田园之间的生活画卷。

图 127 所示为唐代螺钿高士图镜。

此镜直径 23.9 厘米，圆形，半圆钮，宽素缘。主纹饰以高士隐逸生活为题材，烘托以清风、明月、山水、花鸟。镜钮上方一棵大树开满鲜花，花树左右两侧三对禽鸟飞舞，右边树梢上一轮明月高悬。镜钮两侧各有一位高士对坐于树下，高士头束发髻，身着宽袖长袍，一人弹阮，一人把酒，沈从文先生在其所著《铜镜史话》一书中认为此二位高士"应是《竹林七贤图》中之嵇康

图 127　唐代螺钿高士图镜（中国国家博物馆藏）

和阮籍，图像亦旧有，惟婢女是开元天宝装"。① 镜钮下方，山石
水池错落，仙鹤雀鸟翩跹。画面中月光似水，清风微拂，落英缤
纷，百鸟鸣和，主人公闲情逸致，悠然自得，宛如五柳先生笔下
的桃花仙境。

　　此镜的特殊之处在于镜背纹饰采用的是螺钿镶嵌工艺，弥足
珍贵。此镜 1955 年于河南洛阳涧西出土，经考证，墓主人是唐代
陈曦，断代为唐代至德元年，即公元 756 年 ②。

　　图 128 所示为唐代高逸图镜。

　　此镜直径 16.7 厘米，重 480 克，圆形，半圆钮，莲花瓣钮

① 《铜镜史话》图录 92，沈从文，万卷出版公司，2005 年 1 月第一版。
② 《洛阳出土铜镜》，洛阳博物馆编，文物出版社，1988 年 8 月第一版。

图 128　唐代高逸图镜（上海博物馆藏）

座，宽素缘。主纹饰由三组人物山水图案组成，表现的是高士隐逸生活的故事。镜钮上方，双鹤飞翔于祥云之上，右上方一人长袖宽袍，一牛卧于身旁，其下一人树下临水而坐，右手掩耳，当是"巢父饮牛、许由洗耳"；左侧一人头戴冕旒，身后侍者持伞伺服，前面一老者端坐山洞之中，应为"帝王闻道"；镜钮下方，四位高士围坐棋台，高谈阔论，自得其乐，应是"商山四皓"。

　　整个画面，人物形态传神，山水错落有致，云蒸雾腾鹤飞，仿佛人间仙境，堪比上海博物馆藏国宝级《唐孙位高逸图卷》。

　　此镜的铸造表现手法与唐镜传统的高浮雕法不同，采用的是减地平雕法，不仅使铜镜纹饰更加丰富多彩，而且对宋、明两代的铜镜工艺产生了较大影响。另外，从画面中可以看出，高士对弈的是围棋，这也是我国古老的围棋源远流长的一个印证。

图 129　唐代高逸图镜（陕西历史博物馆藏）

　　陕西历史博物馆也藏有一面几乎与此相同的唐代高逸图镜，参见图 129。

十、神仙神话题材镜

　　道教在唐代占有统治地位，唐代也是道教全盛时期之一。唐太宗拜老子李耳为始祖，用道教为李姓唐王朝的统治蒙上了一层神秘的色彩。唐高宗更是不仅追封李耳为"大圣祖高上大道金阙玄元天皇大帝"，还曾经亲自为《道德经》做过注释。朝廷上下，道教备受推崇。作为传统的铜镜纹饰表现题材，宗教神话类纹饰，尤其是反映道教的铜镜纹饰，在唐代得到了大力发展。与此同时，随着中原与西域交流往来的增加，佛教的发展也进入了辉煌时期，前述宝相花纹镜以及中晚唐出现的"卍"（万）字纹镜等镜种都体现了当时佛教的广泛流行。

在唐代铜镜中，神仙神话题材的纹饰主要有八卦纹、"卍"（万）字纹、飞仙仙骑纹、月宫图纹、王子乔吹笙引凤纹、真子飞霜纹、五岳真形图纹等七种。

1. 八卦纹镜

八卦相传为伏羲所创，是我国道教文化的精髓。在表达方式上，八卦用"—"代表阳，用"——"代表阴，将阴（——）和阳（—）组合成☰、☱、☲、☳、☴、☵、☶、☷八种形式，称之为八卦。每一卦形代表一定的事物：☰（乾）代表天，☱（兑）代表泽，☲（离）代表火，☳（震）代表雷，☴（巽）代表风，☵（坎）代表水，☶（艮）代表山，☷（坤）代表地。八卦互相搭配又得到六十四卦，用来表征各种自然和人间现象。

唐代八卦纹镜的主题纹饰为道教典型图案八卦，主纹饰常配以星象、干支等图像或文字，用以反映道教思想。如八卦星象镜、八卦干支镜等。形制主要有圆形、方形、亚字形等。此类镜种主要流行于唐代晚期。

图130所示为1998年在印尼海域"黑石号"沉船打捞出水的唐代"扬子江心百炼"铭四神八卦纹镜。

此镜为圆形，龟钮，素宽缘，一如唐镜形制无地纹。龟钮外但见青龙腾飞，白虎跳跃，朱雀振翅，玄武匍匐，四神环绕，人与动物神态各异。外区饰八卦纹，并一周24字楷书铭文："唐乾元元年戊戌十一月廿九日于扬州，扬子江心百炼造成。"此铭文道出了这面铜镜制作的时间、地点，印证了历史上的有关描述和记

图 130　唐代"扬子江心百炼"铭四神八卦纹镜

载，具有极高的历史研究价值。

关于唐代扬州造江心镜或百炼镜，历史上有过许多描述和记载。唐代大诗人白居易在《百炼镜—辨皇王鉴也》中专门写到百炼镜，针砭当朝的奢靡之风，全诗为："百炼镜，镕范非常规，日辰处所灵且祇。江心波上舟中铸，五月五日日午时。琼粉金膏磨莹已，化为一片秋潭水。镜成将献蓬莱宫，扬州长吏手自封。人间臣妾不合照，背有九五飞天龙。人人呼为天子镜，我有一言闻太宗。太宗常以人为镜，鉴古鉴今不鉴容。四海安危居掌内，百王治乱悬心中。乃知天子别有镜，不是扬州百炼铜。"唐代另一大诗人刘禹锡在其《和乐天以镜换酒》诗中说道："把取菱花百炼镜，换他竹叶十旬杯。"宋代李昉等著《太平广记·异闻录》中更有详细描述："唐天宝三载五月十五日，扬州进水心镜一面，纵横九寸，青莹耀日，背有盘龙，长三尺四寸五分，势如生动，玄宗览而异之。”

此镜发现于 1998 年印尼海域"黑石号"唐代沉船打捞过程中。当年，德国一家打捞公司在印尼海域的一块黑色大礁岩附近发现一艘唐代沉船，命名为"黑石号"。该船应为唐代通过海上丝绸之路往来于东南亚、西亚甚至北非的贸易货船。2005 年，新加坡政府在邱德拔遗产基金的捐助下购藏了这艘满载着中国文物的唐代沉船"黑石号"，从中打捞出水的文物有瓷器、金银器、钱币、铜镜等 67000 多件。其中唐代铜镜 29 面，此面"扬子江心百炼"铭四神八卦纹镜就是其中的一面。2016 年 1 月，这批唐代文物在出水近 20 年后以"唐代沉船珍宝展"为题，在新加坡亚洲文明博物馆一号展厅展出，轰动全球。

图 131 所示为唐代八卦星象纹镜。

此镜直径 22 厘米，重 1185 克，圆形，方钮。两周弦纹将主纹饰分为三区，内区饰八卦纹和 8 组 16 字铭文各一周，铭文为"四阴，阳元，二阳，三阳，四阳，花阴，二阴，二阳（应为三阴）"每一组铭文依顺序分别对应乾、坎、艮、震、巽、离、坤、兑八个卦象。中区饰八个相同符箓，间饰 31 字铭文"元长父舍，玄凌交度府，太玄禁府，太清宫，太华台，紫微宫，皇帝大居堂，太素右堂"。外区饰八个不同符箓，间饰星象纹，素缘。

此镜体形硕大，纹饰精美，内容玄妙高深，十分少见，应是道家所用"法器"镜，用以辟邪驱鬼，对于研究道教有着重要意义。

图 132 所示为唐代双凤八卦纹镜。

图 131　唐代八卦星象纹镜（北京故宫博物院藏）

图 132　唐代双凤八卦纹镜（北京故宫博物院藏）

　　此镜直径 22.3 厘米，重 1422 克，八出葵花形，半圆钮，镜钮左右各饰一凤纹，相对而立，凤翅舒展，凤尾上卷，姿态优美；镜钮上方饰三重弦纹构成的圆圈，圈内正中饰一"镇"字，上下左右饰日月星辰纹，其外饰八卦纹；镜钮下方饰凸棱构成的正方形，中心饰四个 T 形纹组成的方形纹饰，周围饰水波纹。近缘处饰弦纹和铭文各一周，葵花形凸缘。

　　一周铭文为四言十句四十字："上圆下方，象于天地，中列八卦，备著阴阳，辰星镇定，日月贞明，周流为水，以明四滨，内置连山，以旌五岳。"内容反映道教教义。

2."卍"字纹镜

　　佛教兴于隋而盛于唐，尤以武则天时期最受推崇。进入唐代中、晚期，一种与佛教密切相关的铜镜开始流行，这就是"卍"字纹镜。历史上"卍"字纹镜仅出现在唐代。

　　"卍"是上古时代许多原始宗教的一种符咒，最初人们将它看成是太阳和火的象征，以后又被作为吉祥的标志。"卍"字在佛教中有"呈现在大海云天之间的吉祥象征"之意，佛教认为它是释迦牟尼胸部所现的"瑞相"，用作"万德"吉祥的标志。

　　随着佛教的传播，"卍"字也传入中国。我国佛教对"卍"字的翻译也不完全一致。唐代玄奘法师将它翻译成"德"字，代表佛的功德无量。武则天长寿二年（公元 693 年），"卍"字被定为"万"字，意思是集天下一切吉祥功德施于万物。从此吉祥的"卍"字符在民间和佛门信众间广泛流行，也被作为铜镜的主纹饰进入千家万户，用以弘扬佛法。

唐代"卍"字纹镜，其形制多为圆形、四方圆角形和四方倭角形，半圆钮。主纹饰为居在镜钮中心的凸起双线"卍"字纹，有的在"卍"纹内间饰四字，宽素缘。

1956年河南省陕县唐文宗开成三年（公元838年）墓出土一面"卍"字纹铜镜，在"卍"字两侧饰有"受岁"和"永寿"四字。扬州博物馆藏有一面唐代"卍"字纹铜镜，在"卍"字两侧饰有"永寿之镜"四字。

图133所示为唐代方形倭角"卍"字纹镜。

此镜直径15.7厘米，重350克，四方倭角形，半圆钮，窄素缘。以钮为中心饰一凸起双线"卍"字纹，镜背素净平坦，设计与铸造理念与清净超脱以及佛光普照理念相吻合，简洁明了，直观醒目，加之纹饰方正，镜形规整，厚重精细，给人以凝重肃穆、虔诚庄重之感。

图133 唐代方形倭角"卍"字纹镜（上海博物馆藏）

图 134　唐代"永寿之镜"铭"卍"字纹镜
（扬州博物馆藏）

图 134 所示为唐代"永寿之镜"铭"卍"字纹镜。

此镜边长 12 厘米，方形圆角，半圆钮，以钮为中心饰一凸起双线"卍"字纹，双线"卍"字纹几乎充满镜背。在"卍"字纹内侧饰有楷书四字，顺时针读作"永寿之镜"，宽素缘。

3.飞仙纹镜和仙骑纹镜

自汉代以来，神仙神话题材就成为铜镜纹饰中的一个重要内容。汉代人崇尚长生不老，希望羽化成仙，诸如黄帝、西王母、东王公、伯牙、子期等神仙人物形象常被作为铜镜的主纹饰。到了唐代，以神仙神话人物为题材的铜镜纹饰得到了进一步发展。但是唐镜中的神仙人物纹饰与汉镜（尤其是东汉、六朝镜）神仙人物纹饰有所不同，汉镜中的神仙人物基本上都有所指，大多表现为静态，呈正襟危坐状；唐镜中的神仙人物则大多是抽象化、概念化，并不指向具体的神仙，神仙人物常常被现实生活化，表现多为动态，有的跨鹤骑兽，有的乘云飞升，有的月中起舞，有的吹笙引凤，题材多样，神态各异，仙风飘逸。从艺术角度看，这类铜镜纹饰突破了前代铜镜纹饰重复、对称的传统，运用绘画手法表现人们的思想、信仰和追求，也正呼应了唐代的开放和自由。

图 135 所示为唐代飞仙纹镜。

此镜直径 25.3 厘米，八出葵花形，宽素缘，半圆钮，在镜钮左右两侧刻画了两位仙人驾云飞天的场景，仙人头束高髻，体态轻盈，衣褶飘逸舒卷，行云流水，仙气盎然；镜钮上方云气缥缈，下方仙山耸立峻峭。

将此镜主纹饰中两位仙人的姿态与东汉、六朝镜中的相对比，即可看出两者在艺术表现形式上的不同和变化。

图 136 所示为唐代四仙骑纹菱花镜。

此镜为八出菱花形，半圆钮。主纹饰为四仙骑图，四位神仙分别骑狮、马，跨凤、鹤，在云中飞驰。四仙发髻高束，衣带飘逸，坐骑驾云，神态逍遥。八瓣菱花缘内间饰花卉纹，菱花形窄缘。

此种仙骑纹菱花镜在唐代较为流行，其镜背主纹饰主要有两种，一种是四仙四骑，一种是两仙两骑。图 137 为两仙骑纹菱花镜。

图 138 所示为唐代仙人骑龙骑狮纹菱花镜。

此镜直径 25.5 厘米，八出菱花形，半圆钮。主纹饰为两对四

图 135　唐代飞仙纹镜（中国国家博物馆藏）

图 136　唐代四仙骑纹菱花镜

图 137　唐代两仙骑纹菱花镜

图 138　唐代仙人骑龙骑狮纹菱花镜（陕西历史博物馆藏）

仙骑龙骑狮纹，两仙人驾驭走龙，另外两仙人骑坐瑞狮。四位仙人均头顶光环，裙带飘逸，仙风道骨，腾云驾雾，祥云和花枝纹萦绕其间。八瓣菱花缘内侧饰满孔雀、凤鸟、灵猴、祥云和芝草等纹饰。整体纹饰紧密细致，繁而不乱，工艺精湛。

4. 月宫镜

唐代月宫镜的主题纹饰来源于上古关于月亮的传说，融合了嫦娥奔月（见于汉初《淮南子》）、吴刚伐桂（见于《山海经·海内经》）、玉兔捣药（见于汉乐府《董逃行》）等神话故事，又与唐玄宗梦游月宫的传说相结合（见于唐·郑綮《开天传信记》），其寓意更多的是反映了人们追求长生不老的美好愿望。

月宫镜的形制多为菱花形或圆形，主纹饰由嫦娥、玉兔、蟾蜍和桂树构成，镜钮常借居中的桂树中部树干镂空而成，构思精妙奇特。

图 139 所示为唐代月宫镜。

此镜直径 14.5 厘米，八出菱花形，主纹饰内区下凹，用高浮雕手法刻画出一幅生动形象的月宫图。月宫图的中央为一颗贯通上下、枝繁叶茂的桂花树，树干中部隆起镂空为镜钮。镜钮右侧为嫦娥手托仙桃，舒展衣袖，驾云起舞，左侧为玉兔持杵捣药，下方一只蟾蜍做跳跃状。八瓣菱花镜缘边饰八朵祥云纹。

此镜主纹饰特殊之处在于借树干中部隆起镂空作为镜钮，可见制镜者构思之巧妙，实为少见。

图 140 所示为唐代"大吉"铭月宫镜。

此镜直径 19.1 厘米，八出菱花形，伏兽钮。主纹饰为一幅月宫图，其画面构思与前一面月宫镜不同，钮的右上方饰一株桂树，枝繁叶茂；钮的左上方嫦娥身姿飘逸，一手托盘，一手托幅，上有"大吉"二字铭；镜钮下方饰一"水"字，其下有一潭池水，左侧玉兔正持杵捣药，池水右边为一跳跃的蟾蜍。八瓣菱花镜缘内饰有蝴蝶、花草及云纹。整个纹饰展现了另一幅月宫图景。

图 141 所示为唐代开元十年月宫葵花镜。

此镜直径 16.1 厘米，重 560 克，八出葵花形，伏兽钮，兽口噬咬一马。主纹饰分内外两区，内区为月宫图，外区为三周铭文带。

月宫图中，左侧为桂树，右侧为玉兔捣药（玉兔直立，持杵捣药），钮下为一跳跃的蟾蜍。图中缺一嫦娥。

图 139　唐代月宫镜（北京故宫博物院藏）

图 140　唐代"大吉"铭月宫镜（北京故宫博物院藏）

图 141　唐代开元十年月宫葵花镜（上海博物馆藏）

三周铭文带共 156 字，由外圈往里读作："杨府吕氏者，其先出于吕公望，封于齐八百年，与周衰兴，后为权臣田儿所篡，子孙流迸，家子（于）淮扬焉，君气高志精，代罕知者，心如明镜，曰：得其精焉。常云：秦王之镜，照（接中圈）胆照心，此盖有神，非良公所得。吾每见古镜极佳者，吾今所制，但恨不得，停之多年，若停之一二百年，亦可毛发无隐矣。蕲州刺史杜元志，好（接内圈）奇赏鉴之士，吾今为之造此镜，亦吾子之一生极思。开元十年五月五日铸成，东平邵吕神贤之词。"镜铭赞扬了古镜之佳，造镜者自己一生想造佳镜，终于在开元十年五月五日铸成。另从铭文可知，唐代铸镜沿袭西汉旧制，仍选择在五月五日。

此镜为铜镜中铭文字数最多者。

5. 王子乔吹笙引凤纹镜

王子乔，姬姓，名晋，字子乔，东周时期周灵王的太子，后人称太子晋、王子晋、王子乔或王乔，为王姓始祖，与西王母、东王公、赤松子、广成子一样被世人尊为道教中最早的仙人之一。

王子乔吹笙引凤纹镜主纹饰描绘的是春秋时周灵王太子修仙的故事。

西汉刘向《列仙传·王子乔》记载："王子乔者，周灵王太子晋也。好吹笙作凤凰鸣，游伊洛间，道士浮丘公接以上嵩高山上。三十年后，求之于山上，见桓良，曰：'告我家，七月七日，待我于缑氏山头'。至时，果乘白鹤驻山头。望之不得见，举手谢时人，数日而去。亦立祠于缑氏山下，及嵩高首焉。妙哉王子，神游气爽。笙歌伊洛，拟音凤响。浮丘感应，接手俱上。挥策青崖，假翰独往。"这便是"王子乔骑鹤吹笙登仙"的传说。

道教在唐代极为盛行，备受唐代帝王推崇，武则天尤甚。《资治通鉴·唐纪》记载，武周圣历二年（公元699年）二月初四，武则天由洛阳赴嵩山封禅，返回时留宿于缑山子晋祠，一时触景生情而撰写碑文，记述周灵王太子晋升仙的故事，并亲为书丹。又亲号王子晋为"升仙太子"，并改子晋祠为"升仙太子庙"。是时，朝廷上下皆尊奉王子乔，以王子乔为题材的艺术形象广为流行，唐镜纹饰也不例外，王子乔吹笙引凤纹镜便是其中的代表。

唐代王子乔吹笙引凤纹镜主要有三种形制。

一种是圆形，山峰钮，无镜缘，无内外分区，满地山水纹；另一种是圆形，半圆钮，宽素缘；还有一种是葵花形，半圆钮，葵花边素缘。三种形制中数第一种最为特殊。

图142所示为唐代王子乔吹笙引凤纹镜。

此镜直径12.2厘米，圆形，山峰钮，形制特别，无镜缘，无内外分区，主纹饰犹如一幅山水人物浮雕画铺满整个镜背，讲述的是人们极为推崇的王子乔吹笙引凤的故事。

画面以镜钮做崇山峻岭的中心，山水连绵，云遮雾罩。镜钮右侧，仙人王子乔头束高冠，身着长衣，端坐于山石之上，双手持笙，面对高山流水悠然吹奏。镜钮左侧是一只展开双翼、尾羽高翘的凤鸟，闻声起舞，翩翩而来。镜钮上下各有一只禽鸟，仿佛也被空灵的乐音吸引而至，一只立于岩石之上凝神聆听，一只随着音乐在山谷间翱翔。

整个纹饰恰似仙境，如梦似幻。

图141所示为唐代王子乔吹笙引凤纹镜。

图 142　唐代王子乔吹笙引凤纹镜（中国国家博物馆藏）

图 143　唐代王子乔吹笙引凤纹镜（陕西历史博物馆藏）

此镜为八出葵花形，半圆钮，八瓣葵花边素缘，主纹饰为王子乔吹笙引凤纹。

镜钮左侧一人为仙人王子乔，头戴幞巾，身着长衫，端坐吹笙；镜钮右侧一只凤鸟闻声从远处展翅飞来；镜钮上方一片翠竹郁郁葱葱，下方层峦叠嶂、云雾缭绕。

6. 真子飞霜纹镜

唐代流行的神仙神话题材镜的另一个重要镜种是真子飞霜纹镜，其主题纹饰描绘的也是一幅山水人物画卷。画面上仙人真子坐在一片竹林前，在银色的月光下，抚琴弄弦，琴音缥缈，引来一凤鸟翩翩起舞。附近荷塘水波涟漪，远处层峦叠嶂、流云环绕，托起一轮明月。纹饰主题反映的也是道家思想。

真子飞霜纹镜的形制主要有菱花形、葵花形和方形三种，菱花形和葵花形真子飞霜纹镜在镜钮上方常饰楷书"真子飞霜"四字铭，有的则无此铭文。方形真子飞霜纹镜的特别之处在于镜钮上方饰"侯瑾之"三字铭。镜钮多为兽钮，荷叶纹钮座。近缘处常饰一周铭文圈带。

这一类神仙人物故事镜之所以定名为真子飞霜纹镜，是因为主纹饰上有"真子飞霜"四字铭。有的虽无"真子飞霜"四字铭，但主纹饰基本相同的也都归于此类镜种。

关于"真子飞霜"作何解释，自宋代以来即有研究，但历来说法不一。

据清乾隆年间大学者钱坫在《浣花拜石轩镜铭集》中考注："真子当是人名，飞霜当是操名，然遍检书传及琴谱诸书，皆不可得，古人制器原欲以流传后世，其人不作此镜，则湮没无闻矣。"意即，镜背纹饰中坐者为真子，所操之古琴曲调名为飞霜。然而关于"真子"到底是何仙人，又有西周孝子尹伯奇说、古代圣君舜帝说、伯牙说，还有仙人玄真子说、东汉三国时期高士侯瑾之说等等。相应的古琴曲牌"飞霜"也有尹伯奇弹《履霜操》之说、舜帝"《箫韶》九成，凤凰来仪"之说以及月光之说等等，莫衷一是。

图 144 所示为唐代真子飞霜纹镜。

此镜直径 21.5 厘米，八出葵花形，一枝从下方莲花池中生出的荷叶构成钮座，一只神龟伏在荷叶上形成镜钮。钮座上方饰祥云托月纹，下方饰池水山石，自池中生出一枝莲叶，巧妙地饰作钮座。左侧仙人真子头束发髻，身着道袍，端坐案前，在月光下抚琴奏乐。右侧一只鸾凤，立于山石之上，展翅翘尾，随乐起舞，鸾凤上方饰两条花枝。

外区一周铭文带，篆书 40 字："凤凰双镜南金装，阴阳各为配，日月恒相会，白玉芙蓉匣，翠羽琼瑶带，同心人，心相亲，照心照胆保千春。"镜铭语言优美，情真意切。首句"凤凰双镜"说明此镜应是夫妻二人订制的一对镜，对镜中纹饰当是一凤一凰，对应阴阳相配、日月相会、肝胆相照，字里行间充满夫妻恩爱之情。

上海博物馆藏有一面真子飞霜葵花镜（参见图 145），主纹饰几乎相同，区别在于镜钮上方有"真子飞霜"四字铭，外区无铭文带。

图 146 为唐代方形真子飞霜镜，又称唐代侯瑾之铭方镜。

此面唐代方形真子飞霜镜，边长 14.6 厘米，除了形制是方形之外，纹饰表现与图 144 北京故宫博物院馆藏的真子飞霜镜几乎

图 144　唐代真子飞霜纹镜
（北京故宫博物院藏）

图 145　唐代真子飞霜葵花
镜（上海博物馆藏）

图 146　唐代方形真子飞霜
镜（北京故宫博物院藏）

一致。

另一不同之处是镜钮上方榜题"侯瑾之"铭，又称侯瑾之铭方镜。因之，有研究者认为，真子飞霜镜中的真子应为东汉至三国时期的高士侯瑾。[①]

7. 五岳真形图镜

五岳，是中国五大名山的总称，指东岳泰山、西岳华山、中岳嵩山、北岳恒山、南岳衡山。五岳真形图被称为道教御符，相传为太上老君所撰。

最早出现"五岳真形图"记载的是魏晋时期的《汉武帝内传》，《汉武帝内传》称该图是太上老君最早测绘的山岳地图。

在道教中，五岳真形图的作用是驱魔辟邪。东晋葛洪《抱朴子·遐览》中记载："修道之士，栖陷山谷，须得五岳真形图佩之，则山中魑魅虎虫，一切妖毒皆莫能近……家居供奉，横恶不起祯祥永集云。故此图不独用为佩轴，家居裱成画图，安奉亦可。"因此，唐代五岳真形图方镜，一说为道家法器，一说为居家日常用具。此类铜镜的流行印证了唐代道教的盛行。

图 147 所示为唐代五岳真形图镜。

此镜方形，边长 11.9 厘米，重 500 克。曲缘，云纹钮，山形钮座，上刻草纹。

主纹饰为四角耸出的四座各具形态的山峦，加之钮座为山峦

---

① 《从故宫藏侯瑾之铭铜镜看真子飞霜镜本义》，张清文，太原师范学院历史系，《四川文物》2015 年第四期。

图 147　唐代五岳真形图镜（上海博物馆藏）

形，为道教中代表五岳的五个符号，按方位分别是中间钮部为嵩山，上左是华山，上右是泰山，下左是衡山，下右是恒山。周边饰有花草、飞鸟等。整体纹饰由镜钮至镜缘，铺满镜面，可见山岳层峦叠嶂，云气缭绕，花草茂盛，禽鸟或栖或翔，艺术表现手法在唐镜中独树一帜。

此镜为美国著名艺术品收藏家罗伊德·扣岑（Lloyd Cotsen）先生于 2012 年捐赠给上海博物馆的。

唐代五岳真形图方镜较为少见，北京故宫博物院藏有一面，边长 12.5 厘米，重 614 克，近乎同版同模，参见图 148。

图 149 所示为唐代五岳八卦纹镜。

此镜直径 20.3 厘米，圆形，凸弦缘，方钮，钮上饰山形纹，钮四边各饰一山形纹组成的方形纹饰，与钮一起象征五岳。五岳周围饰四个方形印章纹，每个印章内各饰 4 字铭文，铭文周围饰

图 148 北京故宫博物院藏唐代五岳真形图方镜

图 149 唐代五岳八卦纹镜（上海博物馆藏）

水波纹和八卦纹各一周，其外饰日、月、星、辰图案，日中有一金乌，月中有一桂树，图案两旁各饰如意祥云一朵。

由四个印章纹中相对应的位置各取一字，可组成四句铭文："天地含为，日月贞明，写规万物，洞鉴百灵。"

此镜纹饰复杂，内容丰富，工整规矩，体现了宗教的庄严。该镜于2012年由美国收藏家罗伊德·扣岑先生捐赠给上海博物馆。

北京故宫博物院也藏有一面与此镜纹饰、形制完全相同的唐代五岳八卦纹镜，只是尺寸稍小一点儿，直径为16.5厘米，重939克，参见图150。

图151所示为中国嘉德拍卖公司于2010年春季拍卖会上推出的7193号拍品：唐代"五月五日"铭八角形五岳镜。

此镜直径13.5厘米，重570克，形制为极为罕见的八角形，内切圆形，龟钮。主纹饰为对称布置的四座山峦，山峦周围水波翻卷，云气环绕，两只鸿雁在山间飞翔，两条鲤鱼在水中跃起。四座山上各饰一字，组成"五月五日"铭。八座山峰层峦叠嶂，绵延不断，构成八角形镜缘。

关于唐代五月五日铸镜的传说，历史上多有记载。五月五日是传统的端午节，又称重午节、天中节。"重午"的意思是午月午日。农历以地支纪月，正月建寅，五月就是午月。按照八卦理论，午对应的是离，代表的是火。午月午日午时，表示这个时刻日在中天，阳气达到极点。故而唐代时朝廷专门于五月五日午时命扬州在扬子江心铸造铜镜进贡皇帝，祈愿吉祥安康，驱邪避害。

唐代大诗人白居易在《百炼镜》一诗中的前几句就对此描写

图150 唐代五岳八卦纹镜（北京故宫博物院藏）

图151 唐代"五月五日"铭八角形五岳镜

道："江心波上舟中铸，五月五日日午时。琼粉金膏磨莹已，化为一片秋潭水。镜成将献蓬莱宫，扬州长吏手自封……"《旧唐书》卷十二《德宗上》记载，大历十四年（公元779年），"己未，扬州每年贡端午日江心所铸镜，罢之"。宋代学者洪迈在其《容斋五笔·端午帖子》中也曾记载："唐世五月五日，扬州于江心铸镜以进。"将此镜与前述图130唐代"扬子江心百炼"铭四神八卦纹镜相联系，历史上有关唐代五月五日在扬州铸江心镜（百炼镜）以进贡皇帝的记载可以得到进一步的印证。

十一、特殊工艺镜

唐代经济文化的繁荣，催生了铜镜制作工艺的创新和发展，诸如彩绘、镶嵌、平脱、鎏金银等新的工艺技法在铜镜的制作中得到应用，产生了别具一格的特殊工艺镜，使铜镜在作为照容用具的同时，更成为高贵的艺术品，开创了中国古代铜镜新的篇章。

唐代特殊工艺镜按其制作工艺不同主要分为螺钿镶嵌镜、金银平脱镜、金背银背镜、鎏金银镜四种。

1. 螺钿镶嵌镜

螺钿镶嵌是一门古老的漆器装饰技艺，螺指的是螺贝蚌壳，钿是嵌装的工艺方法，其主要技法是先将螺贝蚌壳加工成平板片状，按照预先的设计切割雕刻成各种图形，然后在装饰物表面上髹涂大漆，于漆地上按照设计好的图案贴嵌螺片，再加以打磨，使其光亮平滑，形成美丽的图案。有的为使其更加绚丽，还在其他部位镶嵌不同颜色的琥珀、玳瑁、松石或玉石。

　　螺钿镶嵌技艺最早可追溯到西周时期，但将此技法应用于表现铜镜纹饰，则是唐代创举。从目前考古发掘来看，螺钿镶嵌铜镜也仅见于唐代，而且是盛唐时期。如 1957 年河南省陕县唐肃宗至德元年（公元 756 年）三门峡唐墓考古发掘中出土的螺钿镶嵌云龙纹镜①（现藏于中国国家博物馆）、1955 年河南洛阳涧西唐代陈曦合葬墓（乾元二年、兴元元年，759 年、784 年）出土的螺钿高士图镜②（现藏于中国国家博物馆）、西安郭家滩唐墓（贞元十四年，798 年）出土的螺钿镶嵌人物镜③（现藏于陕西历史博物馆）、2001 年陕西西安曲江新区唐玄宗开元二十四年（公元 736 年）李倕（唐太宗第六代孙女）墓出土的两面多色螺钿镜④（一面直径 25 厘米，八瓣葵花形，鸳鸯宝相花纹；一面直径 7.1 厘米，六瓣葵花形，宝相花纹。现藏于陕西省考古研究院）等等，都显示出了唐代螺钿工艺水平的高超。

　　另有十余面螺钿镶嵌镜分别藏于美国、英国、日本各博物馆，每一面都是精品中的精品。其中日本奈良东大寺正仓院收藏有 9 面，均为当年遣唐使从大唐帝国带回日本的。

　　图 152 所示为唐代螺钿鸳鸯宝相花纹八出葵花镜。

　　此镜直径 25 厘米，八出葵花形，半球形钮，钮面及镜背髹

---

① 《1957 年河南陕县发掘报告》，黄河水库考古工作队，《考古通讯》，1958 年第
　　11 期。
② 《洛阳出土铜镜》，洛阳博物馆编，文物出版社，1988 年 8 月第一版。
③ 《陕西省出土铜镜》，陕西省文物管理委员会，文物出版社，1959 年 4 月第一
　　版。
④ 《周秦汉唐文明》，陕西省文物局、上海博物馆编，上海书画出版社，2004 年
　　12 月第一版。

图 152 唐代螺钿鸳鸯宝相花纹八出葵花镜（陕西省考古研究院藏）

漆，嵌以螺片加工而成的图案。钮面为六瓣花形，钮座为八瓣花形，钮座外饰八组小宝相花图案，外区为四对展翅飞舞的鸳鸯，间以四组较大的宝相花图案；四对鸳鸯两两相对，回首顾盼，嬉戏亲昵；每一朵宝相花的花蕊均用绿松石镶嵌，整个地子嵌满细小的绿松石，荧光璀璨，绚丽多彩，雍容华美，尽显大唐风范。

此镜于 2001 年在陕西西安曲江新区西安理工大学二校区出土，墓主为去世于唐玄宗开元二十四年（公元 736 年）的唐太宗第六代孙女李倕。①

---

① 《周秦汉唐文明》第 88 页，陕西省文物局、上海博物馆编，上海书画出版社，2004 年 12 月第一版。

图 153 唐代螺钿宝相花纹六出葵花镜（陕西历史博物馆藏）

图 153 所示为唐代螺钿宝相花纹六出葵花镜。

此镜直径 7.1 厘米，六出葵花形，半圆形钮，镜背髹漆并嵌以螺片磨制的图案。内区为六瓣花形，外区为 6 组宝相花图案，周围地子嵌满细小的绿松石。

此镜与上图 152 螺钿鸳鸯宝相花纹八出葵花镜同出一墓，都是唐太宗第六代孙女李倕的生前用品，尺寸娇小，精美华丽，应为女主人随身携带梳妆用的手把镜，足见其奢华之至。

图 154 所示为唐代螺钿喜鹊百花纹八出葵花镜。

此镜八出葵花形，直径 27.4 厘米，半圆钮，莲珠纹钮座。一周螺钿连珠纹将镜背分为内外两区，内区饰四朵花蕾和四个莲叶纹，外区饰四朵大莲枝，中间为盛开的莲花瓣以及繁茂的枝叶、

图154　唐代螺钿喜鹊百花纹八出葵花镜
（日本奈良东大寺正仓院藏）

蔓生的花蕾和跳跃的雀鸟。镜身通体由贝壳、琥珀、玳瑁、绿松石、青金石等镶嵌组成，红色的琥珀装点花瓣和花蕊，多彩的玳瑁、贝壳镶嵌出宝相花等花叶枝蔓和雀鸟，表面剔刻出纹理，间隙处嵌满绿松石和青金石。整个纹饰螺钿繁密，色彩绚丽，工艺精湛，美不胜收，被誉为中国最美铜镜。

此镜为当年日本遣唐使从大唐帝国带回，成为日本历代皇室传世品，现藏于日本奈良东大寺正仓院。[①] 该院还收藏有另外8面唐代螺钿镜，均为流传有序的唐代螺钿镜顶级精品。日本奈良国立博物馆每年秋季举办一次"奈良东大寺正仓院藏品展"，展期仅

---

① 《中国美术分类全集·中国青铜器全集》第16卷《铜镜》图版说明117，文物出版社，1998年12月。

限 17 天，入展的文物被展出后，原则上十年内不再公开展出。此
镜最近一次入选展出于日本奈良国立博物馆举办的第 70 回展览，
展期为 2018 年 10 月 27 日至 11 月 12 日。

2. 金银平脱镜

　　金银平脱是我国古老的器物装饰技法，是一种将髹漆与金属
镶嵌工艺结合的技术。考古发掘资料表明，金银平脱技术是由最
早出现于商代的金银箔贴花技术发展而来，历经战国、汉代较长
时期的发展，到了唐代，尤其是唐玄宗时期，这一工艺发展到极
致，在铜镜纹饰的制作上也得到充分运用。

　　金银平脱的技法是，将厚度极薄的金、银箔片，裁制成各种
纹样，用胶漆粘贴在器物上，然后髹漆数遍，再经精细打磨，使
金银箔片脱露出，凸显出漆地上的金银图案。金银平脱有两种，
一种是花纹与漆底在同一平面，另一种是花纹高出漆底。

　　金银平脱工艺在铜镜上加以运用开始于唐代，尤盛于唐玄宗
时期。由于这种工艺成本高昂，做成的铜镜精美华贵，也只有皇
亲贵族才能享用，因此，考古发掘出土的数量相应较少。目前，
国内只有中国国家博物馆、上海博物馆、陕西历史博物馆和洛阳
博物馆等少数几家博物馆收藏有唐代金银平脱镜。

　　资料显示，金银平脱镜海内外发现较少，其中的七面出土于
纪年墓中，它们是：河南洛阳关林唐代卢夫人墓（唐玄宗天宝九
年，公元 750 年）的鸾凤长绶镜，圆形，直径 30.5 厘米，现藏于

河南省洛阳市博物馆；①山东济南解放路中心医院工地唐代项承晖墓（唐玄宗开元二十八年，公元740年）出土的宝相花镜，葵花形，直径19厘米，现藏于山东省济南市博物馆；②河南偃师杏园唐代王嫣墓（唐代宗大历十年，公元775年）出土的三雁花枝镜，圆形，现藏于中国社科院考古研究所；③河南偃师杏园唐代郑洵墓（唐代宗大历十三年，公元778年）出土的圆形对鸟衔花枝镜（直径21厘米）和圆形蝶花镜，现藏于中国社科院考古研究所；④河南偃师韦河唐墓（唐文宗大和三年，公元829年）出土的亚字形蜂花镜，⑤现藏于中国社科院考古研究所；河南洛阳东明小区唐墓（唐文宗大和三年，公元829年）出土的鸾凤牡丹花纹镜，⑥圆形，直径18厘米，现藏于河南洛阳市博物馆。此外，国内少数博物馆还藏有几面，如中国国家博物馆的羽人双凤花鸟镜、花瓣纹镜，陕西历史博物馆的天马鸾凤镜、四鸾衔绶镜，上海博物馆的花鸟狩猎纹镜，洛阳博物馆的花卉镜。还有几面被海外机构收藏，如日本奈良东大寺正仓院的花鸟镜、英国伦敦维多利亚和阿尔伯特博物馆的鸾兽花鸟镜、大英博物馆的四兽花鸟镜、美国哈佛大学的花鸟镜。

　　金银平脱镜根据金片、银片的不同可分为金平脱镜、银平脱

---

① 《洛阳关林唐墓》，洛阳博物馆，《考古》，1980年第4期。
② 2019年5月19日《济南日报》A04版"都市经纬"栏目，常雪芳：《"济南藏"铜镜映照盛唐奢华》。
③ 《唐镜分期的考古学探讨》，徐殿魁，《考古学报》1994年第3期。
④ 《河南偃师市杏园村唐墓的发掘》，中国社科院考古研究所河南二队，《考古》，1996年第12期。
⑤ 《唐镜分期的考古学探讨》，徐殿魁，《考古学报》1994年第3期。
⑥ 《洛阳市东明小区C5M1542唐墓》，洛阳市文物工作队，《文物》，2004年第7期。

镜、金银平脱镜三种。其中，单纯的金平脱极为少见。

　　图155所示为唐代四鸾衔绶金银平脱镜。

　　此镜圆形，直径22.7厘米，半圆钮，素缘。镜钮四周银平脱三朵荷花和三片荷叶，其外环绕一周金丝同心结。外区主纹饰为金平脱四只鸾鸟，口衔绶带沿逆时针方向旋转飞翔，鸾鸟之间搭配银平脱四花叶。四只鸾鸟昂首展翅，姿态优雅，绶带随风飘舞，金色的身姿在黑色的镜底衬托下更显华丽夺目。

图155　唐代四鸾衔绶金银平脱镜（陕西历史博物馆藏）

鸾鸟是凤凰一类的祥瑞禽鸟，而绶带的"绶"与"寿"字谐音，环绕的两周金色的同心结表示爱心永结。因而，此镜纹饰寓意幸福长寿、相亲相爱、吉祥美满。

此镜纹饰华美，工艺精湛，堪称唐代平脱镜中最精致的一面，代表了唐代铜镜艺术的至高水平，1956年于陕西西安东郊韩森寨出土。[①]

图156所示为唐代银平脱花鸟狩猎仙人纹镜。

此镜为圆形，直径20.4厘米，重1098克，半圆钮，凸缘。沿镜钮的左右和上方生长出三株花草；在镜钮的左右两侧，一只孔雀和一只凤凰口衔花枝，翩翩起舞；镜的最上端，可见一位仙人驾鹤西去，其下一狩猎者扬鞭催马追捕前面一只奔跑的野兽；镜钮的下方，一座玲珑剔透的山石旁，树木参天，树尖和树枝上雀鸟亭立、飞跃，周围花草葱茏；沿镜缘处一周遍饰各色花草。

此镜的工艺为单一的银平脱，银花镂刻技艺精湛高超，纹饰细密丰富，充分表现了金银平脱这一工艺的精髓。

图157所示为唐代葵花形金银平脱雀鸟花卉祥云纹镜。

此镜为八出葵花形，凸缘，半圆钮，钮上用错金银技法饰六瓣错金花卉纹，钮外金银平脱两层八瓣花卉纹，其外一周间饰花草（银片）、祥云（金片）、鸾鸟（金片）纹，最外一周间饰四枝连枝花卉纹、四对鸾鸟衔绶纹、四枝花草纹。

---

① 《陕西省博物馆藏宝录》，王仁波主编，上海文艺出版社、三联书店（香港）有限公司，1995年2月。

图 156　唐代银平脱花鸟狩猎仙人纹镜（上海博
物馆藏）

图 157　唐代葵花形金银平脱雀鸟花卉祥云纹镜
（浙江省博物馆藏）

此镜纹饰繁缛，工艺精湛，充分反映了唐代金银平脱工艺之高超。

3. 金背、银背镜

金背镜又称金壳镜、贴金镜和嵌金镜，同样，银背镜又称为银壳镜、贴银镜和嵌银镜。据考证，其制作工艺有两种，一种是将金、银锤揲成薄片，然后贴在带有纹饰的镜背上，再轻轻锤揲，使金、银薄片与镜背紧密贴合并显印出纹饰。另一种是将金、银薄片放在事先设计制作好的带有纹饰的模具内，压印出纹饰，再经过錾刻，制成铜镜的背壳，嵌入铜镜的镜背而成。

关于金背镜和银背镜，历史上曾有过记载。《旧唐书·高季辅卷》载："太宗曾赐金背镜一面，以表其清鉴焉。"这里所述的"金背镜"，指的就是这种背面贴金壳的铜镜。另外，据史书记载，唐玄宗降诞在八月五日，开元十七年（公元729年）朝廷定这一天为千秋节。千秋节时，依照规定，皇亲贵族要进献"金镜"，玄宗还要向四品以上的大臣赐"金镜"。此"金镜"当是金背镜或鎏金镜（也可以理解为铜镜）。根据馆藏和考古出土资料，金背镜和银背镜十分少见，常见的多是银背鎏金镜。

图158所示为唐代金背瑞兽葡萄纹镜。

此镜2002年于陕西西安灞桥区马家沟出土，直径19.7厘米，重300克，八出菱花形，镜背贴一金壳，其上锤揲出浮雕式主纹饰图案。

中间凸起的钮部饰一对追尾式双兽，一周凸棱将壳面纹饰分为内外两区。内区饰八只神兽与缠枝蔓草，蔓草在每个神兽周围

图158　唐代金背瑞兽葡萄纹镜（西安博物院藏）

都形成一个圆圈，神兽或走或伏，或爬或跃，作攀枝嬉戏状。内区的缠枝花草蔓延过梁进入外区，在八个菱瓣内盛开，花枝在各瓣间缠绕不断，每瓣当中有一四叶花苞正对菱花形中央，两侧垂以葡萄果实，下有两鸟嘬枝啄籽，镜缘内的随形边框上饰折枝花。

此镜纹饰繁缛，工艺精湛，线条清晰，表现丰富，是极为少见的唐代金背镜。该镜品相如此之完美，历经千年仍然金光璀璨，大唐盛世可见一斑。

图159所示为唐代银背瑞兽花鸟纹菱花镜。

此镜为八出菱花形，直径21.5厘米，伏兽钮，一周凸弦纹将镜背纹饰分成内外二区。内区缠枝花卉纹盘绕成六个圆圈，其中三个圆圈饰单兽，三个圆圈饰母子双兽；外区八只凤鸟均匀分布在八出菱花缘内侧花草之间，银背近缘处錾刻一周缠枝纹。

图 159　唐代银背瑞兽花鸟纹菱花镜（陕西历史
博物馆藏）

此镜纹饰富丽华美，为银背精工锤揲而成，至今仍熠熠生辉。

4. 鎏金银镜

鎏金工艺始于春秋战国，到了唐、宋时期已经十分成熟，并得到广泛运用。鎏金工艺的基本方法是，先将成色高的黄金锤揲成金片，然后剪成细丝，放入坩埚中加热烧红，按一两黄金加七两水银的比例加入水银混合成金汞，也就是金泥，然后将金泥涂抹在器物的表面，最后在火上烘烤器物。水银遇热蒸发，黄金即附着在器物表面，再经打磨抛光，制成成品。

鎏金工艺在唐代铜镜上的运用主要是银背鎏金，在铜镜镜背上直接鎏金目前还未发现。在国内，银背鎏金镜主要集中收藏在陕西历史博物馆、西安博物院、中国国家博物馆、北京故宫博物院和上海博物馆。在国外，日本奈良东大寺正仓院、日本千石维司博物馆和美国安思远博物馆也收藏了部分顶级品相的鎏金银镜。

图 160 所示为唐代银背鎏金鸟兽纹菱花镜。[①]

此镜为六出菱花形，直径 11.2 厘米，伏兽钮，嵌银背鎏金工艺，满地鱼子纹，主纹饰为鸟兽花瓣纹。

在伏兽钮的外围，一对瑞兽和一对鸾鸟沿顺时针方向跳跃、飞翔，瑞兽足部和鸾鸟足部皆透雕镂空。周围一周连理枝上盛开六朵花瓣，银背边缘錾刻一周连珠纹。

此镜 1993 年于陕西西安东郊出土，几乎同样一面银背鎏金鸟兽纹菱花镜出土于洛阳十里铺唐代高秀峰墓。[②]

图 161 所示为唐代银背鎏金鸟兽纹菱花镜。

此镜直径 6.0 厘米，重 80 克，六出菱花形，伏兽钮，镜背镶嵌银壳并鎏金，主纹饰为对角布局的两雀和两兽。两雀一衔蔓枝，一做回顾状栖于花枝之上；两兽作奔跑状，其中左边一兽边跑边回首后顾，形状似狻猊。鸟兽纹间以蔓枝相缠，并以细密的圆圈作地纹，外围饰一周绳纹和一周连珠纹。菱花形缘。

此镜尺寸仅有 6 厘米，应是主人随身携带的手把镜，镜背采用少有的银壳鎏金工艺，当属珍贵的梳妆用具。银壳在模内锤揲成型后，再雕刻细部。鸟兽的一足透空，其他蔓枝纹也有透空起伏，足见工艺之精湛。

---

①《中国美术分类全集·中国青铜器全集》第 16 卷《铜镜》图版说明 121，文物出版社，1998 年 12 月。

②《洛阳市东明小区 C5M1542 唐墓》，洛阳市文物工作队，《文物》，2004 年第 7 期。

图 160　唐代银背鎏金鸟兽纹菱花镜（陕西考古研究院藏）

图 161　唐代银背鎏金鸟兽纹菱花镜（上海博物馆藏）

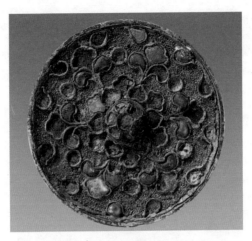

图 162　唐代错金镶绿白料宝钿镜（中国国家
博物馆藏）

　　唐代特殊工艺镜除了上述四种主要镜种外，还有彩绘镜（镜
背主纹饰绘画而成）、宝钿镜（镜背纹饰镶嵌玉石）、铅花镜（镜
背纹饰以铅丝镶嵌而成），由于出土发现极少，故而在国内博物馆
中难得一见。已知在河南洛阳邙山大渠 55 号唐墓出土过一面唐代
铅花镜，[①] 此镜直径 8.7 厘米，八瓣葵花形，半圆钮，钮座一周小
连珠纹，其外一周大连珠纹将主纹饰分为内外两区，内区饰花卉
卷草纹，外区饰石榴纹，纹饰均用铅丝镶嵌而成。

　　另外，1954 年陕西西安东郊韩森寨出土过一面错金镶绿白料
宝钿镜，如图 162 所示。[②]

---

① 《洛阳出土铜镜》图版说明 118，洛阳博物馆编，文物出版社，1988 年 8 月第
一版。
② 《文物中国史·隋唐时代》第 209 页，中国国家博物馆编，山西教育出版社，
2003 年 12 月第一版。

249

　　此面唐代错金镶绿白料宝钿镜，直径 4.8 厘米，属袖珍手把镜，圆形，七瓣花状钮，鎏金鱼子纹地，用金银错工艺制出花卉叶脉纹饰，在纹饰内镶嵌绿松石和玉石，尽显高贵华丽。

第六章　宋代铜镜

　　就铜镜艺术而言，宋代是我国古代铜镜发展的转折期，收藏界常常将宋代铜镜看作由唐代鼎盛辉煌走向衰落的开始，其变化主要表现在铜镜的质地和制造工艺两个方面。如前所述，铜镜艺术间接地反映了一个朝代的政治、经济和文化。进入宋代，铜镜历史之所以发生转折，究其原因，不外乎三个方面：一是经历了五代十国的战乱纷争，国家经济基础遭到严重破坏；二是统一后的宋朝一直受到契丹、西夏、女真等北方部落的侵扰，铜等重要金属优先满足备战需要，铜禁较严；三是诸如书画、瓷器等新的艺术形式的兴起在某种意义上替代了其他艺术形式，铜镜也逐渐脱离奢侈华丽，更加趋向于实用和大众化。虽然如此，由于宋代铜镜形制创新、题材多样、镜铭的生活化等，宋代铜镜还是形成了自身的显著特点，不仅其在古代铜镜发展史上独树一帜，而且也深刻地影响了后代铜镜艺术的发展。

第一节　　宋代铜镜的基本特征

在质地上，宋代铜镜的合金比例发生改变，由汉唐时的高锡镜变为了高铅镜。经检测，宋代铜镜铜、锡、铅三者含量比例大致为：铜 67%，锡 1.3%，铅达 21%，还有少量的锌。[①] 这种合金比例的铜镜，由于锡含量的减少，铅含量的增加，呈现黄铜质地，黄中带红，镜体较薄，出土后表面较为灰暗，与汉唐时期厚重、亮丽的铜镜皮壳形成了较大的反差。

在形制上，宋代铜镜最为丰富，除了传统的圆形镜之外，诸如方形、倭角形、菱形、葵形、亚字形、炉形、心形、钟形以及带柄等各种异形镜大量出现，成为宋代铜镜一大亮点。

宋代铜镜的镜钮较小，钮顶较平，镜背多无地纹，镜缘为素缘，缺少变化。

在铸造工艺上，宋代铜镜大多采用翻砂铸造工艺，不像汉唐时期范模铸造工艺精细，加之高铅质地，翻铸而成的镜背纹饰不够细腻、清晰，线条不太流畅，略显呆滞，缺乏动感。

第二节 宋代铜镜的种类

宋代铜镜题材比较简单，北宋时期主要流行素镜、人物故事镜、花卉镜、动物镜和铭文镜，至南宋后，商标铭文镜盛行，常见的商标铭文镜主要有湖州镜、建康镜、饶州镜、成都镜等，其中尤以湖州镜出土最多，也最具代表性。

若以形状划分，宋代铜镜有圆形、方形、委角形、菱形、葵形、亚字形、炉形、心形、钟形以及带柄镜等品种。

若以主题纹饰类别划分，可分为花卉纹镜、龙纹镜、禽鸟纹镜、神仙人物故事镜、八卦纹镜、商标铭文镜、吉语铭文镜等品种。

由于每种铜镜中包含不同的镜形和纹饰类别，因此，本章采用主题纹饰分类方法分别论述，如果同一镜种中存在多种镜形，将尽可能多地予以呈现。

一、花卉纹镜

作为传统题材的花卉纹镜同样是宋代铜镜中的一个主要镜种，其纹饰特点应与同时代工笔花鸟画的兴盛有关，反映了宋代的社会文化、艺术审美以及社会风尚。

宋代花卉镜的纹饰表现题材有牡丹、芙蓉、莲荷、桃花、菊花以及连钱锦纹等若干种，多以常青藤、扶芳藤、紫藤、金银花、爬山虎、凌霄、葡萄等藤蔓植物的枝茎表现缠枝纹，采用细线白描和浅浮雕技法，以钮为中心，由一根枝蔓放射出两朵、三朵或四朵盛开的花朵对称排列于四方，构图简洁，纤巧精致，写实性强，恰似宋代一幅白描花卉图。

宋代花卉镜的形制较为丰富，主要有圆形、亚字形、菱花形、葵花形等几种。

图 163 所示为宋代缠枝花卉菱花镜。

此镜直径 26.1 厘米，重 940 克，八出菱花形，平顶小圆钮，素地，菱花形凸缘。一根柔长的枝蔓从镜钮中生发出来，逶迤回卷分为四枝，三枝向左环绕，一枝向右环绕，果实、茎叶从中间长出，枝顶花朵盛开，枝叶和花朵纤细秀丽，婀娜多姿。

此镜构图巧妙，纹饰工艺采用双线白描勾勒，凭借枝蔓的回转将画面自然四分，突出了枝蔓顶端的花朵，繁而不乱，疏密有致，生生不息。

图163　宋代缠枝花卉菱花镜（湖南省博物馆藏）

图 164　宋代亚字形花卉纹方镜（北京恭王府博
物馆藏）

图 164 所示为宋代亚字形花卉纹方镜。

此镜为折角方形，小圆钮，连珠纹圆钮座，座外两周连珠纹
将镜背主纹饰分成内外两区，内区为一周菊叶纹，菊叶之间饰点
状花蕊纹，外区饰连续相接的四瓣花卉纹，花芯饰一点状花蕊，
相邻四瓣花卉纹又组成一外圆内方的钱纹，钱纹方孔内饰六点花
蕊纹，亚字形宽素凸缘。

二、龙纹镜

宋代龙纹镜有单龙镜和双龙镜之分，其中双龙镜较为多见。
形制有常规的菱花形、葵花形、圆形和方形，也有炉形、带柄等
特殊镜形。龙体围绕镜钮盘曲，周围常饰海水纹或祥云纹。如若
是单龙镜，龙口常一开一合，龙纹刻画较之唐代略显粗犷。

图 165 所示为宋代鱼化龙纹镜。

此镜圆形,直径 14 厘米,半圆小钮,主纹饰为鱼龙幻化图案。龙头占据右侧大部,面部狰狞,龙眼怒睁,龙角高耸,龙须细密,龙口大张吞噬龙珠(镜钮);鱼身居左,鳞片遍体,鱼鳍鱼尾刻画清晰细腻。鱼化龙周围布满水波纹,其外一周连珠纹,宽素缘。

鱼化龙是中国古代传统纹样,寓意金榜题名,其历史可追溯到史前仰韶文化时期的鱼图腾崇拜。此镜构图巧妙,粗犷中不失细腻,在宋代铜镜中较为少见,1954 年于江苏徐州利国宋代墓葬中出土。

图 166 所示为宋代嘉熙元年款双龙纹镜。

此镜六出菱花形,直径 17.6 厘米,小圆钮,凸缘。主纹饰为双龙纹,双龙龙首居中,隔钮相对,龙体盘绕上卷,龙尾卷曲成一环状,周围间饰祥云。钮下部饰一鼎,其下海水滔滔;双龙外围饰一周 9 字铭文:"嘉熙元年,正月,张子衡。"字与字之间用短线相隔。

"嘉熙"为南宋理宗赵昀一朝年号,"嘉熙元年"即公元 1237 年,铭文清楚地表明了镜主人姓名及制镜时间。

图 167 所示为宋代双龙古鼎形镜。

此镜为双耳双足鼎形,高 16.25 厘米,宽 12.1 厘米,双钮,鼎的颈部饰卷草纹,腹部用高浮雕手法饰双龙拱珠纹,龙口一开一合,龙身上卷,镜钮下部饰海水纹,镜缘凸起呈三角斜缘状。

清代宫廷的古镜收藏甚丰,尤以乾隆皇帝收藏的最好。乾隆皇帝沿袭宋徽宗《宣和博古图》的做法,将清宫中所藏古镜编入

图 165　宋代鱼化龙纹镜（徐州博物馆藏）

图 166　宋代嘉熙元年款双龙纹镜（北京故宫博物院藏）

图 167　宋代双龙古鼎形镜（台北故宫博物院藏）

"西清四鉴"古铜器图谱中。"西清四鉴"即《西清古鉴》《宁寿鉴古》《西清续鉴·甲编》及《西清续鉴·乙编》。此镜就收录于《西清续鉴·乙编》卷二十页"汉古鼎双龙鑑"①中，装盛于《西清续鉴·乙编·第十六册》记录的镜匣内，年代为南宋。

三、禽鸟纹镜

宋代禽鸟纹镜种类较多，常见的有凤鸟、鸾鸟、孔雀、鸳鸯和蝴蝶、蜜蜂等纹饰。在布局上，这些禽鸟纹饰常常头尾对倒排列，形成对称；在艺术表现手法上，大多借鉴宋代工笔花鸟画的技法，用细线勾勒出禽鸟的躯体、翅膀和羽毛，表现细腻华丽，周围多辅以花卉纹。此类铜镜在宋代较为流行，是宋代具有代表性的镜种之一。

图 168 所示为宋代孔雀莲花纹镜。

此镜为圆形，直径 29.6 厘米，重 1380 克，半圆小钮，菊花瓣钮座，凸缘。主纹饰为两只孔雀和两支莲花。两只孔雀在镜钮左右两侧，曲颈前视，口衔花枝，双翼展开，尾屏修长，形象优美；钮座上下方各饰莲花荷叶纹，莲花饱满，荷叶摇曳，花蕊叶脉清晰可辨。左上方和右下方两只蝴蝶翩翩起舞。

整体纹饰造型优美，线条清晰，当属宋代铜镜精品。

图 169 所示为宋代双鸾双花亚字形镜。

此镜为亚字形，边长 15.3 厘米，半圆小钮（残损）。主纹饰为一对美丽的鸾鸟，两鸾鸟隔钮相对，敛翼扬尾，姿态优美。鸾

---

① 《西清续鉴·乙编》，江苏广陵古籍刻印社影印、发行，1992 年 12 月。

图168　北宋孔雀莲花纹镜（上海博物馆藏）

图169　宋代双鸾双花亚字形镜（辽宁省博物馆藏）

图 170　宋代孔雀衔花纹倭角方镜（上海博物馆藏）

头前各饰一株折枝芙蓉花。近缘处一周亚字形连珠纹。宽平缘，上缘留有金代刻款"济南录事司验记官"及花押。款中记载的济南在宋代隶属山东西路济南府，也即今山东省济南市。整个纹饰单线勾勒，鸾鸟造型有唐镜鸾鸟风韵。

图 170 所示为宋代孔雀衔花纹倭角方镜。

此镜为倭角方形，边长 17 厘米，重 700 克，小圆钮，凸缘。主纹饰为一对同向环列、铺满镜背的孔雀图案，孔雀曲颈回首，口衔飘动的花绶，振翅欲飞，华丽的尾屏片片绽放，两只蝴蝶串飞其间。纹饰构图与镜形巧妙呼应，画面热烈绚丽。

四、神仙人物故事镜

宋代神仙人物故事镜主题纹饰表现的题材较为丰富。比如，表现神仙故事题材的有飞仙镜、仙人降妖镜、二仙渡海镜、达摩渡海镜、嫦娥奔月镜、牛郎织女镜；表现人物传说故事题材的有蹴鞠纹镜、许由巢父镜、王质观弈镜、海舶纹镜、龟鹤齐寿人物镜、抚琴人物镜等等。这些众多的神仙人物故事题材，丰富了中国古代铜镜主题纹饰的种类，成为宋代铜镜区别于其他朝代的一大特点。

图 171 所示为宋代蹴鞠纹镜。

此镜直径 10.6 厘米，圆形，半圆钮，钮顶稍平，主纹饰采用高浮雕技法描绘了一幅男女四人共同蹴鞠游戏的场景。

图 171　宋代蹴鞠纹镜（中国国家博物馆藏）

镜钮左侧前面一名女子头梳高髻，束腰宽袖，抬起右脚将球踢起；在该女子对面的镜钮右侧站着一名男子，戴着幞头，身着长服，身体前倾，做好了接球的准备。在踢球女子和接球男子的身后分别站着一女侍和一男侍，在为各自的主人喝彩加油。踢球现场周围饰以假山、流云、草坪等，或为富贵人家的后花园。画面精彩、生动、活泼，充满情趣。

蹴鞠运动最早记载于司马迁《史记·苏秦列传》，在战国时期的齐国就已十分流行，汉唐时期开始兴盛，到了宋代更加普及，这在许多古代文学和艺术作品里都有表现。如宋代画家苏汉臣有画作《宋太祖蹴鞠图》，宋代诗人陆游在《晚春感事》中也有"蹴鞠场边万人看，秋千旗下一春忙"这样的句子。

以蹴鞠运动作为铜镜的主纹饰，在宋代非常流行，目前考古出土的宋代蹴鞠纹镜比较常见，故宫博物院、上海博物馆、湖南省博物馆等重点博物馆均有收藏，纹饰、大小基本相同，应为宋代铜镜固定形制。

图 172 所示为宋代抚琴人物纹镜。

此镜为八出菱花形，直径 13 厘米，半圆钮。镜钮上方树木枝叶茂盛，左侧一人端坐抚琴，右侧一人从门内徐徐走出，下方怪石嶙峋，其外一周双弦纹和祥云纹，菱花形素平缘。

据考证，画面中抚琴者为竹林七贤之一嵇康。嵇康，字叔夜，任职中散大夫，因此又称嵇中散，是魏晋时期著名诗人、思想家，"竹林七贤"中的代表人物，著有《琴赋》传世。相传著名琴曲《广陵散》唯有嵇康善奏，魏元帝景元 3 年（公元 262 年），嵇康遭诬陷，以"乱政"之罪被掌权的大将军司马昭处死。《世说

图 172　宋代抚琴人物纹镜（湖南省博物馆藏）

新语·雅量》记载："嵇中散临刑东市，神气不变。索琴弹之。奏
《广陵》。曲终曰：'昔袁孝尼尝从吾学《广陵散》，吾新固之，《广
陵散》于今绝矣！'"

图 173 所示为宋代许由巢父故事镜。

此镜直径 14.8 厘米，重 490 克，八出菱花形，半圆钮，主纹
饰表现的是古代传说中许由和巢父关于功名对话的故事。

上部近缘处隐约可见峰峦叠嶂，祥云缭绕；中间靠左侧一棵
大树枝繁叶茂；下部山前一条小河，河上一桥，桥左侧一人为许
由，右手抬至耳边，左手托右衣袖，似在洗耳；桥右侧一人为巢
父，右手指向许由，左手牵牛，二人正在问答。

许由和巢父是上古尧帝时期的高士。三国西晋时期皇甫谧

图 173　宋代许由巢父故事镜（上海博物馆藏）

《高士传》中记载："尧让天下于许由，许由不受而逃去，于是遁耕于中岳，颍水之阳，箕山之下。尧又召为九州长，由不欲闻也，洗耳于颍水滨。时其友巢父牵犊欲饮之，见由洗耳。问其故。对曰：'尧欲召我为九州长，恶闻其声，是故洗耳。'巢父曰：'子若处高岸深谷，谁能见之？子故浮游，欲闻求其名声，污吾犊口！'牵犊上流饮之。"许由从此住在深山，隐居终身，死后葬在箕山之巅，箕山因此也叫许由山。由此派生出"饮犊上流""洗耳恭听"两个成语。

宋、金时期，有关许由巢父的故事镜比较流行，国内各大博物馆中多有收藏，纹饰几近相同，形制多为菱花形和圆形，其中，山东青州博物馆藏有一面宋代桃形许由巢父故事镜，该镜为桃形，

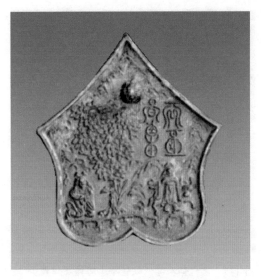

图 174　宋代桃形许由巢父故事镜（青州博物馆藏）

高 20 厘米，宽 18 厘米，龟钮上置，右上饰四字篆书"天丕昌皇"，甚为特殊，参见图 174。

图 175 所示为宋代仙人降妖纹镜。

此镜直径 17.2 厘米，重 970 克，圆形，半圆钮，窄缘。镜钮右侧饰一仙人，长髯高冠，圆目宽鼻，身着对襟宽袖长衫，坐在山石之上，双手抚衣，一腿架起，身后站一戴冠侍童，双手合抱作揖。镜钮左侧一柄巨剑自上而下穿刺妖怪插入土中，妖怪的上半部分为人体，下半部分为蛇身，戴冠，身着对襟衫，一手侧指，一手握刀并扛于肩后，蛇身扭曲向下，蛇尾飘于钮旁。长剑左侧立一兽足鼎，鼎腹下有熊熊烈火在燃烧。镜钮下部海水滔滔。

图 176 所示为宋代煌丕昌天铭海舶纹菱花镜。

图 175　宋代仙人降妖纹镜（上海博物馆藏）

图 176　宋代煌丕昌天铭海舶纹菱花镜（上海博
物馆藏）

此镜直径 16.5 厘米，重 500 克，八出菱花形，平顶圆钮，凸缘。镜背主纹饰为一幅航海图，一艘桅杆高耸的船只在惊涛骇浪中前行，船首、船舱、船尾上的人物形象清晰可辨，船头前有两条龙探出水面，镜钮左侧有鱼儿跃起，右侧有龙头掩映在浪花之中，水波上点缀海藻纹，镜钮上方铸有 4 字铭文"煌丕昌天"，意为上苍保佑，天下兴盛。

煌丕昌天海舶纹镜主要流行于宋代至金代这一时期，反映了中国古代海上丝绸之路对外贸易的繁荣景象，如今在博物馆和民间收藏当中都比较多见。

图 177 所示为宋代达摩渡海纹镜。

此镜为八出菱花形，直径 14.6 厘米，重 400 克，半圆钮，主题纹饰取材于中国佛教禅宗始祖达摩在南朝宋时由印度航海到中国的故事。

在镜钮的右侧，一身披袈裟、手持斗笠形法器的和尚在海上踏浪乘风而行，这个和尚就是达摩。左侧海浪里一片云雾之中隐约可见一座庙宇。镜面地纹满饰水波纹，菱花形素缘。

图 178 所示为宋代楼阁人物故事镜。

此镜为八出菱花形，素缘，直径 18 厘米，半圆钮，钮顶平，主纹饰画面表现了人物、楼阁、小桥流水和大树等景致。

在钮的右上方有一座半露的楼阁，虚掩的门边站立一人。钮的左侧有一棵枝繁叶茂的大树。钮的下方有一拱形桥，桥下流水潺潺；桥的右端有三个人，中间一人端坐，两侧各立一侍者手持宝扇；桥上一人持幡站立，其后稍远处一人弯腰拱手作揖状。

图 177　宋代达摩渡海纹镜（湖南省博物馆藏）

图 178　宋代楼阁人物故事镜（辽宁省博物馆藏）

五、八卦纹镜

八卦纹镜自唐代晚期开始出现，到了宋代，由于道教的兴盛，八卦纹镜十分流行。根据纹饰的不同，宋代八卦纹镜有八卦镜、四神八卦镜、八卦铭文镜、天象八卦镜、十二生肖八卦镜等几种。

八卦纹饰的排列仍是按《易·论卦》的方位排列的。即：乾卦在西北，坤卦在西南，与八卦方位相适应，其他图纹也按严格的方位序列排列。如四神按东青龙、西白虎、南朱雀、北玄武，十二生肖按子鼠北、午马南方位排列。

图 179 所示为宋代八卦纹菱花镜。

此镜直径 16.1 厘米，重 330 克，八出菱花形，小圆钮，花瓣形钮座。主纹饰分内外两区，八角形界栏围成的内区饰六朵三瓣

图 179　宋代八卦纹菱花镜（上海博物馆藏）

花纹，间饰五朵花蕊纹和一"晁"字，界栏栏框内饰花瓣纹，界栏外饰一周八角形连珠纹；外区饰八卦纹，间饰花草纹，其外围一周连珠纹，八瓣菱花缘内装饰卷草纹。镜缘上刻有三字铭，中间一字为"官"，其余两字无法辨认。

图 180 所示为宋代"匪鉴斯镜"铭八卦纹鼎形镜。

此镜为鼎形，高 14.4 厘米，宽 10.6 厘米，重 340 克，无纽。鼎形为圆口、镂空耳、圆腹、短曲足，鼎的外廓凸缘构成镜缘，鼎腹内区饰"匪鉴斯镜"四字铭，其外饰八卦纹。

镜铭"匪鉴斯镜"，当是"以妆尔容，匪鉴斯镜"中的后半部分，为商家标榜铜镜品质的溢美之词，也见于宋代钟形镜。

鼎形镜为宋代出现的新的形制，与同期出现的钟形镜、桃形镜、带柄镜等镜形共同丰富了古代铜镜的造型。

鼎，又称香炉，为炼丹之用，鼎腹内饰八卦纹，这进一步说明道教在宋代的普及和地位的尊崇，此类鼎形镜在国内各大博物馆中多有收藏。

图 181 所示为宋代八卦吉祥铭文镜。

此镜为圆形，素平缘，直径 22 厘米，半圆纽，六边形纽座，纽与镜缘之间用四道凸弦纹分成三个环形区域，内区饰八卦名，中区饰八卦符，外区饰四句十八字篆书铭文："水银呈阴精，百炼得为镜。八卦□□，神永保命。"其意义在于避邪除妖，祈求平安。

图 182 所示为宋代十字花八卦纹镜。

此镜圆形，直径 21.3 厘米，重 758 克，小圆纽，双圈连珠纹纽座，宽素缘。主纹饰分内外二区，内区为两层双线（连珠纹和

图 180　宋代"匪鉴斯镜"铭八
卦纹鼎形镜（上海博物馆藏）

图 181　宋代八卦吉祥铭文镜
（西安博物院藏）

图 182　宋代十字花八卦纹镜
（上海博物馆藏）

细弦纹）方框围成，内层方框内饰点纹，外层方框内饰连枝纹，内区环绕镜钮一周饰八卦纹，每卦之间用短线相隔，四角饰四只蝴蝶。外区满饰十字花纹，中间点缀花蕊纹。

十字花纹，又称连钱纹，由四花瓣构成，是宋、元时期铜镜上流行的一种纹饰。

六、商标铭文镜

镜背中出现商标铭文，是宋代铜镜的一大创造，直接反映了宋代手工业和商品经济的发展水平。

宋代铜镜中的商标铭文常常在镜钮的一侧或两侧以长条格的形式出现，就其内容而言，多为反映铸镜的地区、店铺、字号和工匠姓氏等内容。

根据出土和馆藏的宋代商标铭文镜资料，可以按铭文反映的不同的铸镜地区，将商标铭文镜分为湖州镜、建康镜、成都镜、杭州镜、吉州镜、饶州镜等几种，其中以湖州镜存世最多，也最为出名。

在形制上，镜背大多为素面，小钮，无钮座，常见有菱花形、葵花形、方形、桃形、带柄形等镜形。

从流行的时期和地域来看，宋代商标铭文镜自北宋晚期开始出现，至南宋时期最为盛行。流行的区域集中在长江以南地区，这与南宋建都临安，政治、经济和文化中心南移直接相关。

图 183 所示为宋代饶州叶家商标铭桃形镜。

此镜为桃形，高 10.2 厘米，重 152 克，小圆钮，素地，镜钮右侧饰一长方形印记，内铸二纵行铭文："饶州叶家久炼青铜照

图 183　宋代饶州叶家商标铭桃形镜（北京故宫博物院藏）

子"10字，桃形凸缘。

古代饶州，以鄱阳为治所，包含现今江西省上饶市、景德镇市、鹰潭市等地区，是宋代仅次于浙江湖州的又一铸镜中心，拥有叶家、周家、许家等多家铸镜商号，其中以叶家和周家最为出名。常见商标镜铭有"饶州叶家久炼青铜照子""饶州上巷周家久炼青铜照子""饶州朝天门里周二家炼铜照子""饶州大棚许家久炼青铜照子"等等，此镜即为饶州叶家所制。

至于宋代商标铭文镜中多称铜镜为"照子"，究其原因主要是避讳。宋代开国皇帝赵匡胤之祖名赵敬，为避讳谐音，北宋诏令全国讳"敬"之同音字"镜"为"照"。自此宋人皆称铜镜为"照子"。但是有的却为何又直称"镜"？据史书记载，在南宋绍兴三十二年（公元 1162 年），高宗赵构下诏不再讳"敬"，到了绍熙元年（公元 1190 年），光宗赵惇又诏令讳"敬"字。这也就是在宋代商标铭文镜中常常看到"照""镜"不同称谓的历史背景。据此也可以断定，宋代镜铭中凡称"镜"者应为 1162—1190 年的制品。

图 184 为宋代"湖州真石念二郎家照子"铭葵花镜。

此面宋代湖州石家镜，六瓣葵花形，小钮，镜背素地，葵花形素缘。在镜钮右侧一长方形框内铸 10 字楷书商标铭："湖州真石念二郎家照子"，由此可知此镜为南宋时期湖州铸镜世家石家出品，铸镜的匠人在家族中排行第廿二，制镜作坊地点、姓氏一目了然。

湖州镜泛指宋代产自湖州地区的商标铭文镜，由于特殊的地理位置和较发达的经济基础，湖州成为宋代铜镜制作和销售的中心，制镜商号众多。其中一少部分为地方官局监造，大部分为民间手工作坊制造，较为著名的有石家、薛家、方家、陆家等制镜作坊，就考古、馆藏以及民间收藏来看，又以石家制镜最多。如此面铜镜刻铸的"湖州石家久炼青铜照子"，另有"湖州真正石家无比铜照子""湖州南庙前街西石家念二叔真青铜照子记""湖州仪凤桥石家真正一色青铜镜"等等，此处不一赘述。

图 185 所示为宋代湖州符家商标铭镜。

此面宋代湖州符家商标铭镜，直径 17.2 厘米，重 587 克，六出葵花形，小圆钮，镜背素地，葵花形凸缘。在镜钮左侧饰一长方形印记，内有两行商标铭文"湖州符十真炼铜照子记"，10 字；右侧饰一长方形印记，内铸一行铭文"每量一百文"，5 字。

图 184　宋代"湖州真石念二郎家照子"铭
葵花镜（武汉博物馆藏）

图 185　宋代湖州符家商标铭镜（北京故宫
博物院藏）

七、吉语铭文镜

宋代吉语铭文镜与商标铭文镜的区别在于铭文内容的不同，在于其反映的多是福禄寿喜、吉祥平安、幸福和美等内容，表现了人们对美好生活的期盼和向往。镜背纹饰以铭文为主，常常分内外区，字体大多为篆书，排列方式有环绕和竖直两种，此类铜镜主要流行于南宋时期。

图 186 所示为宋代"大宋绍兴"铭文镜。

此面宋代"大宋绍兴"铭文镜圆形，直径 20.2 厘米，重 900克，半圆钮，凸缘。钮外饰一周铭文："大宋绍兴甲子岁正月丙寅甲子日造"。"大宋绍兴甲子岁"即南宋第一个皇帝高宗赵构第二个年号绍兴十四年（公元 1144 年）。

主纹饰区饰一周组合铭文，两字一组，共八组十六字，自右侧中间环绕排列，顺时针读作"太明，阴精，元辅，仁仪，运珠，伯史，天英，幽窕"。其中"阴精"为月，"元辅"意为天子之辅佐，"天英"为星名，这些铭文多与道教信仰有关。

宋朝历代帝王承袭了唐朝在思想上对儒释道各种思想兼容并蓄的态度和对道教崇奉扶持的政策，其中真宗、徽宗尤其崇道，使得道教在宋代十分兴盛，此镜正是这一历史面貌的反映。

图 187 所示为宋代"人有十口"铭虎纹镜。

此镜为八出葵花形，直径 15 厘米，半圆钮，主纹饰由三部分组成：镜钮下方饰一猛虎，虎目圆睁，虎口大张，胡须恣肆，虎尾直立，四足抓地欲腾起，全身饰满虎纹；镜钮左侧饰三株草叶纹；镜钮上部饰一长方形印章式方框，内有四列 12 字铭文："人

图186 宋代"大宋绍兴"铭文镜(上海博物馆藏)

图187 宋代"人有十口"铭虎纹镜(湖南省博
物馆藏)

图 188 宋代"视尔前虑尔后"铭钟形镜（上
海博物馆藏）

有十口，前牛无头角，后牛有口走。"

此铭文应为一谜语谜面，打一三字词，谜底为"甲午造"。

图 188 所示为宋代"视尔前虑尔后"铭钟形镜。

此镜为钟形，高 20.8 厘米，宽 14.7 厘米，重 1010 克，顶端
长方形镂空钮，凸缘。镜背中间饰一鼎形炉和火焰形宝珠纹，两
侧各有一剑，如意形剑首，剑柄带圆环，剑身饰云纹，两侧各饰
三字，连读作"视尔前，虑尔后"。

钟形镜是宋代出现的一种新的铜镜形制，自宋代开始较为流
行，国内出土和馆藏的钟形镜比较多见。

此镜铭"视尔前，虑尔后"一语，出自西汉晚期礼学家戴德
（世称大戴）的《大戴礼记·武王践阼》："鉴之铭曰，见尔前，虑

图 189　宋代吉祥诗文手柄镜

尔后。""视尔前，虑尔后"也是宋代较为流行的镜铭。宋代钟形镜还有一种常见的镜铭为："匪鉴斯镜，以妆尔容。"

图 189 所示为中国嘉德拍卖公司 2008 年春季拍卖会上推出的第 4554 号拍品：宋代吉祥诗文手柄镜。

此镜长 23.4 厘米，重 527 克，圆形有柄，镜体纹饰分为内外两区，内区饰五言八句 40 字铭文："团团青鸾镜，莫将明月比。明月有时缺，此镜长如此。将镜比佳人，佳人隔千里。谁知团团心，却与月相似。"字体清晰秀丽，寄情于镜；外区纹饰与诗文相呼应，四只青鸾飞翔于花卉之间，表达了镜主人对爱人的浓浓思念之情。

第七章　辽金时期铜镜

辽代和金代作为统治中国北方地区的朝代，与中原地区五代十国和两宋处于同一历史时期。这段历史有过南北对峙，分立各治；有过战争侵扰，政权更替。但就文化艺术而言，南北交融，相互渗透，形成了我国历史上相对较为繁荣的一个重要时期。反映在铜镜艺术上，辽金时期的铜镜，既吸收了中原地区先进的艺术手法和铸造工艺，又融合了北方民族的文化传统，形成了自身鲜明而独特的风格，得以在中国古代铜镜史上独树一帜，自成一体，具有重要地位。

第一节　辽金铜镜的基本特征

辽金时期铜镜由于时代的特殊性，既显示出晚唐遗风，又融入了同时代中原地区的文化，同时又保留了北方游牧民族自身的传统，从而形成了辽金时期特有的铜镜特征。

就纹饰内容而言，辽金铜镜深受北宋、南宋文化的影响，既有继承又有发展。比如，花鸟类纹饰中的荷花纹、菊花纹、十字花纹（连钱纹）等化卉纹以及鸾凤、喜鹊、飞雁、蜜蜂、蝴蝶等各种禽鸟纹；人物故事类纹饰中的柳毅传书、吴牛喘月、八仙过海等题材；又比如园林山水、春宫内容的出现，都反映了辽金时期铜镜纹饰内容的丰富多彩。尤其是独特的双鱼纹饰，更是辽金铜镜纹饰中的重要代表。

就形制而言，辽金铜镜除了传统的圆形、亚字形、菱花形、葵花形之外，又创新了八角形、炉形、钟形、花瓶形、心形等镜形，其中鼎形、炉形、花瓶形等镜形在中国古代铜镜中仅为辽金时代所特有。辽金铜镜的镜钮多为半圆钮，顶部稍尖、稍平；镜缘较厚，多为素缘。铸造工艺以浮雕技法为主，并且为了适应辽金铜镜材质配比的变化，还出现了独特的"雕工镜"技法，这在双鱼纹镜中得到了充分体现。

第二节　辽金铜镜的种类

辽金铜镜的种类按镜形分类，主要有圆形镜、方形镜、亚字形镜、菱花形镜、葵花形镜、八角形镜、鼎形镜、炉形镜、钟形镜、花瓶形镜、桃形镜、心形镜等若干种。

按主纹饰划分，主要有花卉纹镜、花鸟纹镜、双鱼纹镜、龙凤纹镜、人物故事镜、宗教题材镜、契丹文镜等几种。

下面仍以主纹饰分类，结合不同的镜形加以论述。

一、花卉纹镜

辽金时期的花卉纹镜，其主纹饰多以牡丹、荷花、桃花等图案为主，采用写实手法加以表现，纹饰清新流畅，造型美观。其中最具特色的当属荷叶纹镜和十字花纹镜（又称连钱纹镜）。

花卉纹镜主要流行于辽代。

图 190 所示为辽代莲花纹镜。

此镜为圆形，直径 13.1 厘米，重 180 克，桥钮，凸缘。主纹饰以镜钮为中心，向外放射出蜿蜒线条，组成十四瓣荷叶纹，叶尖内凹。其外为细密的弧形线条组成的圈纹，线条顶端饰点珠，恰似绽放的荷花花蕊，再外饰一周连续的莲瓣纹。

此镜的纹饰由平地凸线构成，造型幽雅清新，简洁明快，宛如一幅工笔画。

据考证，莲花镜始于辽代中期，流行于辽代晚期。辽宁省博物馆藏有多面辽代荷叶纹镜。

图 191 所示为辽代转轮菊花纹镜。

此镜直径 9.85 厘米，扁平小圆钮，以钮为中心向外发散 S 形菊瓣，共二十瓣，其中左下一花瓣上刻"济州录事完颜"及花押。

此镜整个镜形为一朵完整的菊花造型，动感十足，简洁明快，美观大方，可谓匠心独运。

图 192 所示为金代"东平府"铭莲荷纹镜。

此镜为六出葵花形，直径 15.8 厘米，小圆钮，菊花纹圆钮座。主纹饰为莲蓬、菱花、荷叶构成的莲荷图，莲蓬、菱花和荷叶均成双成对，对称布置，主纹饰外饰一周细弦纹。葵花形宽素缘，下方

图190　辽代莲花纹镜（上海博物馆藏）

图191　辽代转轮菊花纹镜（辽宁省博物馆藏）

图192　金代"东平府"铭莲荷纹镜（徐州博物馆藏）

葵花缘上刀刻一行铭文："东平府录事司官"，文后有一画押。

东平府在金代隶属山东西路，下辖徐州、济州、邳州、滕州、博州、兖州、曹州和泰安州。此镜出土于徐州，应为金代东平府监制赠予徐州地方官的一件高档用品。

图 193 所示为辽代十字花纹方镜。

此镜为方形，边长 20.3 厘米，重 960 克，桥钮，莲瓣形钮座，钮座外饰连珠纹方框，宽素缘。主纹饰为十字花纹，又称连钱纹。十字花纹由四瓣花瓣组成，中间有一圆珠纹，花瓣相交又构成圆形图案，空白处填九个点珠纹。

十字花纹的设计想象丰富，构思巧妙，初看是圆，再看是方，又是十字花，也像古铜钱，变化无穷，但又排列有序，不紊不乱，极富艺术表现力，是辽镜中最有特色的纹饰。

辽代十字花镜在辽宁省和内蒙古赤峰市多有出土。

图 194 所示为金代"泰和五年"款折枝牡丹花纹镜。

此面金代"泰和五年"款折枝牡丹花纹镜，直径 18 厘米，重 500 克，圆形，桥形钮，花瓣钮座。主纹饰为同向环绕布置的四束折枝牡丹花，其外饰一周连珠纹、一周波折纹和一周缠枝花纹。菱花形内缘，缘上有两处检验刻记，下边一处为"泰和五年录事官（画押）"，上边一处为"徐州录事司验记官（画押）"。

"泰和"为金章宗完颜璟的年号，"泰和五年"即公元 1205 年。徐州金代属山东西路，录事司为官署名。

有官府检验刻记是金代铜镜的一大特点。金代战争频繁，铜禁极严，《金史》记载，金正隆二年（公元 1157 年），朝廷明令禁止民间私铸铜器："私铸铜器，法当徒。"由于铜镜为日常生活用

图 193　辽代十字花纹方镜（上海博物馆藏）

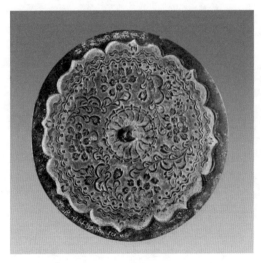

图 194　金代"泰和五年"款折枝牡丹花纹镜
（上海博物馆藏）

品，需求量大，熔钱铸镜可获厚利，因此私铸之风屡禁不止。为此，官府要求私铸铜镜要经过官府检验，并加刻边款和花押方可流通。此镜有两处边款和画押，可能经过官府两次检验，可见当时查验之严。

二、花鸟纹镜

辽金花鸟纹镜的主纹饰主要表现两个主题，其一是受唐代文化的影响，主要表现凤和鹤等吉祥图案；其二是将现实生活中常见的花鸟入景入画，充满北方民族生活情趣。表现手法多采用线雕和浮雕法。

图 195 所示为金代"共城"款凤鸟花草纹镜。

此镜为八出菱花形，直径 13.6 厘米，重 201 克，小圆钮。在

图 195　金代"共城"款凤鸟花草纹镜（北京故宫博物院藏）

图 196　辽代鹦鹉镜

主纹饰区，沿镜钮一周饰十二叶纹，镜钮上部一只凤鸟展翅飞翔，下方一潭池水碧波荡漾，左右各饰 5 枝芦苇，共 10 枝。主纹饰外一周凸弦纹和一周花瓣纹。镜缘为菱花形凸缘，缘上有刻款"共城官"三字。据考证，共城在今北京密云东北。

图 196 所示为中国嘉德拍卖公司 2009 年春季拍卖会上推出的第 4872 号拍品：辽代鹦鹉镜。

此镜为圆形，直径 21.3 厘米，重 546 克，小圆钮，两层八瓣花钮座，三只鹦鹉羽毛丰满，围绕镜钮展翅飞舞，其外一周连珠纹，宽素缘。

三、双鱼纹镜

双鱼纹镜是辽金时期具有代表性的镜种之一，主要流行于金代。金代是中国历史上由女真族建立的封建王朝，女真族世居松花江流域，世代从事渔猎。鱼与女真族的生活密切相关，是其崇拜的图腾之一，因而在金代的铜镜中，常以鲤鱼作为主纹饰，这体现了女真族的传统文化和精神寄托。

金兵入侵中原后，双鱼纹镜在中原地区得以广泛流行，这也反映了女真族与汉民族文化的相融、相通，寄托了人们对多子多孙、连年有余、生活富足的美好期望。

金代双鱼纹镜形制多为圆形，圆钮，主纹饰为两条鲤鱼旋转对置，周围满饰水波纹。其制作技法采用浮雕法和雕工法，鲤鱼造型优美，刻画逼真，栩栩如生，独具特色。

图 197 所示为金代双鲤纹镜。

此镜为圆形，直径 20.1 厘米，重 1630 克，圆钮，莲花形钮座，宽素平缘。主纹饰为双鲤纹，水波纹地。一对鲤鱼全身鳞片闪烁，体形饱满，鳍尾摆动，翻腾于波涛和飞溅的浪花中，动感十足。此镜纹饰运用浮雕手法，鱼鳞采用雕工法，鱼身造型优美，细部精致逼真，水波纹线条刻画峻峭，尽显金代高超的铜镜制作技艺。

图 198 所示为金代双鱼纹镜。

此镜为圆形，直径 36.7 厘米，重 4300 克，半圆钮，镜背满饰波浪起伏的细腻水波纹，水间点缀荷花与荷叶，两条鲤鱼体形肥硕，长须飘逸，张口摆尾，环游嬉戏，神形兼备，生动活泼。外区装点一周水草纹带，宽素缘。

此镜 1964 年于黑龙江阿城金上京会宁府遗址出土，尺寸少见，做工精湛，是金代鱼纹镜中的精品之一，也是中国古代屈指可数的大尺寸铜镜之一。

图 197　金代双鲤纹镜（上海博物馆藏）

图 198　金代双鱼纹镜（中国国家博物馆藏）

图 199　金代摩羯鱼纹镜（甘肃省博物馆藏）

图 199 所示为金代摩羯鱼纹镜。

此镜圆形，直径 23.7 厘米，半圆钮。主纹饰为相互环绕的两条摩羯鱼，头前各有一系带飘曳的宝珠。鱼为龙首鲤鱼身，曲体长尾，胸鳍幻化成翼，鱼鳍、鱼鳞、鱼尾纹饰清晰细腻，刻画极为生动。地纹为精致的水波纹。左侧摩羯鱼侧身处铸有铭文和画押："陕西西路监造使。"

摩羯是佛教故事中的神鱼，被看作是如来的化身。带翼的龙头鱼身纹是金代铜镜流行的纹样。此镜 1999 年在甘肃省定西市临洮县北乡麻家坟出土，为女真金国所铸。在辽金时期，有如此纹饰清晰且有铸造铭文的铜镜较为罕见，此镜属国家一级文物。

四、龙凤纹镜

辽金时期的龙凤纹镜既受到唐代铜镜制作工艺的影响，又直接受到同时期宋代中原文化的影响，龙纹镜多采用双龙造型（也见单龙纹），凤纹镜多采用双凤形象（也见四凤纹），铸造技法采用浅浮雕工艺，龙的威武、凤的飘逸，都得到了很好的表现。

图 200 所示为金代双龙纹镜。

此镜为圆形，直径 16.5 厘米，重 570 克，半圆钮，宽缘。镜背环钮采用高浮雕技法饰两条飞龙，两龙首尾相接，一曲背，一躬身，昂首张口，龙须飘逸，身披鳞甲，珠脊凸起，四肢三爪，长尾弯曲，线条简练粗犷，造型刚劲威猛。上部镜缘处刻有"高平县验记官（画押）"的检验刻记和画押。

图 201 所示为辽代龙纹镜。

此镜为圆形，宽素缘，直径 28 厘米，半圆钮，一条蟠龙布满整个镜背，龙首昂扬，双角耸立，张口吞珠（钮），龙爪矫健有力，尾部与一后脚缠绕纠结，龙体蜿蜒盘旋，鳞甲层叠分明。龙的造型与唐代龙纹镜相似，但龙体稍显肥硕，表现了契丹文化中的龙纹艺术形象。

此镜尺寸较大，龙体刻画生动，浮雕及铸造工艺精湛，应为辽代贵族用品，1992 年于内蒙古自治区赤峰市阿鲁科尔沁旗耶律羽之墓出土。

图 202 所示为辽代"乾统七年"铭四凤纹镜。

此镜为圆形，直径 19 厘米，重 650 克，半圆钮，无钮座。钮左右两侧著"乾统七年"四字，钮上方刀刻"都右院官押"字样，

图 200　金代双龙纹镜（上海博物馆藏）

图 201　辽代龙纹镜（内蒙古自治区文物考古研究所藏）

图 202　辽代"乾统七年"铭四凤纹镜（中国国家博物馆藏）

图 203　辽代双凤纹镜

对应钮的四方饰四朵如意形祥云，主纹饰区饰四只飞翔的凤凰，外围一周联珠纹，上卷缘。

"乾统"是辽代天祚帝耶律延喜年号，乾统七年即公元 1107年，"都右院官押"题款说明此镜由辽官府督造。

图 203 为中国嘉德拍卖公司 2010 年秋季拍卖会上推出的第6899 号拍品：辽代双凤纹镜。

此镜为圆形，直径 25.5 厘米，重 760 克，小圆钮，花瓣纹钮座，主纹饰为用线条勾勒出的一对凤凰。凤凰线条流畅，体态优美，口衔花枝，首尾相接，尾羽拖弋，环钮飞舞。地纹曾采用填漆工艺，局部有明显的填漆残迹，绘画风格和工艺特点十分鲜明。

五、人物故事纹镜

辽金两朝的统治者深受中原文化的影响，汉化很深。在其统治中原时期，文化互通，习俗交融，一些中原地区的古代人物典故依然广为流传。这在辽金铜镜纹饰题材上也能得到印证。

辽金人物故事镜主要有两大类：一类是写实性人物故事纹镜，以出游、观景、渔猎、耕作、嬉戏等现实生活为题材，以风景表现为主，人物比例较小；另一类是历史传说故事镜，诸如柳毅传书、王质观棋、吴牛喘月、许由巢父等等，其特点是突出对人物的刻画，人物形象在铜镜纹饰构图中比例较大。

图 204 所示为金代"昌平县"款山水人物故事镜。

此镜为八出菱花形，直径 17.2 厘米，重 695 克，半圆钮，菱花形凸缘。镜钮左侧饰一参天大树，周围山峦相连，树下小桥流水，桥的左端一长者手抱一小孩，似乎在迎接桥对面走来的三个年轻人；镜钮右侧饰一飞檐楼阁，楼前一老者端坐，两侧侍童持伞站立，前面可见两个孩童在玩耍。在镜钮左侧有一刻记花押："昌平县验记官（画押）"。

图 205 为金代柳毅传书故事镜。

此镜圆形，直径 10 厘米，重 100 克，圆钮，钮顶稍平。镜钮左上侧有一棵大树，树下站一对男女，双方拱手见礼；镜钮右侧一书童牵马站立等待，下方羊群悠闲、绿草茵茵。整个画面，人物清晰，神态生动，一幅田园景致。

柳毅传书故事题材取自唐代李朝威的传奇故事《柳毅传》。柳毅，唐朝人，唐高宗仪凤年间赶考未中，回家路上行至洞庭湖畔，遇见洞庭湖龙君的小女儿三娘在泾河边上牧羊，龙女向其诉说嫁给泾河小龙后惨遭虐待的不幸婚姻，并对柳毅说："我是洞庭君的女儿，拜托你带封信给我父亲。"数年后，洞庭女隐姓埋名嫁与柳

图 204　金代"昌平"县款山水人物故事镜
（北京故宫博物院藏）

图 205　金代柳毅传书故事镜（中国国家博
物馆藏）

毅，以报答柳毅解难之恩。镜背画面表现的就是柳毅答应帮她传递书信的场景。

以柳毅传书故事为铜镜纹饰题材，在辽金时期广为流行，相关铜镜在国内各大博物馆均有收藏。此镜 1964 年于黑龙江阿城金上京会宁府遗址出土。

图 206 所示为金代王质观棋菱花镜。

此镜为八出菱花形，直径 11.7 厘米，重 190 克，半圆钮，菱花形窄缘。主纹饰为一幅王质观棋图。镜钮的左上方有两个人盘坐对弈，中间一人手握扁担在观棋；镜钮右侧有一株参天大树，树后远处山峦起伏，树下一条小河流过，河岸左右各有两位童子，身着短衫，手持宝物，谈笑并行。中间手握扁担观棋者为樵夫王质。

此镜主纹饰取材于古代樵夫王质打柴误入仙境观棋的故事。

图206　金代王质观棋菱花镜（徐州博物馆藏）

西晋樵夫王质遇仙"观弈烂柯"是流传在浙江衢州的民间传说，最早记载于南朝梁任昉《述异记》："信安郡石室山。晋时王质伐木至，见童子棋而歌，质因听之。童子与一物与质，如枣核，质含之不觉饥，俄顷童子谓曰：'何不去？'质起视，斧柯烂尽，既归，无复时人。"此即成语"观棋烂柯"的来历。信安郡即古代浙江衢州，石室山因之被后人改称烂柯山，而"烂柯"也被古人作为围棋的别称。

唐代诗人孟郊在《烂柯山石桥》诗中有"樵客返归路，斧柯烂从风，唯余石桥在，犹自凌丹红"的诗句，说的也是这个故事。

上海博物馆也藏有一面与此镜同版同模的金代王质观棋菱花镜。

图 207 所示为金代"承安五年"铭吴牛喘月镜。

此镜为圆形，直径 12.4 厘米，重 313 克，半圆钮，宽平缘。

图 207　金代"承安五年"铭吴牛喘月镜
（上海博物馆藏）

主纹饰取材于吴牛喘月的传说。镜钮左右两侧波浪起伏，上部饰一轮弯月，如意云纹和星象纹散布在周围；下部一头水牛卧在岸边，回首望月，呼呼喘气。其外一周铭文带，隶书21字和两个画押："承安五年陕西东路监造官录判王（画押）提控转运副使赵（画押）"。"承安"，为金章宗完颜璟第二个年号，"承安五年"，即公元1200年。

吴牛喘月的传说，出自南朝宋刘义庆的《世说新语·言语》："满奋畏风，在晋武帝坐；北窗作琉璃屏，实密似疏，奋有难色。帝笑之，奋答曰：'臣犹吴牛见月而喘。'"后演变为成语故事，说的是吴地水牛见到月亮以为是太阳，因惧怕太阳曝晒而喘息不止。比喻害怕类似的东西，亦指炎热的暑天。唐代大诗人李白在《丁都护歌》一诗中有"吴牛喘月时，拖船一何苦"之句，感叹船工之苦。

以吴牛喘月为题材的铜镜在金代较为流行，中国国家博物馆藏有一面相同纹饰的承安二年镜，北京故宫博物院藏有一面承安三年镜。西安博物院和辽宁博物馆均藏有吴牛喘月题材的铜镜。

图208所示为金代犀牛望月镜。

此镜为圆形，直径18厘米，半圆钮，宽素缘。主纹饰为充满镜背的波涛汹涌的大海，其上空一轮明月当空，六颗星斗和一朵祥云相伴；下方海岸边，一头犀牛俯卧，昂首仰望天空中的明月，表现了犀牛望月的传说故事。右边缘上刻有铭文"陕西东路铸镜所官"，铭后有一花押，清楚地表明了此镜为金代陕西东路官府所铸。

图208 金代犀牛望月镜（西安博物院藏）

六、宗教题材镜

辽代契丹族和金代女真族以佛教为尊，统治中原后，又深受道教的影响，宗教题材自然成为铜镜艺术的重要表现内容。

图209所示为金代达摩渡海菱花镜。

此镜为八出菱花形，直径12.2厘米，重260克，平顶半圆钮，菱花形凸缘。主纹饰表现的是达摩渡海的情景。镜背上布满海水纹，波涛汹涌，海浪翻卷。右侧高僧达摩身披袈裟，手持斗笠，足踏一叶小舟在海浪中艰难前行。左下方有一龙首探出海面，口吐云雾徐徐上升，托起一座庙宇。下方一鱼跃出水面。纹饰中有两处刻记花押，一处在达摩手持斗笠上，为"美原官（画押）"；另一处在镜钮左上侧，为"美原官"。

达摩，又称初祖达摩或初祖菩提达摩，是佛教禅宗的始祖，

图 209　金代达摩渡海菱花镜（上海博物馆藏）

南天竺（印度）人，南朝宋时渡海来到广州，后住嵩山少林寺，面壁九年，后遇慧可禅师，授以《楞伽经》四卷及其心法，于是禅宗得以流传。金代尊崇佛教禅宗，达摩题材的铜镜较为流行。

图 210 所示为金代仙人纹长柄镜。

此镜为圆形，有柄，无钮。通长 23.9 厘米，重 675 克，镜背正中一仙人端坐在参天大树之下，发髻高束，身着长袍，双手放于膝上，有背光，身旁一侍童持幢站立。仙人面前仙鹤飞翔，神龟匍匐，山峦起伏，一轮太阳升上树梢。其外饰弦纹二周，近缘处饰连续云纹圈带和一周弦纹，凸缘。

图 211 所示为辽代迦陵频伽纹镜。

此镜为圆形，宽素缘，直径 22.8 厘米，半圆钮，无钮座。主纹饰为两只展翅飞翔的迦陵频伽鸟。伽陵频伽鸟人头凤身，头戴

图 210　金代仙人纹长柄镜（北京故宫博物院藏）

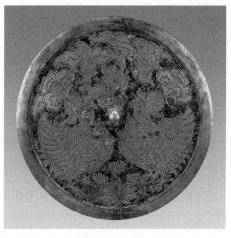

图211　辽代迦陵频伽纹镜（辽宁省博物馆藏）

如意宝冠，手捧鲜花，隔钮相对，身旁漫天飞舞着宝相花、莲花、灵芝等各种花卉。整体纹饰采用线雕工艺，纹饰空隙处填涂黑漆，与镜背地子形成对比，突显主纹饰华丽生动。

迦陵频伽为梵语，是指佛教中的一种神鸟，其声美妙动听，婉转如歌，在佛经中译作"妙音鸟"。小乘佛典《正法念经》中记载："山谷旷野，其中多有迦陵频伽，出妙音声。如是美音，若天若人，紧那罗等无所及音，唯除如来言声。"迦陵频伽常见于佛教雕刻，常作人首鸟身形象。辽代以此纹饰入镜，足见契丹人对佛教的崇信程度。

七、契丹文镜

契丹文是辽代契丹人为记录契丹语而参照汉字创制的文字，为契丹族建立的辽国官方文字。金灭辽后，契丹文被女真人所使用，并在此基础上创造了女真文。金章宗明昌二年（公元1191年），契丹文被诏令废止使用。由于契丹文使用范围很小，加之辽金灭亡后大量文献失传，这种文字便在历史的发展中逐渐消失了。直到20世纪20年代，经考古学家发掘，契丹文方才重见天日。但因为很少有人能识读，因此契丹文也被称为"神秘的文字"。

图212所示为辽代契丹文镜。

此镜为八角形，直径26.2厘米，半圆钮，主纹饰为一双线方框，内铸五行契丹文，每行用界格分开，铭文由左至右识读。经原中国辽金契丹女真史学会会长、我国著名辽金史专家陈述先生鉴定，这面铜镜为辽代契丹文铜镜。经他对镜铭的识读，它们由左至右依此为："时不再来，命数由天；逝矣年华，红颜白发；超

图 212　辽代契丹文镜（吉林省博物馆藏）

脱纲尘，天相吉人。"铭文方框四周饰卷草纹，镜边刻汉文"济州录事完颜通"七字。

　　金代济州原为辽代黄龙府，现吉林省农安县。"录事"为金代掌管文书的官职。此镜应为辽代旧物，后传到了金代济州录事完颜通手里。

　　此镜1971年6月于吉林省大安县红岗子公社金代遗址中出土，是目前我国发现的仅有的几面契丹文铜镜中镜面最大、文字最多的一面，对于有关辽代契丹族文化、社会、思想的研究具有重要的学术价值。

第八章　元代铜镜

　　元朝的建立，结束了三百多年分裂割据的局面，实现了中国历史上空前未有的民族大融合，也是中国历史上首次由少数民族统治的大一统王朝。

　　出于统治的需要，元朝在思想上采取开放政策，兼收并蓄，佛以治心，儒以治国，三教九流，莫不崇奉。在文化上推行多元化，尊重和鼓励各民族文化交流和融合，中华文化艺术因此得到了进一步的继承和发展。

　　作为日常生活重要用具，在趋向实用性的基础上，元代的铜镜也比较注重纹饰内容的多样性和艺术性。就形制、纹饰内容以及制作技法而言，元代铜镜可以说是宋代铜镜和辽金铜镜的继续和延伸。

第一节　元代铜镜的基本特征

在形制上，元代铜镜基本保存了宋代铜镜流行的形制，但式样较少，主要有圆形、菱花形、葵花形及带柄镜，不像辽金铜镜那样丰富多彩。镜钮多为半圆钮，比宋金镜钮稍大，有的有钮座，有的无钮座。有钮座的多是圆形和花瓣形钮座。镜缘较宽厚，多素缘。镜体尺寸比宋金镜要大，且厚重，材质上铅锌比重加大，呈现黄铜质地，略显粗糙。制作技法多为浅浮雕，工艺上略欠精致。

第二节　元代铜镜的种类

由于元代在入主中原以前长期和两宋、辽金并存，因而，元代铜镜基本延续了宋金时期铜镜纹饰的题材和内容，主要有花鸟纹镜、神仙人物故事镜、双龙镜、铭文镜等种类。此时，在神仙人物故事镜中出现了洛神镜、对弈镜等新的题材镜种，可以说这是元代铜镜的亮点。

一、花鸟纹镜

元代花鸟纹镜的主纹饰主要以牡丹纹为主，采用缠枝花或宝相花形式。有的突出花枝，饰几朵同形牡丹，舒苞吐蕊，枝蔓相连；有的突出禽鸟形象，间杂花枝。圆形居多，镜缘多宽厚。

图213所示为元代牡丹凤凰纹镜。

图 213　元代牡丹凤凰纹镜（北京故宫博物院藏）

此镜为圆形，直径 27.7 厘米，重 2489 克，半圆钮，花瓣形钮座。一周凸弦纹将镜背分为内外二区，内区为五瑞兽同向绕钮奔跑，五兽之间用花卉纹相间。外区为四只同向飞舞的凤凰，四凤纹饰清晰，凤头向前，凤尾自然舒展，四凤之间各饰两朵牡丹花及花叶。

镜缘为宽素缘，近缘处饰一周较为少见的十四瓣菱花纹和祥云纹。

图 214 为中国嘉德拍卖公司 2008 年秋季拍卖会上推出的第 4330 号拍品：元代缠枝花卉镜。

此镜为圆形，宽素缘，直径 35.6 厘米，重 4690 克，平顶圆钮，钮顶饰一朵旋转花卉纹，以镜钮为中心向四方伸出花蔓。四朵牡丹花富贵多姿，花瓣层叠，主次分明。四朵牡丹花卉纹之外

图 214　元代缠枝花卉镜

有八组叶蔓纹，每两组叶蔓纹对应一朵花卉纹。整体布局饱满，纹饰装饰性强，设计考究，颇有晚唐以来流行的装饰风味。

二、神仙人物故事镜

元代神仙人物故事镜，其主纹饰题材与宋辽金相比，生活气息相对浓厚。镜形主要是圆形、菱花形等形制，有的带柄。

图 215 所示为元代唐王游月宫鎏金菱花镜。

此镜为八出菱花形，直径 18.7 厘米，半圆钮，主纹饰为唐王游月宫图。镜背右侧饰一株桂树，枝繁叶茂、树干虬曲。远处山峦掩映其间，层层叠叠、影影绰绰。树下有一长拱桥，桥下流水潺潺，桥左侧立一男子（应为唐明皇），戴高冠帽，身穿长袍，弯腰向桥上为他引路的侍女拱手作揖，举止恭敬。侍女梳高发髻，

图 215　元代唐王游月宫鎏金菱花镜
（宁夏回族自治区博物馆藏）

左手朝左展开，似在迎接。桥中有一捣药玉兔，其后为一蟾蜍，
拱桥的尽头为一女主人和侍女二人，女主人（应为嫦娥）袍服盛
装、袖手坐定，似有所等待；另有二人各执一物分立其两侧。右
上方饰宫殿一角，其鸱吻、脊兽、斗拱、门廊、门钉均刻画得细
致入微。正门半开，一侍女探出半个身子向外张望。

　　唐王游月宫的故事，《唐逸史》《龙城录》等均有记载。唐开
元年间，中秋之夜，玄宗在宫中赏月，突发游览月宫之念。遂召
法师做法，漫游月宫。只见琼楼玉宇、月桂扶疏、仙女翩舞，美
不胜收。又闻仙声阵阵，清丽奇绝，唐玄宗默记心中。后来唐玄
宗依照月宫所听之乐，谱曲编舞，遂成为史上有名的"霓裳羽
衣曲"。

　　此镜构图巧妙，技法精湛，通体鎏金，非同一般。此镜 1962

年于宁夏隆德元代墓葬出土。

图 216 所示为元代洛神纹镜。

此镜为菱花形，带柄。主纹饰表现的是一幅洛神图。画面上方一轮明月，祥云缭绕，下方洛水滔滔，云水相接。中部一女童手擎花式旗，其左侧有一男童双手托物，仰视仙女洛神。仙女洛神发髻高束，宝珠闪闪，体态轻盈，罗衣绸裙，浮站在花式旗旁，一手扶旗，一手前指，仿佛在抒发着长久思念人间的心情。镜缘为凸棱缘。

此镜主纹饰题材取自三国时期文学家曹植的辞赋名篇《洛神赋》。1972 年，曾在北京西绦胡同元代遗址里出土过与此镜基

图 216　元代洛神纹镜（辽宁省博物馆藏）

图 217　元代洛神纹镜（北京故宫博物院藏）

本相同的菱花形带柄洛神镜（如图 217 所示），由此断代为元代铜镜。

　　图 218 所示为元代"至顺辛未"铭山水人物故事镜。

　　此镜为圆形，直径 19.9 厘米，钮残缺。主纹饰为一幅山水人物画面。

　　画面右侧松树参天，树下端坐一仙翁，仙翁身着宽袍，头梳高髻，长须飘飘，旁立一持盘侍女。下方饰小桥流水，左边一老者手捧瓶口烟气袅袅上升的宝瓶，跟随一只背驮物品长角鹿过桥走向仙翁。左上方山石重叠，洞门半开，一只仙鹤引颈探首。画面中铸有 3 处铭文，松下仙翁前铸"至顺辛未志"，长角鹿前铸

图218 元代"至顺辛未"铭山水人物故事镜（北京故宫博物院藏）

"洪都章镇何德正造"；石门中仙鹤上铸"寓居长沙"。

"至顺辛未"为元文宗图帖睦尔至顺二年，即公元1331年。"洪都"为今江西南昌，"何德正"应为当地制镜名匠。从三处铭文可知此镜的制作时间、地点、制镜人以及镜主人居住地，因此此镜具有一定的历史研究价值。

此种题材的山水人物故事镜在元代十分流行，在上海博物馆、湖南省博物馆和辽宁省博物馆分别藏有一面相同题材纹饰的元代山水人物故事镜。

图219所示为元代八仙过海祝寿纹镜。

此镜为圆形，直径23.2厘米，半圆钮，宽素缘。主纹饰表

图 219　元代八仙过海祝寿纹镜（湖南省博
物馆藏）

现的是八位大仙手持不同的法器飘然过海，一起去昆仑山下的瑶
池，祝贺王母娘娘的生日。画面上方饰有两只展翅高飞的仙鹤及
流云，其下是波涛滚滚的连天大海。八位大仙手持法器，悠然自
若，各显神通，踏浪而行。整体纹饰刻画精细，形象生动，场面
壮观。

　　图 220 所示为元代人物祝寿杂宝纹镜。

　　此镜为圆形，直径 13.6 厘米，重 445 克，半圆钮，宽素缘。
主纹饰分上中下三排，上面一排饰一亭台，右侧一老寿星，高额，
长须，慈眉善目，驾着祥云而来，左侧一仙鹤展翅飞向老寿星；
中间一排左右各饰二人，或举三角旗，或手舞足蹈；下面一排，
中间一人头顶装满瓜果的大盘，右侧一人手中持物，左侧饰方胜

图 220　元代人物祝寿杂宝纹镜（上海博物馆藏）

等杂宝；镜钮上方饰一束腰银锭，银锭上铸有八思巴文字。

此镜有两点值得关注。

一是束腰造型的银锭，见于元代至明代初期，因而可以断定此镜制造的年代为元代。

二是银锭上的八思巴文为元代官方文字，经中央民族大学教授陈庆英先生释读，为用八思巴文书写的藏语，其意为"江南"，或指铜镜的铸造地点。

三、龙纹镜

元代龙纹镜多饰以双龙，龙纹饰造型与宋辽金双龙镜相似，常表现为双龙戏珠形式，主纹饰外常饰一周祥云纹。形制多圆

图 221　元代"至元四年"铭双龙纹镜（上海博物馆藏）

形，半圆钮，素缘。所不同的是元代双龙镜的镜体尺寸较大，且厚重。

图 221 所示为元代"至元四年"铭双龙纹镜。

此镜为圆形，直径 22.3 厘米，重 1676 克，半圆钮，方形钮座，钮座内铸有"至元四年"4 字铭文，四字间隙另有后刻铭"长安""家""制造"等字。钮座方框外左右各饰一火珠纹，上下饰两条四爪龙，龙身弯曲起伏，龙口大张，作欲吞火珠状，腾挪穿行于云朵、荷叶和折枝花卉之间，形象生动威猛。宽素缘。

"至元"是元世祖忽必烈的年号。忽必烈在位时有过两个年号，先后是中统（共五年）和至元（共三十一年）至元四年即公元 1267 年。至元八年，即公元 1271 年，忽必烈定国号为"大元"。

"至元四年"铭双龙纹镜在元代十分流行，出土及馆藏较多，中国国家博物馆等博物馆均有收藏。

图 222 所示为元代"至正元年"铭龙凤纹长柄镜。

此镜为圆形，直径 26.7 厘米，重 712 克，有柄，小圆钮，上卷缘。主纹饰为龙凤纹，龙头凤首居中隔钮相对，左凤展翅飞舞，尾羽舒展，右龙张牙舞爪，盘曲向上，周围海水翻卷，下方山峦起伏。

图 222 元代"至正元年"铭龙凤纹长柄镜
（北京故宫博物院藏）

图 223　元代蟠龙纹镜（北京故宫博物院藏）

手柄上饰有9字铭文："至正元年正月十日造"。"至正"为元代最后一位皇帝元顺帝妥懽帖睦尔的第四个年号，也是元代最后一个年号。"至正元年"，即公元 1341 年。至正二十八年，即公元 1368 年，元朝灭亡。

图 223 所示为元代蟠龙纹镜。

此镜为圆形，直径 16.8 厘米，重 1450 克，平顶半圆钮，宽素立缘。主纹饰为一条在波涛海浪中翻腾的蟠龙，龙首翘起，双角耸立，龙须恣肆，瞠目张口，注视着悬在左上方的一颗宝珠；龙鳞遍体，龙身盘曲向上，龙尾在顶端与后爪缠绕在一起。周围满饰海水纹。

此镜采用高浮雕的技法，龙的形象和海水纹刻画细腻，表现生动，显示了元代精湛的铸造工艺。

四、铭文镜

元代尊崇佛教，在元代铭文镜中，有相当一部分是梵文镜，其中最具鲜明特征的当属汉梵两种文字同体出现的铭文镜。除此之外，还有一部分是吉语镜。铭文内容多为佛教经文，通常作环绕布局，形制多圆形，也有带柄的。

图 224 所示为元代"佛"字梵文方柄镜。

此镜镜体为圆形，方柄，无钮，通长 13.1 厘米，凸缘，镜背纹饰按内方外圆布局。凸棱构成的方形内区，中间饰一篆体"佛"字，沿方框内侧饰一周铭文（已不可辨认）；方框与镜缘之间饰一

图 224 元代"佛"字梵文方柄镜（北京故宫博物院藏）

图 225　元代准提咒梵文镜（徐州博物馆藏）

周梵文（未能释读）。方柄上饰有铭文（已模糊不清）。

图 225 所示为元代准提咒梵文镜。

此镜为圆形，凸棱缘，直径 8.7 厘米，圆柱形钮，镜钮顶端饰一梵文，主纹饰为环绕镜钮两圈的梵文铭文带，内一圈为十六字梵文，外一圈为二十字梵文，加上装饰镜钮的梵文一共三十七个文字，为梵文书写的准提咒。文字规整清晰，刚劲有力，但今人已无法完整释读。

准提，汉译为"清净"，或"明觉"。准提佛母，汉译有准提观音、准提佛母、七俱胝佛母等名，是以准提咒著称的大菩萨。佛经记载，常持诵准提咒，能够灭除十恶、五逆等一切罪障，成就一切殊胜的功德，增长无量的寿命。

准提咒梵文入镜，在元代较为流行，这对于研究元代佛教和

图 226　元代准提咒梵文镜（陕西历史博物馆藏）

梵文具有一定意义。陕西历史博物馆也藏有一面元代准提咒梵文镜，出土于陕西省安康市，尺寸和铭文与此面徐州博物馆所藏梵文镜均相同，似与其同模，参见图 226。

图 227 所示为元代四神八卦十二辰二十八宿纹镜。

此镜为圆形，窄凸缘，龟钮，钮外饰四神，其外用四周凸弦纹自内向外将主纹饰区分成四个圈带，第一个圈带饰八卦纹相间八个古字，第二个圈带饰十二辰人身兽首纹，第三个圈带饰二十八宿动物纹，第四个圈带饰二十四个古篆文字。

镜背主纹饰中的四神为青龙、白虎、朱雀、玄武，系司职东西南北四方之神；八卦为乾、坤、坎、离、震、艮、巽、兑八个符号，分别象征天、地、水、火、雷、山、风、泽八种自然现象；十二辰是古代对周天的一种划分法，沿赤道从东向西将周天

图 227　元代四神八卦十二辰二十八宿纹镜（辽宁省博物馆藏）

等分为十二个部分，用地平方位中的十二支名称来表示，即子、丑、寅、卯、辰、巳、午、未、申、酉、戌、亥十二个时辰，对应鼠、牛、虎、兔、龙、蛇、马、羊、猴、鸡、狗、猪十二个生肖属相；二十八宿，是黄道附近的二十八组星象的总称，分别代表日月星辰在天空中的位置，在东南西北四个方位中分四组，每组七宿，东方青龙七宿是角、亢、氐、房、心、尾、箕，南方朱雀七宿是井、鬼、柳、星、张、翼、轸，西方白虎七宿是奎、娄、胃、昂、毕、觜、参；北方玄武七宿是斗、牛、女、虚、危、室、壁。

　　此镜的主纹饰充满道教教义，同时反映了中国古代宇宙星象观，是研究古代道教和天文历法的重要实物资料。

第九章　明代铜镜

进入明代，铜镜在其艺术性日渐衰落、实用性逐渐提升的过程中迎来了中兴。主要表现在以下几方面。

一是明代经济较为发展，物质相对丰富，为制镜业提供了良好的发展环境，尤其是民间作坊铸镜行业十分兴旺，在继承传统的同时追求创新，形成了明代铜镜独特的风格。

二是明代铜镜除了作为日常生活必需品外，还成为人们馈赠亲友的礼品，因而民间的需求和使用量较大。

三是明代铜镜不善奢华，趋向实用性，纹饰简洁明了，体现了明代人的审美情趣。

第一节　明代铜镜的基本特征

明代铜镜总体上延续了宋元时期铜镜的形制，但以圆形为主，镜体稍厚重，镜身较大。到了明代，带柄镜开始流行，其他形制比较少见，变化较大的地方主要在镜钮。明代铜镜的镜钮除了传统的圆钮外，还出现了平顶圆柱形、元宝形、方形、云头形和花瓣形等镜钮，有的在镜钮顶部饰有铸镜工匠或作坊的戳记。

明代初期的铜镜镜缘，延续了元代内直外坡的形式。到了明代中晚期，镜缘的形式多为宽素缘，镜缘中部下凹，两边上卷，且外卷边高于内卷边。还有一种镜缘为立墙式缘。后两种镜缘均为仿战国镜的形制。

在材质上，明代铜镜的合金成分和比例发生了一定变化，锡的含量略有减少，增加了可塑性好的镍和机械性强的锌，形成了白铜和黄铜这两种铜镜材质，镜体的韧性较好，尺寸可以做得较大、也较为厚重。

在纹饰表现技法上，明代铜镜主要有线雕法和浮雕法两种。线雕法较为常见，多用于表现花卉纹、双鱼纹；浮雕法多用于云龙纹、人物故事纹、多宝纹。另外，在民间广泛流行一种素面弦纹镜，线条、构图简洁明了，实用性更强。

第二节　明代铜镜的种类

明代铜镜的纹饰题材广泛，内容丰富，不仅有传统的花卉纹、龙凤纹、双鱼纹、人物故事纹等内容，还有明代特有的吉语纹、多宝纹、乐器纹。归纳起来，以纹饰题材内容的不同，明代铜镜可分为花鸟纹镜、龙凤纹镜、神仙人物故事纹镜、吉祥多宝纹镜、五岳真形纹镜、吉语铭文镜、花式异形镜和素面镜八种。

另外，在明代还一度盛行仿造汉唐铜镜的风气，但无论是材质、技法还是工艺均明显地带有本朝特征，与汉唐铜镜的神韵相去甚远。

一、花鸟纹镜

明代花鸟纹镜主要延续了宋元时期的风格，通常以牡丹、荷花、菊花、梅花等花卉以及鸳鸯、雀鸟、仙鹤等飞禽作为主纹饰，以浮雕技法为主，表现美好祥和的生活情趣。

图228所示为明代"天下一木濑大和守藤原信重作"铭花鸟镜。

此镜为圆形，直径76.5厘米，重46.25千克，三角形镜钮，

图228 明代"天下一木濑大和守藤原信重作"铭花鸟镜（中国国家博物馆藏）

钮的上面有数道宝珠状火焰纹，宽厚凸缘。镜背主纹饰为松竹梅岁寒三友图。一颗松树枝叶茂盛，苍劲挺拔，几枝修竹和盛开的梅花相伴左右。树下左侧一头爬行的神龟探头向上张望，神龟左侧一只仙鹤悠闲站立，镜背上方另一只仙鹤在天空中飞翔，准备栖落在高高的松枝之上。镜背左侧铸一行直书汉字"天下一木濑大和守藤原信重作。"

此镜 1947 年出土于福建泉州开元寺，镜铭直接表明此镜为日本江户时代镜匠"木濑大和守藤原信重"所铸，"天下一"则是镜匠自诩之词，表明天下第一、举世无双之意。以此镜镜体之大、工艺之精美，谓之天下第一并非虚夸。

明代泉州与日本往来密切，泉州也是明代设有市舶司的对外贸易港口。据考证，此面铜镜应是泉州僧人或泉州商人从日本带回赠予开元寺的，见证了古代中日之间的民间交往和贸易往来。

图 229 所示为中国嘉德拍卖公司 2008 年春季拍卖会上推出的第 4543 号拍品：明代四鸳鸯荷花镜。

此镜为圆形，直径 9.5 厘米，重 143 克，半圆钮，主纹饰为四只鸳鸯游弋在荷花花瓣之间。

画面中鸳鸯成双成对，嬉戏追逐，周围荷花盛开，枝叶繁茂。高低缘，低缘为 12 出葵花缘，高缘为 12 出菱花缘，华丽而精美。

图 230 所示为明代莲花形镜。

此镜为莲花形，宽 16.5 厘米，高 14.9 厘米，无纽。整体设计为多瓣莲花形，花瓣簇拥花蕊，花纹凸起，凹处填黑漆。

此镜形制较为特殊，具有明代异形镜的显著特征。

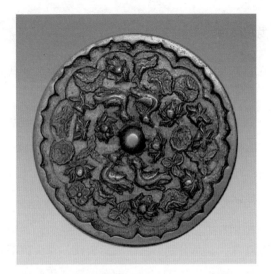

图 229　明代四鸳鸯荷花镜

图 230　明代莲花形镜（北京故宫博物院藏）

二、龙凤纹镜

龙凤纹自古以来一直是铜镜纹饰的传统题材，明代龙凤纹镜有单龙镜、双龙镜、凤纹镜和龙凤纹镜。

明代龙纹镜造型艺术创新不多，龙纹在元代龙纹的基础上更加具体化、细腻化，龙的躯体也更加婉曲流畅，清丽飘逸。常见的龙纹以四爪、五爪居多。凤的形象则是小头、细颈、长尾、飘逸。

图 231 所示为明代"大明宣德年制"双龙镜。

此镜为圆形，半圆钮，主纹饰为二龙戏珠。二龙以钮为中心对称，做戏珠状，龙爪分别踏一朵如意云纹，龙头顶部有"大明宣德年制"铭文款识，钮下有"工部监造吴邦佐"铭文款识。龙的造型婉曲流畅，清丽飘逸，表现细腻。近缘处一周宽带，立缘。

图 232 所示为明代"万历年造"款鎏金龙凤镜。

此镜为圆形，上卷缘，直径 28.4 厘米，如意云纹钮，钮上方饰一长方形戳记，内饰"万历年造"四字铭。镜背以叶纹为地，主纹饰为一对龙凤呈祥图案，采用鎏金工艺，凤鸟展翅，尾羽飘逸；龙体蜿蜒，张力四溢；周围祥云围绕，装饰华美，气质高贵，显现出明代宫廷用镜的审美取向。

图 233 所示为明代蟠龙月字镜。

此镜为圆形，直径 14.2 厘米，无钮，宽素缘。主纹饰采用线雕手法，勾勒出一条蟠龙，龙首正面神态威严，龙体盘曲，周围充满云纹。龙纹和云纹空隙处填涂黑漆地，与主纹饰形成黑白反差，突显云龙纹。龙首下饰一圆框，框内饰一"月"字，字体为篆书，内填红漆，十分醒目。

图 231　明代"大明宣德年制"双
龙镜（中国国家博物馆藏）

图 232　明代"万历年造"款鎏金
龙凤镜（北京故宫博物院藏）

图 233　明代蟠龙月字镜（北京故
宫博物院藏）

图 234　明代飞凤牡丹"双"字铭镜（北京故宫博物院藏）

图 234 所示为明代飞凤牡丹"双"字铭镜。

此面明代飞凤牡丹"双"字铭镜，直径 14 厘米，圆形，无纽，凸缘，主纹饰为凤鸟牡丹纹。镜背上一只凤鸟展翅飞翔，尾羽舒展飘逸，周围牡丹花枝围绕。凤鸟与牡丹花枝之间饰一圆圈，内铸一"双"字。纹饰内外凹处填黑漆，黑漆底色衬托黄铜色的线条，充满艺术表现力。

此镜与前一面图 233 所示明代蟠龙月字镜在形制、技法、尺寸以及表现形式上完全相同，一龙一凤，一"月"一"双"，应为夫妻二人特别订制的一对镜，同为清宫旧藏。

三、神仙人物故事纹镜

明代神仙人物故事纹镜题材较为广泛，主纹饰中常见仙人、童子，辅以多宝、仙鹤、雉鸡、莲花等，生活气息浓厚，寓意吉祥美好。形制多方形和圆形，镜钮除了传统的圆钮外，还出现了元宝钮，无钮座，铸造技法采用浮雕法，但人物细节尚欠清晰，表现力不够丰富。这也是明代铜镜的一大特征。

图235所示为明代人物故事镜。

此镜为圆形，直径18.8厘米，平顶半圆钮，无钮座，宽素缘。

镜背画面波涛翻涌，山石嶙峋，一仙人端坐在大树之下。仙人面前石台上置一三足鼎炉正在炼煮，鼎旁一仙童蹲在地上不停地为鼎炉添柴；左侧一仙姑双手抱于胸前，脚踩祥云，踏浪而来，前来拜访山中仙人；一仙童手托宝盘，上置果品，紧随其后；上

图235　明代人物故事镜（徐州博物馆藏）

部祥云飘浮,一弯月牙当空高悬;下部石崖下海水中,一犀牛探出半个身子,昂首望月。近缘处饰一周水波纹圈带。

此镜构图精美,纹饰精细,人物、山石、树木、波浪、祥云精雕细琢,栩栩如生,尤其是镜体质地精良,版模深峻清晰,一改"粗大明"之风格,实为明代铜镜艺术中难得之精品。

图236所示为明代仙人云鹤人物故事镜。

此镜为圆形,凸弦缘,元宝钮,主纹饰分为上中下三个部分,上部描绘天上仙境,一对仙鹤飞向祥云仙阁。中部左侧一大仙手托宝塔,袒胸露腹,无拘无束;前面一仙童手执宝伞,引路前行;右侧一仙童手捧托盘,盘中伏一神龟,献给右边的一位大仙。下部饰一瑞兽,周围花鸟簇拥。

图237所示为中国嘉德拍卖公司2012年春季拍卖会上推出的第1733号拍品:明代人物故事镜。

图236 明代仙人云鹤人物故事镜(天津博物馆藏)

图 237　明代人物故事镜

　　此镜为圆形，直径 10 厘米，重 173 克，元宝钮，镜面纹饰以居中的祥云仙阁、元宝钮以及下方的莲叶荷花为中轴呈左右对称分布，饰有人物、仙鹤、雉鸡、莲花和元宝等纹饰。

　　中国传统的装饰文化讲究图必有意，意必吉祥，画面中的仙鹤、雉鸡、莲花和元宝都蕴含着延年益寿、吉祥如意、多子多福、福禄有余的吉祥寓意。

四、吉祥多宝纹镜

　　吉祥多宝纹是明代铜镜的主要纹饰，带有明代铜镜的显著特征。表现题材主要有多宝、送子图等寓意吉祥的图案。其中以多宝纹最常见，它由双角、方胜、宝珠、银锭、书卷、宝钱等珍稀贵重宝物组成，同时配以仙鹤、神仙人物、聚宝盆、仙阁或吉语文字等图案，象征吉祥如意、财运亨通。

　　另外，在吉祥多宝纹这一类铜镜中，还有一种以八宝纹为主要题材的铜镜主纹饰，在明代铜镜中广为流行。八宝是指源自于藏传佛教的象征吉祥的八件宝物，分别为法轮、法螺、宝伞、白盖、莲花、宝瓶、金鱼、结。

　　在布局上，吉祥多宝纹一般以镜钮为中心由上至下分层排列，错落有致，表现手法较为固定，但宝物及人物有时不同。

　　按组合方式的不同，纹饰可分为以下两种：一种是只有多宝纹或八宝纹，另一种是多宝纹加人物、仙阁、仙鹤、吉语等图案。

　　图238所示为明代人物多宝纹镜。

　　此镜为圆形，直径10.3厘米，元宝钮，立缘。主纹饰中的人物多宝纹饰由上至下分多层排列，上部和下部饰有方胜、宝钱、宝石、金鱼、聚宝盆等宝物；中间镜钮两侧各饰一仙人对语，镜钮和镜缘一周空隙处填饰梅花。

　　铸造工艺采用浮雕技法，轮廓分明，立体感强，形象逼真。

　　图239所示为中国嘉德拍卖公司2012年春季拍卖会上推出的第1735号拍品：明代八宝人物镜。

　　此镜为圆形，直径12厘米，重306克，元宝钮，宽素缘，主纹饰为八宝人物图。镜钮上方一老寿星端坐于云端之上，两侧饰如意云纹。镜钮下方饰一宝台，上置法螺。镜钮左右两侧分饰八个手执八宝吉祥物的仙人，或吹箫吹笙，或手举宝伞、法轮、白盖，或手捧神龟，人物造型各不相同，场面气氛热烈，神态生动传神。

图 238　明代人物多宝纹镜（中国国家博物馆藏）

图 239　明代八宝人物镜

五、五岳真形纹镜

五岳真形纹在唐代铜镜上已经出现，唐镜上的五岳纹饰比较具体和形象，内容也比较复杂。到了明代，五岳真形纹在铜镜中仍在应用，所不同的是，明代铜镜将这种纹饰加以简化、抽象，以道教中代表五岳的篆符作为五岳真形纹，此类镜种较为少见。

图 240 所示为明代五岳真形纹镜。

此镜为圆形，直径 13.2 厘米，方钮，钮上有一篆符，周围饰四个凸起的篆符，与镜钮组成五岳图形。素地，凸缘。

五岳图形为山岳的平面图，又称五岳真形图，是道教的符箓，也被认为是天上神的文字。五岳真形图始见于魏晋时期士人所作的《汉武帝内传》（一说为晋葛洪所著），其中记载道："诸神佩之，皆如传章；道士执之，经行山川；百神群灵，尊奉亲迎。"中国科学院自然科学史研究所研究员曹婉如、郑锡煌在《试论道教的五岳真形图》一文中曾对此加以专题论述，这也可以被认为是铜镜上饰以五岳真形图的原因。[①]

图 241 所示为明代"大明万历"铭五岳真形镜。

此镜为圆形，直径 11.9 厘米，重 760 克，方钮，钮面饰篆符，钮座为等分的四边形，间隔四个双线圆，圆内各饰一篆符，与钮一起构成五岳真形图。其外饰一周铭文带，铭文为："五岳巍巍切太清，上有真人守黄庭，朝饮玉泉餐芝英，亿万斯年保长生。"共

---

① 《试论道教的五岳真形图》，曹婉如、郑锡煌，《自然科学史研究》1987 年第 6 卷第 1 期。

图 240　明代五岳真形纹镜（北京故宫博物院藏）

图 241　明代"大明万历"铭五岳真形镜（上海博物馆藏）

28字，外圈饰相互勾连的流云纹。宽缘凸起，缘上饰32字铭文"大明万历巳（己）亥午日铸五岳真形镜用祝我父大司徒千秋南都御史王象乾谨识"。

此镜纹饰、铭文、年代、人物翔实，五岳真形图描述清晰，为此类铜镜提供了重要的实物证据。1984年4月，在苏州市太仓县（今太仓市）明代黄元会夫妇合葬墓中出土了一面直径10厘米的五岳真形镜，纹饰与此镜基本相同，现藏于苏州博物馆。

六、吉语铭文镜

吉语铭文是明代铜镜上最具特色的一种流行纹饰。文字按上下左右的位置环钮分布或在镜钮两侧布置。字体通常大而规整，以楷书和篆书为主。铭文内容有长寿、富贵等吉语类，也有纪年类、记事类、诗文类，还有作坊商铭、人名以及修道、供养类等等。这些铭文堪称研究明代社会习俗和手工业发展情况的重要实物资料。

图242所示为明代"九世同居"铭镜。

此镜为圆形，直径14.1厘米，圆柱钮，凸弦缘，四字楷书"九世同居"铭按上下左右分布在镜钮周围四个方框内，其外一周凸弦纹。铭文内容寓意长寿吉祥、阖家幸福。

图243所示为明代"万历甲寅"铭文镜。

此镜为圆形，直径10厘米，重313克，圆饼形钮，钮上饰"金绍吾记"四字方形印记，主纹饰为8纵行43字铭文，自右起读作："尔象斯团，尔质斯清，如月之恒，如日之升，影我之形，印我之心，我心不尘，与尔同明，方氏（印押），万历甲寅棠溪金亿铭。"

图 242　明代"九世同居"铭镜（北京故宫博物院藏）

图 243　明代"万历甲寅"铭文镜（北京故宫博物院藏）

棠溪，地名，在今河南省驻马店市境内；万历甲寅，即公元1614 年。

图 244 所示为明代"云龙山下"七言诗铭菱花镜。

此镜为八出菱花形，直径 8.7 厘米，重 63 克，半圆钮。主纹饰为一首七言诗，诗文为："云龙山下世宜春，放鹤亭前总乐辉，一色杏花红十里，状元归去马如飞。"其外一周凸弦纹，菱花形凸缘。

诗的作者是宋代大文豪苏东坡，他曾任徐州知府，这首诗赞美的是江苏徐州云龙山、放鹤亭以及山下十里杏花的美丽景色。

图 245 所示为明代"喜生贵子"铭镜。

此镜为圆形，直径 41 厘米，半圆钮，龙虎对峙纹圆钮座，凹面卷缘。镜背按八个方位饰大小两个四字吉语铭文，大的为"喜生贵子"，小的为"福寿双全"，其他地方饰人物、花草、瑞兽、禽鸟、多宝等纹饰，共计 60 个，布局方式均按左右对称排列，虽纹饰众多，但疏密有致，布局得当，美观大方。

此镜镜体硕大，直径达 41 厘米，为古代铜镜中所少见。

图 246 所示为明代准提咒文镜。

此镜为圆形，直径 9.7 厘米，重 443 克，无钮，宽素缘，正背两面均有纹饰，镜面饰梵文咒语一周，镜背内区饰莲花宝座及背向千手观音，外区梵文咒语铭文一周，应为"南无口哆喃三藐三菩驮俱□喃□你也他唵折隶主隶准也提裟婆可部休唵□□唵□唵么抳钵□铭吽"，共 42 字。

图244　明代"云龙山下"
七言诗铭菱花镜（北京故
宫博物院藏）

图245　明代"喜生贵子"
铭镜（徐州博物馆藏）

图246　明代准提咒文镜
（北京故宫博物院藏）

七、花式异形镜

明代铜镜在继承中有所创新，这主要体现在形制的变化上。除了传统的圆形、方形、菱花形、葵花形等形制外，明代还出现了炉形、钟形、瓶形、双菱形、双环形、椭圆形等花式异形镜，并且在纹饰轮廓线外的空白处填满黑漆，与纹饰形成对比。这种形制多样的铜镜的出现，大大丰富了古代铜镜的种类。

图 247 所示为明代炉式镜。

此面明代炉式镜，通高 20.6 厘米，宽 15.5 厘米，炉形，无纽；双立耳，直颈，宽肩，三足，凸缘。镜背炉形轮廓线内填黑漆。

图 248 所示为明代钟式镜。

此镜为钟形，通高 20.3 厘米，宽 11.8 厘米，无纽。直甬，钟上有十八个长枚，间饰变形夔纹；桥形口，口上方饰两条曲身夔纹。凸缘。纹饰轮廓线内均填黑漆。

图 249 所示为明代瓶式镜。

此镜为瓶形，通高 22 厘米，宽 13.1 厘米，无纽，凸缘。由宽凸棱勾勒出花瓶的轮廓，瓶口由椭圆形双弦纹构成，颈部饰有二凸弦纹，颈下饰梅花五朵，间饰四个小圈纹；肩部左右各有一耳，腹下饰两同心圆，足饰弦纹三道。空白处均填黑漆。

图 250 所示为明代双蝠双菱镜。

此面明代双蝠双菱镜，高 16.8 厘米，宽 22.5 厘米，双菱形，无纽。两正方形框相交构成双菱形，中间形成一小方框；中心处饰团形"寿"字纹，左右两端各饰一蝙蝠，组成双蝠（福）；近缘处饰一周凸弦纹。凸缘。通体空白处填黑漆。

图 247　明代炉式镜（北京故宫博物院藏）

图 248　明代钟式镜（北京故宫博物院藏）

图 249　明代瓶式镜（北京故宫博物院藏）

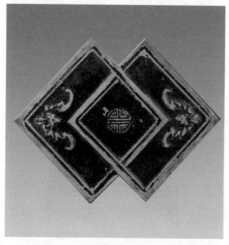

图 250　明代双蝠双菱镜（北京故宫博物院藏）

图 251 所示为明代双环双龙镜。

此镜为双环形，长 20.5 厘米，宽 14 厘米，无纽。两圆环相交处饰云朵纹，云朵中心饰几何纹。双环左右两边各饰一龙纹。左右两环均由两个同心圆组成。镜缘为凸缘，缘边有凹槽一周。纹饰内及空白处均填黑漆。

图 252 所示为明代椭圆形如意云纹填漆镜。

图 251　明代双环双龙镜（北京故宫博物院藏）

图 252　明代椭圆形如意云纹填漆镜（北京故宫博物院藏）

此镜为椭圆形，长 18.9 厘米，宽 14.1 厘米，无钮。镜背左右两端各饰一梅花纹。八朵双线如意云纹缘，缘凸起，镜背纹饰空白处均填黑漆。

八、素面镜

将明代素面镜单独分类阐述，其主要原因是与其他朝代相比，素面镜在明代非常流行，其造型简洁、大方，是明代铜镜中的一个重要组成部分。

所谓素面镜就是镜背未装饰任何花纹的铜镜。从考古资料看，明代素面镜不仅出土于普通官员的墓葬中，在帝王墓中也可见到。如明定陵万历梓宫出土一件描金黑漆盒，内装有一面素面镜，说明明代素面镜在上层和民间都十分流行，也反映了明代简约的审美情趣。

图 253 所示为明代菱花形素面镜。

图253　明代菱花形素面镜（北京故宫博物院藏）

图 254　明代素面弦纹镜（徐州博物馆藏）

　　此镜为七出菱花形，直径 13.8 厘米，饼形钮，钮上饰一团形"寿"字纹，镜背光素无纹饰。

　　图 254 所示为明代素面弦纹镜。

　　此面明代素面弦纹镜，直径 10.5 厘米，圆形，半圆钮，镜背素面，钮外和近缘处分别有一周凸弦纹，上卷缘。

　　此种形制的素面弦纹镜简洁大方，是明代民间流行的一个典型镜种，传世较多。

第十章 清代铜镜

　　清代是古代铜镜艺术发展的尾声阶段。由于中西方文化、贸易的相互交流，自明末起，尤其是进入清代后，新出现的玻璃镜逐渐取代了青铜镜。但是，由于材料、制作工艺、成本、价格等诸多因素，玻璃镜取代青铜镜是一个漫长的过程，因而在清代光绪、宣统年间，青铜镜还在制作，民间仍在使用。

　　鲁迅在青年时代就酷爱收藏古代艺术品，对古代艺术的研究有着很高的造诣，其中对铜镜的收藏情有独钟。1925年3月2日，鲁迅发表在《语丝》周刊第十六期上的《看镜有感》一文中记载道："因为翻衣服，翻出几面古铜镜子来，大概是民国初年初到北京时候买在那里的……铜镜的使用，大约道光咸丰时候还与玻璃镜并行；至于穷乡僻壤，也许至今还用着。我们那里，则除了婚丧仪式之外，全被玻璃镜驱逐了。然而也还有余烈可寻，倘街头遇见一位老翁，肩上长凳似的东西，上面缚着一块猪肝色石和一块青色石，试仁听他的叫喊，就是'磨镜，磨剪刀！'"^①由此可见，在一些乡村，清末民初，铜镜仍然被人们所使用。

清代铜镜可分为两个阶段，一是继承和发展阶段。在清乾隆及以前，铜镜因社会的需求，保持着一定的发展，并且在造型、工艺和装饰上有了一定的创新和突破，尤其是清宫造办处监造的宫廷用铜镜，有着极高的艺术价值，形成了清中期具有代表性的风格。二是衰落阶段。自乾隆以后，由于玻璃镜的不断普及，青铜镜逐渐衰落，直至被玻璃镜取代，自此走完了它漫长而又辉煌的历程。

值得一提的是，清乾隆一朝是古代青铜镜走向衰落的过程中闪耀的最后一抹璀璨的霞光。

乾隆皇帝十分喜爱收藏历代铜镜，他的这一爱好留给后人珍贵的历史资料。在乾隆皇帝的授意下，清宫造办处铸造了大量的仿古镜，并且创制了一批质量上乘，工艺精湛的宫廷御用镜，其品质远胜宋元明各代。

第一节　清代铜镜的基本特征

清代铜镜的形制在明代的基础上，又有了新的发展，创新了椭圆形、八出云头形、莲花形、双菱形、双环形等形制。清代带柄镜的柄也与其他朝代的铜铸柄不同，多采用套柄，柄的材质多为珍稀的木质、象牙和玉石，十分华丽和精美。在工艺上，除了传统工艺外，清代匠人还将掐丝珐琅、漆背描金、彩绘等工艺运

---

① 《鲁迅全集》第一卷第 210 页，人民文学出版社，2005 年 11 月北京第一版。

用于镜背纹饰，大大丰富了铜镜纹饰的表现形式。

清代铜镜的镜钮多为半圆钮，镜钮稍大，顶部不再磨平。还有一种圆柱钮，钮顶常饰有旋纹或铭文（如"乾隆年制"等等）。与此同时，由于受到玻璃镜的影响，无钮镜开始出现，铜镜放置的方式开始采用镜架支撑，镜架的设计和工艺也十分巧妙和考究。

清代铜镜的纹饰与明代相比，构图较为规矩、繁缛、细致，特别是采用了鎏金银、彩绘、掐丝珐琅等特殊工艺，铜镜纹饰更为华美艳丽。

另外，清代铜镜的铜质较好，传世的铜镜表面大多较为光亮。

第二节　清代铜镜的种类

按照纹饰的不同，清代铜镜可以分为八个种类，即花鸟纹镜、神仙人物故事纹镜、龙凤纹镜、五岳真形图纹镜、八卦纹镜、蝙蝠纹镜、狮子纹镜、铭文镜。

为了体现清代铜镜的艺术性和代表性，这里所论述的清代铜镜镜种主要选自北京故宫博物院中的清宫旧藏。

一、花鸟纹镜

清代用于花鸟纹镜的纹饰主要有牡丹纹、莲花纹、鸟雀纹等，流行的时间主要在清早中期。尤其是清宫内府监造的花鸟纹镜，设计制作十分考究，有的运用了掐丝珐琅和漆背戗金等工艺，使铜镜愈显富丽堂皇。

图 255 清代掐丝珐琅缠枝花卉纹镜（北京故宫博物院藏）

图 255 所示为清代掐丝珐琅缠枝花卉纹镜。

此镜为圆形，直径 22.5 厘米，圆钮。镜背主纹饰为红、黄、蓝、绿、白五朵缠枝花卉纹，通体采用掐丝珐琅工艺，用银丝勾勒出纹饰轮廓，嵌入珐琅，精工细作而成。凸缘，镜缘一周饰缠枝纹，外缘一周鎏金。

此镜工艺精湛华丽，为清宫内府造。

图 256 所示为清代漆背描金荷花纹木柄镜。

此镜为圆形，带木质柄，通高 20.7 厘米，主纹饰为在黑色的漆背上描金绘出荷花、荷叶、蜻蜓、蝴蝶、水波等纹饰。木柄与镜缘连接处有珊瑚、象牙装饰。

漆背，是指用彩色油漆在铜镜背面绘制各种图案的纹饰。漆

图 256　清代漆背描金荷花纹木柄镜（北京故宫博物院藏）

背镜始于战国时期，多在镜背用黑漆或朱红漆作地，再在漆地上用彩漆绘制各种几何、花卉或龙凤等图案。

　　这面铜镜是在黑漆地的镜背上用笔蘸着含金汞的溶剂描绘金色荷花、荷叶、蜻蜓等纹样，也即漆背描金，工艺考究，富丽堂皇，应为清中晚期宫廷用品。

　　图 257 所示为清代菊花纹木柄镜。

　　此镜通高 25.8 厘米，圆形，无钮，木柄，上卷缘。镜背髹黑漆，上饰 10 朵描金团花，每朵团花纹饰各不相同，其外饰弦纹一周，近缘处饰波折纹一周。纹饰采用描金工艺，柄与镜体连接处有珊瑚、象牙装饰，柄端有黄穗。

　　图 258 所示为清代掐丝珐琅山水楼阁图镜。

　　此镜为圆形，直径 9.5 厘米，无镜钮，凸棱缘，主纹饰采用

图 257　清代菊花纹木柄镜（北京故宫博物院藏）

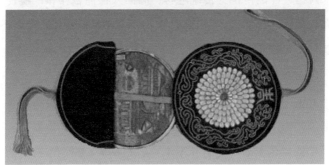

图 258　清代掐丝珐琅山水楼阁图镜及镜套（北京故宫博物院藏）

掐丝珐琅工艺描绘了一幅江南美景。

图中近景绿草如茵，鲜花吐艳，方亭立于庭院中；中景矮墙一道，月亮门洞开，古树参天，楼阁高耸；远景空中云朵飘浮，水面碧波荡漾。整个画面宁静而优美，宛若仙境一般。左下侧在奇石处嵌长方形铜镀金片，上阴刻楷书"乾隆年制"竖行款。

清乾隆年间以掐丝珐琅工艺制作了大量实用性器具和陈设观赏器。清宫档案中所见珐琅镜的制作很少，流传下来的就更少。该镜掐丝精细，釉料细润，色彩丰富，具有乾隆时期典型的特点，应为乾隆年间宫中器物。

此镜配有原装蓝布外套，套上缝缀着大小均匀的米珠，组成双螭捧寿纹，具有吉祥含义。而中心呈放射状的五周金片上嵌满翠羽，至今依稀可见。

二、神仙人物故事纹镜

清代神仙人物故事纹镜主要表现题材多为仙人、童子嬉戏、山水人物、神话传说等传统题材，画面人物神态祥和，蕴含和合美满、多子多福、长寿安康之意，民间制镜采用常规青铜铸法，宫廷制作大多采用漆背描金等工艺。

图 259 所示为清代和合二仙纹木柄镜。

此镜为圆形，木柄，通高 24.6 厘米，无钮。镜背髹黑漆，用描金工艺饰一松树，树下有和合二仙，一仙盘坐手持器皿，一仙站立手持荷花，前有山石、溪水，后有花草、围栏，松树两侧飘浮祥云。上卷缘。柄与镜体连接处有珊瑚、象牙装饰。

图 259 清代和合二仙纹木柄镜（北京故宫博物院藏）

和合二仙指传说中的寒山和舍得两位唐代高僧，后人将此二仙当作吉祥的化身，可以保佑人们事事如意、延年益寿，也即"和合如意""和合万年"。

图 260 所示为清代神仙人物纹木柄镜。

此镜为圆形，木柄，通高 25 厘米，无钮，镜背髹黑漆作地，其上用金漆描绘出三仙女、山水、祥云等纹饰。三仙女中，一仙女双手托起，一仙女手持羽扇，另一仙女踏云急匆匆赶来，近缘处饰两环并描金。木手柄与镜体连接处镶嵌珊瑚、象牙等装饰物，手柄末端缀一金丝穗。

图 261 所示为清代"薛晋侯"铭人物纹镜。

此镜为圆形，直径 42 厘米，重 9425 克，柱形平钮，钮上铸有"湖州薛晋侯自造"七字铭，分三竖行排列。

图 260　清代神仙人物纹木柄镜（北京故宫博物院藏）

图 261　清代"薛晋侯"铭人物纹镜（北京故宫博物院藏）

主纹饰为人物百戏图，图中共饰有人物46个，这些人物有站、有坐、有蹲、有走，或抓周，或杂耍，或骑竹马，或执弹弓，或展纸握笔而书，各色人物，形象百态，生动自然，宛如一幅社会风情画。

整体纹饰图案采用线雕工艺，镜缘为宽卷缘。

此镜形体超大，人物众多，铸工精湛，为历代人物故事镜中所少有。

三、龙凤纹镜

龙凤纹是中国古代传统的吉祥纹饰，清代龙凤纹镜，有的表现双龙，有的表现双凤，有的表现龙凤呈祥，常作为新婚和喜庆的象征。

图262所示为清代乾隆掐丝珐琅双凤纹镜。

图262 清代乾隆掐丝珐琅双凤纹镜（北京故宫博物院藏）

此镜为圆形，元宝钮，钮上饰"乾隆年制"铭，一周连续回字纹镜缘。主纹饰为一对展翅飞翔的凤凰，周围饰以缠枝牡丹纹，画面中双凤曲颈昂首，眉目慈祥，羽翅舒展，凤尾飘逸，色彩艳丽，纹饰精美，工艺精湛，尽显皇家气派。

图 263 所示为清代彩漆双喜龙凤纹镜。

此面清代彩漆双喜龙凤纹镜，直径 34.2 厘米，圆形，圆钮，黑漆作地，镜钮上方饰红色"双喜"字，右侧饰龙，昂首张口，龙体盘曲，腾云驾雾；左侧饰凤，曲颈回首，凤翅舒展，尾羽飘逸，龙凤周围饰满云纹。整体纹饰表现出"龙凤呈祥"的美好寓意。

图 263　清代彩漆双喜龙凤纹镜（北京故宫博物院藏）

四、五岳真形图镜

清代五岳真形图，与传统的纹饰一脉相承，嵩岳居中作镜钮，其外依次环绕泰岳、恒岳、衡岳、华岳，但在细部刻画上差别较大。清镜五岳图纹，精细繁缛，在主纹饰之外常配饰铭文和缠枝纹，多铸有"乾隆年制"款识。

图 264 所示为清代乾隆款五岳真形镜。

此镜为清乾隆时期仿唐代五岳镜造型所制，直径 13.5 厘米，重 572 克，圆形，方钮，钮上饰篆符，凸菱形钮座，凸弦缘。钮及钮座呈四出连弧状，菱形钮座四角内各饰一牛首图形，牛首内

图 264　清代乾隆款五岳真形镜（北京故宫博物院藏）

饰楷书四字款，左旋读为"乾隆年制"。钮座外饰四个圆形篆符，与钮共同组成五岳，中岳嵩山居中，周围为北岳恒山、南岳衡山、东岳泰山、西岳华山。其外区铭文带中饰一周24字篆书铭文"五岳真形，传青鸟使，大地山河，蟠萦尺咫，写象仙铜，明鉴万里"。

五、八卦纹镜

八卦纹在古代常常作为除凶避灾的吉祥图案，在清代八卦纹镜中，八卦分居八方，环绕布置，中间饰太极图。有的在八卦间饰铭文，如"康熙五十九年六月"等等。

图265所示为清代乾隆壬寅年八卦纹镜。

此镜为八出菱花形，直径24.5厘米，重3650克，圆柱形钮，八瓣莲花纹钮座，每一莲花瓣上饰一字，连起来为8字铭文"波清月晓，河澄雪皎"。菱花形凸弦纹。

镜钮周围饰8字形环绕铭文带，铭文长达192字，全文为："延年益寿，代变时移，筌简等义，绘彩分词，篇章隐约，雅合雍熙，铅华著饰，尽瘁妍媸，旋躯合配，懿德章施，宣光炳耀，列象标奇，先人后己，阅礼崇诗，悬堂象设，启匣光驰，传芳远古，照引毫厘，坚惟莹澈，迹异磷淄，连星引月，藻振芳垂，妍齐锦绣，色配涟漪，虔思早暮，守谨闺闱，圆□配道，象冈齐仪，烟疑缀玉，影表方枝，捐瑕涤怪，释怨忘疲，连芳表质，日素疑姿，编辞衍义，质动形随，前瞻后戒，雪拂云披，联翩动鹊，暎掩辞螭，蝉轻约□，柳翠分眉，全斯节志，敬尔尊卑，鲜含翠羽，影透清池，源分派引，地等天规。"

图 265　清代乾隆壬寅年八卦纹镜（北京故宫博物院藏）

8 字形环绕纹间饰一周八卦纹及一周"大清乾隆壬寅年制"八字，8 字中有"清光曜日，菱芳照室"八字。

此镜形制规整，设计巧妙，纹饰复杂，铭文繁多，工艺精湛，为乾隆年间清宫内府所造。

图 266 所示为清代康熙五岳八卦纹镜。

此面清代康熙五岳八卦纹镜，直径 9.3 厘米，凸弦纹缘，圆形，方钮，钮上饰道教符篆，周围饰象征四岳的符篆，与中心方钮组成五岳。其外一周凸棱纹，凸棱纹外饰八卦纹，间饰铭文，连起来读作"康熙五十九年六月"。

图 266　清代康熙五岳八卦纹镜（北京故宫博物院藏）

六、蝙蝠纹镜

"蝠"与"福"谐音，取福意。蝙蝠纹饰在表现形式上以"五蝠"为多，"五蝠"即"五福"，清代多指福、禄、寿、喜、财。也有"四蝠"，即福、禄、寿、喜。蝙蝠一般为双线或单线勾画，向心环绕布置，与中心镜钮构成有吉祥寓意的图案。

图 267 所示为清代仁寿五福纹镜。

此镜为圆形，直径 14.1 厘米，重 667 克，圆柱平顶钮，钮上铸"仁寿"二字，钮外饰弦纹和五朵云纹。主纹饰为五只蝙蝠，五只蝙蝠与镜钮构成"五福捧寿"吉祥图案。近缘处饰一周勾连纹，窄素缘。

图 267　清代仁寿五福纹镜（北京故宫博物院藏）

七、狮子纹镜

狮子是传统的瑞兽，古代常用石狮和石刻狮子作为镇门、护佛，用以辟邪。故宫博物院藏有一面漆背戗金工艺狮子纹镜，其意也在于此。

图 268 所示为清代狮纹木柄镜。

此镜为圆形，木柄，通高 13.8 厘米，无钮，上卷缘。内区中心饰一狮纹，狮子怒目大口，气势威猛，以示震慑、辟邪。周围饰缠枝纹，上部饰两朵花卉，外区一周齿形纹带内饰花叶纹。

此镜镜背髹黑漆地，纹饰工艺采用描金技法，应为清宫旧藏。

图 268　清代狮纹木柄镜（北京故宫博物院藏）

八、铭文镜

清代铭文镜中，铭文多为四字吉语（也见四言韵句）。四字吉语铭文字体较大，常以镜钮为中心绕钮布置。韵语铭文多见于早期圆形镜，晚期则见于方形镜，字体或楷或隶。

图 269 所示为清代"五子登科"铭镜。

此镜为圆形，宽素平缘，直径 39.8 厘米，重 6050 克，方钮，钮外饰四方框，框内涂朱砂，各饰一字，按上下左右顺序读作"五子登科"，"五"字右侧有一圆形戳记，内铸"任德甫造"四字。

五子登科，出自《宋史·窦仪传》。相传五代后周时期，燕山府窦禹钧（窦燕山）有五个儿子——窦仪、窦俨、窦侃、窦

图 269　清代"五子登科"铭镜（北京故宫博物院藏）

俩、窦僖，品学兼优，先后登科及第，故称"五子登科"，被传为佳话。《三字经》中有"窦燕山，有义方，教五子，名俱扬"的句子来歌颂他，教导儿童好好念书，父亲也要教子有方。五子登科后来成为中国传统吉祥图案的题材，寄托了人们对子女的美好期望。

图 270 所示为清代宣宗御制铭镜。

此镜为圆形，直径 33 厘米，重 3650 克，无镜钮和镜缘，镜背光素无纹饰，中间饰清宣宗御制铭。全文为："宣宗成皇帝御制镜铭并序。镜者，鉴物之物也，夫内抱冰心，外涵月晕，妍媸舞从，以匿景分，圆不可以逃形，海鸟见而长鸣，山鸡对而起舞，故君子以赏以玩，充席上之珍，盖欲澄虚治内，应物舞与也，因

图 270　清代宣宗御制铭镜（北京故宫博物院藏）

图 271　清代"喜生贵子福寿双全"铭镜（北京
故宫博物院藏）

系以铭曰，如镜之明，断可以平，如镜之清，不任私情，是则是效，接物以诚，光绪四年且月上浣，彀旦。"共 115 字，书体为隶书。

此镜应为清宫内府制作，皇室专用。铭文内容除了赞美镜子的精美，还告诫镜子主人应当时常以铜为鉴，"如镜之明、如镜之清"。

图 271 所示为清代"喜生贵子福寿双全"铭镜。

此镜为圆形，直径 41 厘米，重 6450 克，小圆钮，圆形兽纹钮座，其外饰双弦纹、雁纹和云纹，宽卷缘。

主纹饰区饰四大方格，间饰四小方格，四大方格内饰"喜生贵子"四字，四小方格内饰"福寿双全"四字，连起来构成八字吉语："喜生贵子，福寿双全。"方格铭文周围饰满人物、动物、花卉、祥云以及八宝等纹饰。

此镜硕大，纹饰繁多，画面充满了喜庆、祥和、福寿之意。

抱朴斋藏汉代铜镜

精 品 赏 析

01

星云纹镜（西汉）

　　直径 16.2 厘米，重 568.5 克。圆形，镜钮以一枚大乳钉和八枚小乳钉组成连峰钮，星云纹圆钮座。钮外一周栉齿纹、一周十六内向连弧纹，其外两周栉齿纹之间为星云纹主纹饰区，四枚带连珠纹乳座的乳钉分列四方，将主纹饰区分为四区，每一区都由十一枚小乳钉通过带状弧线串联成一组星云状图像，神秘诡异，变幻莫测。镜缘为内向十六连弧纹。

02

昭明连弧纹镜（西汉）

　　直径 14.0 厘米，重 565.5 克。圆形，半圆钮，柿蒂纹钮座，座外一周凸弦纹和一周内向八曲连弧纹，内有线纹相连。其外两周栉齿纹之间构成主纹饰区铭文带，内饰 22 字铭文："内而清而明而以而昭而象而夫而日而月而光而光而"。铭文不完整，字体为篆隶体，以鸟纹为铭文的起讫符号。宽素平缘。

　　此镜通体包浆漆黑铮亮，纹饰刻画深峻，镜体端庄厚重，品相完美。

03

"内而清"昭明连弧纹镜（西汉）

直径 10.8 厘米，重 280.5 克。圆形，半圆钮，圆钮座，座外一周凸弦纹和一周内向八曲连弧纹，内有线纹相连。其外两周栉齿纹之间为主纹饰区铭文带，内饰 22 字铭文："内而清而以而昭而明而光而象夫而日之月心而不泄。"字体为篆隶体，圆中带方，清晰俊朗。宽素平缘。

此镜头版头模，通体黑漆古包浆，光气十足，制作精良。

04

"涑冶铜华"铭连弧纹镜（西汉）

直径 16.5 厘米，重 767.5 克。圆形，半圆钮，柿蒂纹钮座，座外一周栉齿纹和一周凸弦纹带，其外饰一周八曲内向连弧纹，两周栉齿纹之间为主纹饰铭文带，上书 30 字篆隶体铭文："涑冶铜华清而明，以之为镜宜文章，延年益寿去不羊，与天无极而日月光，兮"。宽素平缘。此镜镜体较大，造型规整，包浆、版模和品相俱佳。

05

草叶纹镜（西汉）

直径 11.1 厘米，重 91.2 克。圆形，半圆钮，柿蒂纹钮座，钮座外饰双线方框，方框一周饰 8 字铭文吉语："见日之光，天下大明"，每边两字，字体为缪篆。铭文外饰凹面方框，凹面方框的四角各饰一花苞，花苞两侧饰两片圆形枝叶，凹面方框外每边的中心处饰一枚乳丁和一桃形纹饰，乳丁两侧对称饰草叶纹，镜缘为十六内向连弧纹。

06

四乳四虺纹镜（西汉）

　　直径 10 厘米，重 256.5 克。圆形，半圆钮，圆钮座，座外一周凸弦纹带。其外两周栉齿纹之间是四乳四虺主纹饰带，四颗乳钉均分四区，每一区饰一虺纹，虺纹圆首圆尾，每条虺纹躯体内外两侧都加饰雀鸟一只。宽素平缘。此镜制式标准，镜体厚重，版模清晰，包浆黑亮。

07

四乳龙虎首虺纹镜（西汉）

　　直径 15.2 厘米，重 635.5 克。圆形，半圆钮，十六并蒂连珠纹钮座，钮座外饰一周短斜线栉齿纹和一周凸弦纹圈带，其外两周短斜线栉齿纹之间为四乳四虺主纹饰区。主纹饰区四颗带座乳钉对称分布，将主纹饰区分为四区，每一区饰一虺纹，虺纹呈动态 S 状，四虺纹的头部对称加饰龙首和虎首，形成双龙双虎，两两相对。虺的内侧各配饰一飞翔状小鸟。镜缘为宽素平缘。

08
. . .

"汉有善铜"铭四乳四神纹镜（西汉）

　　直径 14.5 厘米，重 453.0 克。圆形，半圆钮，圆钮座，座外饰一周栉齿纹。主纹饰区由两周圈带组成：一周四乳四神，一周铭文带。主纹饰外围加饰一周栉齿纹。镜缘边饰由一周三角形锯齿纹和一周双线曲折纹组成。四颗带圆座乳钉将主纹饰均分为四区，青龙、白虎、朱雀、玄武分居四区，分别主掌东、西、南、北四方。其外一周铭文带为七言句 22 字铭文："汉有善铜出丹阳，和已（以）银锡清且明，左龙右虎主四彭（旁），竟"，字体为悬针篆。

09

四乳八神镜（西汉）

　　直径 17.5 厘米，重 744.5 克。圆形，半圆钮，柿蒂纹钮座，钮座外饰一周栉齿纹和一周宽带纹，主纹饰区居于两周细弦纹和栉齿纹之间，四颗带柿蒂纹座的乳钉将主纹饰区均分为四区，每区饰两只神兽，两两组合，一周共八只。分别为：左侧羽人戏青龙、右侧白虎逐灵鹿、上部灵狐舞朱雀、下部瑞兽伴玄武。镜缘为一周双线曲折纹。

10
. . .

朱雀纹镜（西汉）

　　直径 8.8 厘米，重 102 克。圆形，素缘上卷，半圆钮，圆钮座，座外饰一朱雀，间饰四乳钉，朱雀身体压于镜钮之下，双翅展开，双爪伸展，雀尾卷曲，呈飞翔状。其外两周细弦纹、一周栉齿纹和一周锯齿光芒纹。

　　朱雀乃太阳鸟，位于镜钮居中寓意太阳，外圈一周锯齿纹象征太阳的光芒。此镜纹饰细腻，构思巧妙，反映了古代人们对太阳的崇拜。

11
...

四乳四兽五铢钱纹镜（西汉）

　　直径 9.7 厘米，重 143.5 克。圆形，半圆钮，圆钮座，座外饰双线方框纹；双线方框外，沿四角饰四乳钉纹；方框四边居中饰博局纹中的 T 形纹。四乳钉将主纹饰区四等分，每一区饰一瑞兽：上区青龙，下区白虎，左区白虎，右区灵狐和一五铢钱纹。其外一周栉齿纹带。镜缘饰一周连续云气纹。汉代铜镜饰五铢钱纹，非常少见，这正是此镜的特殊之处。

12

八乳四神博局镜（新莽）

　　直径 14.2 厘米，重 418.5 克。圆形，半圆钮，圆钮座，座外一周单线方框和一周双线凹面方框之间饰十二乳钉纹间隔十二地支铭，自下部中间"子"字开始顺时针依次为子、丑、寅、卯、辰、巳、午、未、申、酉、戌、亥。双线凹面方框和八颗乳钉以及"T、L、V"博局纹将主纹饰分成四方八区，按方位分别饰四神、瑞兽和禽鸟，上部朱雀、兽首鸟，下部玄武、灵狐，左侧青龙、凤鸟，右侧白虎、灵鹿。镜缘边饰为一周外向三角锯齿纹和双线云气纹。

13
...
几何纹博局镜（西汉）

直径 9.8 厘米，重 222.5 克。圆形，半圆钮，圆钮座，座外饰双线方框，宽素平缘。双线方框外四角各饰一乳钉纹，方框四边与镜缘之间构成四区，每区饰一组 TLV 博局纹，空余处饰满几何菱形纹，近缘处一周栉齿纹。

此镜应为西汉早期博局镜。一般博局镜中常见 TLV 博局纹与四神和禽兽纹组合，此镜为 TLV 博局纹与几何菱形纹相结合，十分少见。

14
...

四乳神兽博局镜（西汉）

　　直径 12 厘米，重 343 克。圆形，半圆钮，柿蒂纹钮座，座外饰双线凹面方框。双线凹面方框和四颗乳钉以及 TLV 博局纹将主纹饰分成四个区，上区青龙和瑞兽，下区白虎和灵狐，左区玄武和山羊，右区朱雀和山羊。主纹饰外为一周栉齿纹。镜缘边饰为一周变形云气纹。此镜缘边饰在汉代铜镜中很少出现。

15

"黍言之纪"铭四乳四神镜（西汉）

直径 12 厘米，重 270 克。圆形，半圆钮，圆钮座，座外用短线纹连接一周凸弦纹，其外四颗乳钉将主纹饰区分为四区，每一区按方位分别饰青龙、白虎、朱雀、玄武四神。外围一周铭文带，用悬针篆书 12 字铭文："黍言之纪自有始，青龙居左虎"，铭文不全。近缘处一周栉齿纹，镜缘边饰为变形云气纹。此镜线条清晰，边饰华丽，黑漆古包浆，品相完美。

16
...

四乳四神博局镜（西汉）

　　直径 10.8 厘米，重 232 克。圆形，半圆钮，柿蒂纹钮座，座外饰双线凹面方框。双线凹面方框和四颗乳钉以及 TLV 博局纹将主纹饰分成四区，分别饰青龙、白虎、朱雀、玄武四神兽，近缘处一周栉齿纹。镜缘内缘为一周连珠锯齿纹，素平缘。

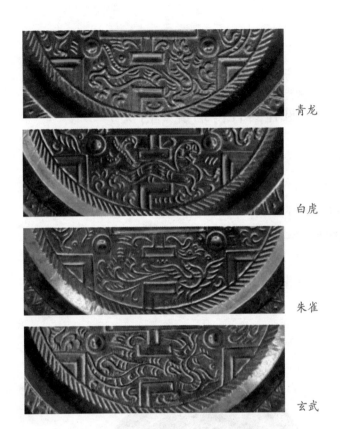

青龙

白虎

朱雀

玄武

　　此镜四神兽纹饰形象华丽，线条生动，与其他博局镜中的四神兽形象在表现手法上有很大不同。此外，此镜镜缘连珠锯齿纹边饰在汉代铜镜中也十分少见。

17
"上大山，见神人"铭六乳神兽镜（新莽）

　　直径 16.3 厘米，重 673 克。圆形，半圆钮，圆钮座，座外八枚小乳钉间隔双线云纹，其外两周凸弦纹。主纹饰区由两部分组成，六个带圆座乳钉将主纹饰区均分为六区，其中四区饰青龙、白虎、朱雀、玄武四神兽，另外两区饰蟾蜍、灵狐各一只；另一部分为一周三言七句 20 字铭文带："上大山，见神人，食玉英，饮澧泉，驾蛟龙，乘浮云，宜官"，近缘处饰一周斜线栉齿纹。镜缘由三周纹饰组合而成，内一周是外向锯齿纹，中间一周是双线曲折纹，外一周是内向锯齿纹。

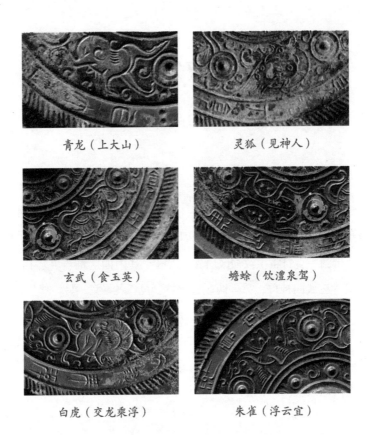

青龙（上大山）　　　　　　灵狐（见神人）

玄武（食玉英）　　　　　　蟾蜍（饮澧泉驾）

白虎（交龙乘浮）　　　　　朱雀（浮云宜）

　　此镜与普通乳钉神兽镜相比具有五大特点：一是此镜为六乳镜，在汉代铜镜中非常少见。二是此镜中的蟾蜍、灵狐作为主纹饰与四神兽分居六区，且形体硕大、突出，难得一见。三是主纹饰六个神兽中的青龙、白虎和玄武表面以及一周铭文圈带的表面呈现银白光，与其他部位皮壳包浆形成鲜明对比，应为铸造时采用了鎏银锡等特殊工艺。四是镜缘最外一圈三角形锯齿纹为内向锯齿纹，十分少见。五是铭文圈带内 20 个悬针篆字，笔画清晰工整，字体华丽飘逸，极具美感。

18
· · ·

"尚方作镜"铭八乳禽兽博局镜（新莽）

　　直径15.5厘米，重410克。圆形，半圆钮，柿蒂纹钮座，座外一周双线凹面方框内饰十二乳钉纹间隔十二地支铭。双线凹面方框和八颗乳钉以及TLV博局纹将主纹饰分成四方八小区，每一小区分别饰四神、瑞兽和禽鸟，共八个神兽。其外一周24字铭文带："尚方作镜真大巧，上有仙人不知老，渴饮玉泉饥食枣，游天下"，字体为隶书。主纹饰外为一周栉齿纹。镜缘边饰为一周外向三角锯齿纹、一周双折线纹和一周外向三角锯齿纹。

19
...

单龙纹镜（东汉）

　　直径 11.5 厘米，重 288 克。圆形，半圆钮，圆钮座，钮座外一条蟠龙围绕镜钮盘曲缠绕，独角后耸，龙头硕大，龙口大张，口吐祥瑞，身披鳞甲，龙尾上卷甩至右上方，四肢横跨镜钮向左右两边伸张，爪三趾，胸和胯部雄健凸起，张力四溢，威猛狰狞。近缘处一周栉齿纹，镜缘边饰为 S 形云纹间隔田字纹。

　　此镜隐晦神秘之处在于龙体的裆部用写实手法饰一男性生殖器，整体外露无余，毫不羞涩遮掩。下端一神龟俯卧，回首目视龙的生殖器。这应是古代生殖崇拜在铜镜纹饰上的反映。

20

"上大山，见神人"铭神兽博局镜（新莽）

直径 16.8 厘米，重 722 克。圆形，半圆钮，圆钮座，座外一周单线方框和双线凹面方框之间饰十二乳钉纹间隔十二地支铭文。凹面方框外一周铭文圈带将主纹饰分为内外两区，内区依方框四边饰 T 形纹和八个乳钉纹，其间点缀芝草纹和勾云纹；中圈铭文带饰三言九句 25 字悬针篆铭文："上大山，见神人，食玉英，饮澧泉，驾蜚龙，乘浮云，宜官轶，保子孙，安。"外区由博局纹 LV 对称分成八个小区，每区分饰一四神兽或瑞兽。近缘处一周栉齿纹。镜缘边饰为一周外向三角锯齿纹和缠枝忍冬花卉纹。

21
...

"尚方佳镜"铭八乳禽兽博局镜（新莽）

　　直径 19 厘米，重 675 克。半圆钮，柿蒂纹钮座，座外一周单线方框和一周双线凹面方框，之间饰十二乳钉纹间隔十二地支铭文，十二地支铭文自右上部中间"子"字开始顺时针依次为子、丑、寅、卯、辰、巳、午、未、申、酉、戌、亥，字体为悬针篆。双线凹面方框和八颗带连弧座乳钉以及 TLV 博局纹将主纹饰分成四方八小区，按照方位，每一小区分别饰四神兽、羽人、瑞兽、蟾蜍和禽鸟，共十二个神兽图案，依次为：右上区玄武、仰首蟾蜍、羽人戏鸟，左下区朱雀、尖喙鸟、奔跑状山羊，左上区白虎、

雀鸟、回首状独角兽，右下区青龙、雀鸟、飞翔状凤鸟。其外一周七言、六句、42字铭文圈带为："尚方佳镜真大好，上有仙人不知老，渴饮玉泉饥食枣，浮游天下遨四海，大徊名山采神草，寿如金石为国保。"近缘处一周栉齿纹，镜缘边饰为一周外向三角锯齿纹和双线云气纹。

此镜形体硕大，形制规整，主纹饰区巧饰十三个四神、羽人、瑞兽、禽鸟，生动活泼，多姿多彩，形神兼备；纹饰布局细密有致，繁而不乱。铭文抬头"尚方佳镜"，应为朝廷官方制作。

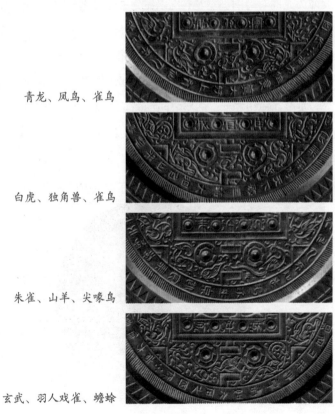

青龙、凤鸟、雀鸟

白虎、独角兽、雀鸟

朱雀、山羊、尖喙鸟

玄武、羽人戏雀、蟾蜍

22

"王氏作镜"铭龙虎镜（东汉）

　　直径 13.1 厘米，重 470 克。圆形，半球形钮，圆钮座，主题纹饰为龙虎对峙图。左龙右虎以钮为中心对称布局，龙虎两首在钮的上部相对。龙角后耸，口大张，舌外伸，形狰狞；虎首以正面形象表现，虎睛圆睁，虎齿突显，肢爪遒劲，虎舌外伸至龙口之中，似作吻状。龙虎躯体上均有圆珠状凸起，尽显强健之躯。龙虎躯体交合重叠在镜钮之下，两尾之间饰一只鸟纹。外圈一周弧形凸起铭文带，铸 25 字铭文，顺时针读作："王氏作竟（镜）自有纪，涷治铜华去下土，辟去不羊（祥）宜古市，长保二亲"。镜缘纹饰为两周锯齿纹。此镜采用高浮雕技法，龙虎神态淋漓尽致。

23

"长宜子孙"铭云雷连弧纹镜（东汉）

直径 19 厘米，重 907 克。圆形，半球钮，柿蒂纹钮座，四瓣柿蒂纹间铸"长宜子孙"四悬针篆字，钮座外饰栉齿纹一周。主纹饰为内向八连弧纹，弧间铸有"寿如金石、佳且好兮"，字体也为悬针篆。连弧纹外两周栉齿纹之间饰一周八组云雷纹，每一组云雷纹由一个圆涡形云纹和一个方折形雷纹组成，宽素缘。此镜铭文字体优美，寓意美好，珍藏传世，长宜子孙。

24

"吾作明镜"铭四花簇半圆方枚神兽镜
（东汉晚期至六朝）

　　直径 11.8 厘米，重 316 克。圆形，半圆钮，圆钮座，以钮为中心对称布置四组花簇纹将镜背分成四区，每区用高浮雕技法雕一瑞兽，分别为天禄、辟邪、狮子、麒麟，姿态各异，栩栩如生。其外一周饰凸起的十个半圆间隔十个方枚；每一方枚内雕刻四字，组成四言十句铭文，顺时针读作："吾作明镜，幽涷三商，配像万

疆，统德序道，敬奉贤良，雕刻无极，富贵安乐，子孙繁昌，士至公侯，其师命长。"半圆方枚外一周细密锯齿纹。

　　镜缘纹饰分内外两圈，内圈为两组神人御龙驾车飞天主题纹饰。两组纹饰相隔处有羲和捧日和常羲捧月。镜缘外圈是一周连续的菱形几何纹带。此镜纹饰繁缛精美，方枚4字细若毫发，字字清晰，令人叹为观止。

辟邪、花簇、半圆、方枚
右侧方枚（统德序道）、中间方枚（敬奉贤良）、左侧方枚（雕刻无极）

25

"长宜子孙"铭变形四叶龙凤纹镜（东汉）

直径 11.1 厘米，重 196.5 克。圆形，半圆钮，圆钮座，四片柿蒂叶自钮座向外呈放射状延展，四叶内角每角一字，组成悬针篆书"长宜子孙"吉祥铭文。每片柿蒂叶用弧状凸弦纹带连接，与外圈十二曲内向连弧纹一起将主纹饰区分成四区，内饰一完整的龙纹和凤纹。龙头和凤首两两相对，龙纹和凤纹分别占据左右上下两个内区，宽素平缘。此镜纹饰精美，整条龙纹和凤纹以镜钮为中心，对称协调，生动飘逸，龙头和凤首在铭文"子"字处相对相视，一幅祈愿龙凤呈祥、龙子凤女的美好画面呈现在前。

26

"西王母"铭伯牙子期人物画像镜（东汉）

　　直径 11.7 厘米，重量 475.5 克。圆形，半圆钮，圆钮座。四颗乳钉将主纹饰区均分为四区，上下两组神人和左右两组瑞兽对称布局，下区由西王母和两位侍女组成，西王母头戴冠饰，双手袖于胸前，坐于圃垫之上，面前镌"西王"二字铭；上区为伯牙奏乐图，伯牙席地而坐，置琴于膝上，抚琴弹奏；右侧钟子期双膝跪于圃上，双手拢袖于胸前，沉醉于琴声中；在伯牙子期之间饰一鱼纹，寓意情谊深厚，一幅两千多年前高山流水遇知音的画面映入眼帘。左区一独角瑞兽回首张望；一羽人屈膝弯腰，向西王母双手作揖。右区一对灵鹿，昂首向天，奔跑跳跃。宽厚缘。

27

东王公、西王母神人神兽画像镜（东汉）

　　直径 18.5 厘米，重 580 克。圆形，半圆钮，圆钮座，四颗乳钉将主纹饰分为四区，神人神兽分别上下和左右对称布局。下区为西王母头戴双胜，左右两侧各有一玉女侍于身旁。上区为东王公炼丹图，东王公头戴高冠，条案上置一炼丹炉，烟气袅袅上升，身后一侍从手持扇双膝跪地侍奉。左区和右区分饰一青龙和白虎，两两相对，龙腾虎跃。镜缘一周饰四神和凤鸟纹，其飘逸的身躯环绕镜缘一周，增添了镜饰的神秘和华美。

28
• • •

神人神兽车马画像镜（东汉）

　　直径 19.8 厘米，重 804.5 克。圆形，半圆钮，圆钮座，座外一周二十二颗小乳钉纹。四颗乳钉将主纹饰区分为四区，乳钉圆座，座外十四颗小乳钉包围。四区主题纹饰以钮为中心对称布局，下区饰西王母，容貌端庄秀美，头梳发髻，宽袖窄衣，长裙拖地，两手袖于胸前，身体微微右侧，端坐于方圃之上，身旁左侧一羽人呈跪姿相待，右侧一玉女端坐服侍，玉女上方一羽人俯身跪拜。上区饰东王公，慈祥端庄，头戴三山冠，双手相握于胸前，微微

侧坐于方圃之上，身旁右侧一羽人呈跪姿相侍，左侧一玉女端坐侍奉，玉女上方一羽人俯身跪拜。右区饰驷马驾车，四匹骏马身姿矫健，昂首奔驰，并驾齐驱；所驾车舆高大，两侧开窗，顶置圆顶卷棚式华盖，轮毂有十二辐。此车依汉制，当为豪华安车。左区饰一只跳跃腾挪的独角瑞兽，张着血盆大口，肩部有飞羽，前肢趴伏，后肢蹬地，威风凛凛。主纹饰外一周细密栉齿纹，其外一周剔地平雕画纹圈带。画纹圈带由四组云气纹组成，分别用青龙、白虎、朱雀、玄武四神变形纹相隔，镜外缘为素平坡面。

　　安车是古代一种通常用一匹马拉的、可以在车厢里坐乘的车子。上古人乘车一般都是站立在车厢里，而安车则可以安坐，这种车因此而得名。安车多用一匹马，也有用四匹马的，用以表示特殊的礼遇。《周礼·春官·巾车》中记载："安车，雕面鹥总，皆有容盖。"《汉书·张禹传》："为相六岁，鸿嘉元年以老病乞骸骨，上加优再三，乃听许。赐安车驷马，黄金百斤，罢就第，以列侯朝朔望，位特进，见礼如丞相。"意即：张禹为相六年，于汉成帝鸿嘉元年提出叶落归根，汉成帝再三挽留，无奈之下只好准许。随后赐驷马安车、黄金百斤，并授予特进待遇，张禹得以告老还乡。镜中安车即为驷马安车，为当朝皇帝赐予丞相所用。

　　此镜主纹饰采用高浮雕技法，八个神人或坐或跪或俯，神态安详，姿态各异，衣褶清晰；驷马驾安车，轮毂、车舆、华盖刻画精致，骏马奔腾，活灵活现；独角瑞兽形态张扬，表现出避邪趋害的震慑力；辅以一周剔地平雕画纹圈带相围，整个画面刻铸精准，细致生动，动静相映，加之皮壳包浆泛出的华美光泽，给人以视觉震撼，集中体现了东汉神人车马画像镜的高超艺术水准。

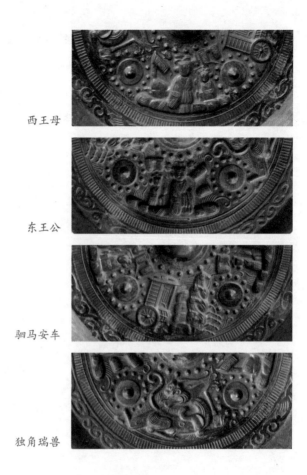

西王母

东王公

驷马安车

独角瑞兽

　　我国著名文学家、历史文物研究学者沈从文先生在《铜镜史话》中对这类神人神兽车马画像镜给予了很高的赞誉："最重要的是用西王母东王公做主题表现的神仙车马人物镜。其中穿插以绣幰珠络的驷马骈车，在中国镜子工艺美术上，自成一种风格。这种镜子虽近于汉镜尾声，却给人以'曲终雅奏'之感，重要性十分显著。"对于这类画像镜的表现技法，沈从文评价道："正和川蜀汉墓砖雕法一样，直接影响到唐代著名石刻昭陵六骏和宋明剔红漆器的刻法。"他同时还指出，神人神兽车马画像镜"最重要的成就，还是车马人神除雕刻得栩栩如生，还丰富了我们古代神话的形象，也提供了我们早期轿车许多种式样"。

后 记

　　铜镜作为中国古代青铜器的一个重要门类，其历史价值和艺术价值不言而喻。经历春秋战国礼崩乐坏之后，青铜礼器逐渐退出历史舞台，而作为生活用器的铜镜不仅延续下来，而且开启了它的辉煌时代，直至明清时期。

　　因青铜器的金属特性，对于中国古代早期历史的研究，人们通常以考古发掘出土的青铜礼器作为对象，通过对器形、纹饰、文字以及铸造工艺的研究，从而了解不同时期、不同朝代的政治、经济和文化，进而得出相应的历史结论。因此，青铜礼器又被称为国之重器。相比备受重视的青铜礼器，铜镜的历史地位和研究价值却一直没有得到重视。清末民初国学大师罗振玉在其所著《古镜图录》中对中国古代铜镜有过一段精辟的论述："刻画之精巧，文字之瑰奇，辞旨之温雅，一器而三善备焉者莫镜若也。""刻画之精巧"，指的是铜镜的形制、纹饰、艺术、制作、铸造之精美和高超；"文字之瑰奇"，说的是铜镜上的铭文丰富多彩，记录了不同时期语言文字的表现内涵和演变过程，是古文字学研究和书法艺术不可多得的实物资料；"辞旨之温雅"，讲的是充满韵律的铜镜铭文所寄托的思想、信仰、祈愿以及情感，如诗如赋，华美绚丽。正所谓："一器而三善备焉者莫镜若也。"

因此，本人尝试通过自己长期对铜镜的收藏和研究，将中国古代铜镜的历史脉络加以梳理，将不同朝代、不同时期铜镜的基本特征、文化内涵以及具有代表性的铜镜镜种加以论述和解析，形成一个相对完整的、有一定价值的参考资料。若能如愿，则不枉本人多年来在工作之余潜心于中国古代铜镜收藏和研究所付出的辛苦。

在本文的写作过程中，本人实地考察和查阅了诸如中国国家博物馆、北京故宫博物院、上海博物馆、陕西历史博物馆、湖南省博物馆、辽宁省博物馆以及徐州博物馆等国内具有代表性的博物馆的馆藏实物和史料，借助于南京图书馆和本人藏书、藏镜，参考了诸多学者、专家、藏家所著的铜镜专著、图录和研究论文，有的选自中国嘉德和中国保利等著名拍卖公司上拍的拍品，所引用的资料均在文中标注了作者和出处，谨此致谢！

需要说明的是，本文的定位不在于汇编中国历代各类铜镜图录，因为已有诸多权威的铜镜图录出版，加之篇幅和版面所限，本文仅从历代繁多铜镜镜种之中尽可能多的撷取一些具有代表性的铜镜录入并加以解析，以求管中窥豹。选择的原则有二：一是以国内重点博物馆馆藏铜镜为主；二是每一朝代、每一镜种的选取立足代表性、典型性。

文后附录了本人收藏的部分汉代铜镜精品赏析，自诩"抱朴斋"藏镜，相较于国内著名铜镜收藏家的藏品，实乃相形见绌、贻笑大方了。

　　本文在写作过程中，得到了身边同事和好友的鼓励、支持和帮助。中国作家协会会员、中国电力作家协会副主席、江苏省作协主席团委员、江苏省电力作家协会主席王啸峰先生为拙作的出版费心策划，国家一级作家、中国作协会员、江苏省作协委员、江苏省评协理事、南京市文艺评论家协会副主席、凤凰出版集团副总编辑王振羽先生专为拙作作序，实乃感激之至，在此一并致谢！

　　由于本人才疏学浅，且受自身仅收藏汉代铜镜所限，文中不免存在谬误、疏漏之处，拜请各位专家、学者和藏家批评、指教。

王新平

2023 年 5 月 28 日

于南京瑞园抱朴斋